für Hummel

DAS PERSONAL

Kalter Kaffee ist der fünfte Kriminalroman mit dem Ermittlerteam um den Münchner Kriminalrat Karl-Maria Mader und seinen Dackel Bajazzo.

Karl-Maria Mader: Chef der Mordkommission I in München. Mitte 50, geschieden, Dackelbesitzer, wohnhaft im betonierten Neuperlach, liebt Frankreich und Catherine Deneuve (Fernbeziehung, einseitig).

Klaus »Soulman« Hummel, fantasievoller Kriminalbeamter mit einer Schwäche für Soulmusik der Sechzigerjahre. Unsterblich verliebt in die Schwabinger Kneipenwirtin Beate. Mit der es wieder groovt nach seiner Zwischenbeziehung mit der alleinerziehenden Karla, die mit ihm und seinem unsteten Berufsleben nicht richtig harmoniert hat. Jetzt alles wieder cool, denn alte Liebe – *o Beate!* – rostet nicht. Als Hobbyautor hat Hummel endlich seinen ersten Kriminalroman am Start. Der allerdings nicht ganz so geworden ist, wie er sich das vorgestellt hat. Seinen Brotjob hat er natürlich weiterhin – als Ermittler bei der Mordkommission.

Hummels Kollege *Frank Zankl* hat seine großen Testosteronreserven weitgehend aufgebraucht. Zumindest privat ist er domestiziert.

Zu Hause haben Frau Conny und Tochter Clarissa die Hosen an. Der frisch geschlüpfte Sohn Angelo trägt noch Windeln.

Doris »Dosi« Roßmeier ist nach wie vor die niederbayerische Seele der Münchner Mordkommission: loses Mundwerk und fintenreich. »Klein, stark, rothaarig – das Sams« (Zitat Zankl). Ihr Freund Fränki liebt sie abgöttisch.

Rechtsmedizinerin Dr. Gesine Fleischer kümmert sich mit Hingabe um Tote und Verletzungen aller Art.

Dezernatsleiter Dr. Günther ist stets um das gute Ansehen der Polizei besorgt. Will Mader inzwischen nicht mehr wegloben, sondern ist ganz froh, ihn in München zu haben. Günther hat diesmal sogar Gelegenheit, seinen Laden von außen zu betrachten – ungeplant, aber sehr erhellend.

Literaturagentin Gerlinde von Kaltern ist happy. Endlich hat Hummel geliefert. Mit dem Resultat ist sie durchaus zufrieden, auch wenn sie heftig intervenieren musste. Was ihr mit starken Nerven und ausreichend Cognac recht gut gelungen ist. Sie hat Hummel einen erfahrenen Krimiautor an die Seite gestellt.

Die beiden *Eventbestatter Andi und Diego* von der *Trauerhilfe Miller* in München-Giesing sind zurück aus der niederbayerischen Provinz. Und sie haben Zuwachs bekommen: *Wotan,* einst Rockerchef beim Deggendorfer *Wotan Clan,* ist der einzige Überlebende einer von Andi und Diego gestalteten Rocker-Trauerfeier, die irgendwie aus dem Ruder gelaufen ist. Wofür die beiden Zeremonienmeister natürlich nichts konnten. Ehrenwort! Jetzt hat sich der Exrocker mit Andi und Diego angefreundet und unterstützt sie bei ihrer anspruchsvollen Arbeit im Bestattungsinstitut.

Bajazzo ist und bleibt der klügste Dackel Münchens. Teilt mit Mader so manche Ansicht und auch Brühwürfel. Bajazzo versteht sein Herrchen blind. Meistens. Ist derzeit etwas irritiert, dass Mader ihn so oft der Obhut seiner Kollegen überlässt. Na ja, der Boss braucht auch mal Zeit nur für sich, denkt sich Bajazzo. Er behält den Überblick und zieht die Fäden im Hintergrund.

I

The best things in life are free
But you can keep 'em for the birds and bees
Now give me money, that's what I want

JANIE BRADFORD/BERRY GORDY

GESPANNT

Nur dem beherzten Einsatz des Münchner Polizeibeamten Klaus H. ist es zu verdanken, dass die Bombe in der Sporttasche des Attentäters nicht an ihrem Bestimmungsort explodierte – auf den Zuschauerrängen der Allianz Arena. Noch schlimmer als die Sprengkraft der drei Kilo TNT wäre die damit verbundene Panik in dem mit 75 000 Besuchern ausverkauften Stadion bei dem Freundschaftsspiel Deutschland – Kroatien gewesen. Der Schaden an der Kläranlage Großlappen, wohin der Beamte die Tasche mit der Bombe entsorgte, hielt sich in Grenzen, auch wenn die Explosion Pkws, Busse und Lkws auf der Autobahn mit einer zähen braunen Schicht Klärschlamm überzog. Es kam nur deshalb zu keinen Kollisionen, da sich der Verkehr gerade in beiden Richtungen staute. Ein Cabriofahrer erstattete Anzeige.

Polizist Klaus H., der mit Freunden und Kollegen im Stadion war, verhinderte durch seinen mutigen

Einsatz eine Katastrophe. Der Beamte lehnte es ab, zu seiner riskanten Aktion ausführlich Stellung zu beziehen. »Das hätte doch jeder in meiner Situation gemacht«, äußerte er sich gegenüber der Presse knapp.

Das klang in der aufgesetzten Bescheidenheit ziemlich eitel, fand Hummel und nahm den alten Zeitungsartikel von der Küchenpinnwand. Warum er damals nicht gern über seine Heldentat gesprochen hatte, lag nicht nur in seinem zurückhaltenden Wesen begründet, sondern vor allem an seiner damaligen Flamme Karla. Er war mit ihrem zwölfjährigen Sohn Paul im Stadion gewesen und hatte von ihr nicht der Verletzung der Aufsichtspflicht bezichtigt werden wollen. Bei seiner spontanen Rettungsaktion hatte er nämlich Pauls Beaufsichtigung an Dosis Freund Fränki delegiert. Natürlich war hinterher der mütterliche Vorwurf – »Aufsichtspflicht!« beziehungsweise »Verantwortung!« – wie ein Holzhammer auf ihn niedergesaust. Explizit: »Du hast Paul in eine lebensgefährliche Situation gebracht!« Und so weiter.

Sehr schwarz-weiß gedacht. Und egoistisch. Fand Hummel. Immerhin waren sie nicht die einzigen Besucher in dem rappelvollen Stadion gewesen. Und wer rechnete schon bei einem Freundschaftsspiel mit einer Bombe? Na ja, heutzutage ist das auch nicht mehr ausgeschlossen, dachte er jetzt. Aber Karla war Geschichte. Den Jungen traf er noch gelegentlich auf dem Heimweg von der Arbeit, wenn Paul und seine Freunde mit ihren BMX-Rädern auf dem Mariahilfplatz in der Au ihre Runden drehten.

Hummel betrachtete das Foto an der Pinnwand. Es war ziemlich neu. Handyschnappschuss. Seine geliebte Beate und er im milden Abendlicht auf der Piazza Navona. Die fünf Tage Rom im Herbst waren ein Traum gewesen. Alles zurück auf Anfang nach der langen Trennung. Leider war das Bild nur eine Momentaufnahme. Nach der Liebesreise waren gleich wieder Wolken am Horizont aufgezogen. Seine Schuld: Er hatte sich neben seinem Job als Kriminalbeamter auch noch in die Arbeit an seinem Romandebüt gestürzt. Entgegen aller Wahrscheinlichkeit hatte er tatsächlich einen Verlagsvertrag ergattert. Mit Terminen und allem Drum und Dran. Da blieb wenig Zeit für Beate. Seine Autorenschaft stand generell unter keinem guten Stern. Weil seine Literaturagentin Gerlinde von Kaltern mit seinem Manuskript nicht zufrieden gewesen war, hatte sie ihm einen »erfahrenen« Koautor aufs Auge gedrückt. Horst Krämer, einen mittelbekannten Münchner Krimiautor. Und der hatte die Sache großspurig an sich gerissen. Er, der Debütant Klaus Hummel, war im Rahmen der Marketingüberlegungen des Verlags schließlich sogar vom Buchcover verschwunden. Was ihn vollends auf die Palme gebracht hatte. Seine Gereiztheit war bei Beate und den Kollegen nicht gut angekommen.

Aber geschenkt, damit war er durch. Jetzt war er eigentlich ganz froh, dass er nicht selbst mit dem Buch ins Rampenlicht musste. Er war ja eher der Held im Hintergrund, wie es der Zeitungsbericht zu der Stadion-Geschichte im letzten Jahr durchaus treffend schilderte. Quatsch! Was für ein eitler Bullshit. Er zerknüllte den Zeitungsartikel und warf ihn in den Mülleimer. Nein, das ging auch nicht. Er holte den Artikel wieder heraus, strich ihn glatt und deponierte ihn im Arbeitszimmer in der Schreibtischschublade. Da befanden sich auch die letzten Korrekturfahnen *seines* Buchs. Dem ganzen Gezerre im Hintergrund zum Trotz war er neugierig, was nun passieren würde. Auf dem Anrufbeantworter hatte ihm heute eine Dame vom Verlag mitgeteilt, dass die Belegexemplare unterwegs seien. Ja, er war gespannt, wie es sich anfühlte, wenn er morgen *sein* Romandebüt in Händen hielt.

Hummel ging in die Küche. Er öffnete das Fenster zum Hof und ließ die milde Nachtluft herein. Ein Bier, eine Zigarette. Viel mehr brauchte er nicht. Klar, Musik. Und Beate. Leise sang er: »*This old heart of mine, been broke a thousand times …*« Seine Gedanken zogen mit dem Zigarettenrauch aus dem Fenster in den Nachthimmel. Der war jenseits der engen Mauern des Hinterhofs endlos weit. Hummel beugte sich vor und schaute nach oben. Ja, er konnte die schwarze Weite sehn, wo all die hellen Sterne stehn.

GESCHÄFTE

Kriminalrat Karl-Maria Mader war im nächtlichen Ostpark unterwegs. Sein Dackel Bajazzo hatte dringende Termingeschäfte. Mader war nachdenklich. Ausnahmsweise nicht dienstlich. Da war es momentan angenehm ruhig. Er hatte ganz private Gedanken. Er wollte endlich etwas tun, was er sich schon lange vorgenommen hatte: nach Regensburg fahren und seine Halbschwester kennenlernen, von deren Existenz er im letzten Sommer erfahren hatte. Eine komplizierte Geschichte: Sein Vater war ebenfalls Polizist gewesen und hatte sich 1972 in Regensburg bei einem missglückten Banküberfall gegen die Geiseln austauschen lassen. Eine Woche später hatte man ihn tot aus der Donau gezogen. Kindheitstrauma.

Als Dezernatsleiter Dr. Günther ihn im Jahr zuvor nach

Regensburg hatte wegloben wollen und Mader daraufhin seinen potenziellen neuen Arbeitsplatz besichtigte, hatte er sich erstmals mit den Akten zum Fall seines Vaters beschäftigt. Er hatte sich in die alten Ermittlungen und Protokolle vergraben, und es war ihm tatsächlich gelungen, den bis dato ungeklärten Fall von 1972 aufzuklären. Dabei war er auch auf das private Geheimnis seines Vaters gestoßen: seine Geliebte, damals in der überfallenen Bank beschäftigt. Sie war der Grund, warum sich sein Vater für einen Geiselaustausch ins Spiel gebracht hatte. Ob er damals gewusst hatte, dass seine Geliebte schwanger war, konnte Mader nicht herauskriegen. Die Geliebte war inzwischen verstorben. Aber ihre Tochter war am Leben: Helene Schirnharl, Professorin für Neuere Deutsche Literatur an der Uni Regensburg. Ein erster Telefonkontakt hatte bereits stattgefunden, aber ein gemeinsamer Termin hatte sich bislang nicht ergeben. Sie war beruflich sehr eingespannt. Wie auch er. Jetzt hatte er ein zumindest für ihn passendes Zeitfenster gefunden. Morgen um neun Uhr würde er sich an der Uni Regensburg unter die Zuhörer ihrer Vorlesung mischen. Wenn es passte, würde er sie ansprechen. Und wenn ihm vorher nicht wieder etwas dazwischenkam.

Spontan ist immer besser, dachte Mader und erinnerte sich, wie allergisch Leonore auf abgesagte oder verschobene Termine reagiert hatte. Schicksal von allen Kriminalbeamten, gemordet wurde schließlich zu jeder Tages- und Nachtzeit. Leonore, inzwischen war sie seine Exfrau – er musste sich mal wieder bei ihr melden. Musste er das? Nein, nicht unbedingt. Oder? Doch. Allein wurde man nur sonderbar. Wie seine Halbschwester wohl lebte? Sicher nicht so wie er in einem Hochhaus in einer engen Wohnung mit niedriger

Decke. Wahrscheinlich wohnte sie in einem großen, alten Haus mit Garten. Vielleicht gab es auch einen Hund, mit dem die Kinder spielten. Hatte sie Kinder? Bestimmt. Er selbst hatte zumindest Bajazzo. Der jetzt im fahlen Licht der Parklaternen einen dampfenden Haufen auf der Wiese platziert hatte. Mader kramte die Tüte heraus und sammelte die zum Glück handfeste Wurst ein.

NIEMALS

»Fränki?«

»Ja?«

»Liebst du mich?«

»Ja.«

»Ehrlich?«

»Ja klar.«

»Ganz ehrlich?«

Fränki knipste die Nachttischlampe an. »Was ist denn los, Dosi?«

»Ich hab schlecht geträumt.«

»Du hast noch gar nicht geschlafen.«

»Dann hatte ich eben schlechte Gedanken.«

»Musst du nicht, darfst du nicht.«

»Warum?«

»SFP.«

»Hä?«

»Selffulfilling Prophecy.«

»Hä?«

»Wenn du dir nur lange genug was ausmalst, passiert's irgendwann auch.«

»Dass du mich verlässt?«

»Ja. – Äh, nein. Natürlich nicht. Niemals. Hör auf mit dem Unsinn!«

Er küsste sie und machte das Licht wieder aus.

»Das ist ja wieder typisch, Fränki.«

»Was ist typisch?«

»Ich will reden, und du drehst dich weg.«

»Hm.«

»Was? Hm?«

»Willst du mich heiraten?«

»Hä?«

»Willst du mich heiraten, Dosi?«

»Was soll das werden? Ein Antrag?«

»Ja klar.«

»Fränki, so geht das nicht. Boh, das sagt man nicht einfach so. Also wirklich! Das ist jetzt echt nicht der richtige Moment für so was.«

»Eben. Schlaf gut.«

SENFFARBEN

Frank Zankl saß in der Küche. Sein Sohn hing malad auf seinem Unterarm. Gerade hatte Zankl die explodierte Windel beseitigt und den Durchfall aus Angelos Speckfalten gewischt. Im trüben Küchenlicht sah er die senffarbenen Ränder unter den Fingernägeln. Den Geruch nahm er schon gar nicht mehr wahr. Ein bisschen vielleicht. Mango-Chutney? Er sah auf die Küchenuhr. Viertel nach vier. Er war hundemüde. Aber eine falsche Bewegung, und Angelo wachte wieder auf. Zankl spielte toter Mann und atmete ganz flach.

Dachte nach. Alpha-Zustand. Angelo – was für ein schöner Name. Klang nach Sonne, Wind, Meer. *Angelo – mein Engel!*

CARAVAGGIO

Hummel saß gerade beim Frühstückskaffee, als der Postbote klingelte. Der drückte ihm ein Paket in die Hände. *Belegexemplar-Versand* stand auf dem Rechnungszettel im Karton. *10 Stück. Zu zahlen: 0,00 Euro*. Hummel zählte bis drei, dann riss er die Wellpappenpolsterung heraus und legte den Klotz mit den zehn eingeschweißten Exemplaren frei. Er bohrte die Finger in die zähe Plastikfolie und befreite eines der Bücher aus der milchigen Haut. Gutes Gewicht, erstaunlich dick. 300 Seiten. Pechschwarzer Umschlag mit dramatischem Covermotiv: Lederhosentypen beim Fingerhakelduell in einer Scheune. Eigentlich sah man in dem spärlichen Licht nur fünf Trachtenhemden samt hirschlederbespannten Ärschen. Die gehörten zu zwei Duellanten, zwei Sekundanten und einem Schiedsrichter. Aus einer Dachritze fiel ein scharfer Sonnenstrahl auf das dunkle Treiben der dunklen Gestalten. Licht und Schatten wie bei Caravaggio. Gefiel Hummel. Mal was anderes als die grässlichen Jodelbilder, die man so oft als Krimicover sah. Der Titel passte zu den Typen auf dem Umschlag: *Heiße Hunde.* Wenn jetzt noch sein Name auf dem Umschlag stünde – perfekt. Stand leider nur Horst Krämer drauf. Tja. Blöd gelaufen.

Nach den ersten Erfahrungen mit der Buchbranche war Hummel die Lust etwas vergangen. Das hatte er sich einfacher vorgestellt. Aber was war schon leicht im Leben? Er schnalzte mit der Zunge. Da musste er sich jetzt wenigstens nicht von den Kollegen schräg anlabern lassen – von wegen wie realistisch sein Roman sei und ob er eigentlich zu viel Zeit übrig habe, nebenbei noch Krimis zu schreiben. Aber der Mensch hatte nun einmal sein Hobby – offen oder heimlich. Was dem einen seine Eisenbahn oder sein Mountainbike, das waren für ihn Stift und Papier. Er verstand das Schreiben als willkommene Ablenkung von der Unbill des Alltags. Als Gegengift zur Routine, die sich wie Mehltau über all das Schöne im Leben legte, bis man es irgendwann nicht mehr sah. Ja, es war nur ein Krimi, aber er konnte auch anders. Im lyrischen Fach war er ebenfalls zu Hause.

O Beate, sagte ich es dir bereits,
deine Augen scheinen tiefer als das Jenseits,
strahlen heller als Kometen,
verzaubern den Planeten.
Ist dies der Sound eines Poeten
oder doch nur der eines Proleten?

Quatsch natürlich, aber irgend so was in der Art – große Gefühle in einfachen Bildern. Das war sein Style. Er blätterte versonnen durch die Buchseiten. Komisch, jetzt war endlich der Moment gekommen, von dem er so lange geträumt hatte, und er war ganz anders. Viel kleiner als erwartet. Wie Beate das Buch wohl findet? Nein, er wollte es ihr gar nicht zeigen. Stand ja nicht einmal sein Name drauf. Er parkte das Buchpaket im Wohnzimmer auf dem Couchtisch und machte sich fertig.

KAUZIG

Mader hatte gedacht, dass er in einer Univorlesung altersmäßig mehr auffallen würde. Von wegen. Die ersten Bankreihen im Hörsaal waren fest in Seniorenhand. Da senkte er den Altersdurchschnitt geradezu. In den hinteren Bankreihen aber auch viele junge Studenten. Mader trug Jeans. Hatte er ewig nicht mehr gemacht. Er war heute Morgen ziemlich erstaunt gewesen, wie gut die Hose noch passte. Zur Vorbereitung auf die Vorlesung hatte er sich am Vortag sogar einen schmalen Band mit Texten von Georg Christoph Lichtenberg gekauft und auf der Zugfahrt nach Regensburg darin gelesen. Durchaus seins. Das kauzige Spiel mit den Perspektiven, den schrägen Blickwinkeln, aus denen der Göttinger Physiker und Schriftsteller seine Umwelt betrachtet. Passte zu Kriminalisten. Für solche Literatur interessierte sich seine Halbschwester also. Wie sie wohl war? Die Fotos im Netz zeigten eine schöne Frau – ein bisschen unnahbar, fast wie eine Schauspielerin. Ein Hauch Catherine Deneuve mit dunkelbraunem Haar. Wobei er die göttliche Catherine eigentlich in jede attraktive Frau hineinimaginierte.

Jetzt kam ein Herr in einem grauen Kittel ans Rednerpult und stellte das Mikrofon und den Beamer an. Der Techniker verschwand und überließ ihr die Bühne: Helene. Mader schluckte, als sie den Saal betrat. Was für eine Erscheinung! Groß und dunkel. Apart – ein besseres Wort fiel ihm nicht ein. Doch: stilvoll. Wenn das nicht auch so altmodisch klingen würde. Mader grübelte über ihr Alter. Sie sah aus wie Mitte dreißig. Das konnte nicht sein. Sein Vater war 1972 gestorben.

Ihre Stimme aus den Lautsprecherboxen holte ihn auf den Teppich. Mittlere Stimmlage, angenehm, nichts Besonderes. Er hatte eine tiefe, warme Stimme erwartet, die mit seinem Bild von ihr korrespondierte – als Schauspielerin. Die sie nicht war. Er sah ihr beim Reden zu, bemüht, in ihren Gesichtszügen Ähnlichkeiten zu sich selbst oder zu seinem Vater zu erkennen. Was ihm nicht gelang.

Er schaute sich um. Die Senioren schrieben eifrig mit. Viele Studenten schnitten die Vorlesung mit ihren Smartphones mit. Manche wischten durchs digitale Nirwana. Dafür hätte Lichtenberg heute bestimmt auch einen Aphorismus parat gehabt: Was ist innen, was außen, suchen wir am Ende doch nur das, was wir kennen, in dem kleinen Displayfenster zur großen Welt? Mader schaltete sein Handy auf Flugmodus. Nichts wäre peinlicher, als wenn es jetzt klingelte.

Er sah zu Helene. Ihr Mund bewegte sich unablässig. Er hörte sie über die Lautsprecher. Und auch nicht. Der Inhalt der Worte interessierte ihn nicht. Aber ihr Klang – das war die Stimme seiner Schwester! Halbschwester. Aber halb war mehr als gar nicht. Viel mehr.

MORGENZAUBER

Als Hummel zu Hause den Hinterhof betrat, loderte dort der Frühling. Die japanische Zierkirsche explodierte. Blütenmeer. Rosa Zuckerwatte. Gegenteil zum Wintergrau, das sich bis vorige Woche hartnäckig gehalten hatte. Jetzt weggepustet. Pfeifend schob Hummel das Fahrrad über den Blütenteppich im Hof und dann durchs Treppenhaus. Er trat raus auf die Orleansstraße. Reger Verkehr. Über die Kreuzung. Gebsattelberg runter. Corneliusbrücke. Er hielt an und schaute in die Isarauen, auf die Uferwege. Hundebesitzer, Jogger, ein paar Radler. Über Flussbett und Wiesen noch sanfter Dunst. Morgenzauber.

Weiter! Gärtnerplatz, Viktualienmarkt, Marienplatz. Hummel stieg vom Rad und schob weiter. Kaufingerstraße, Neuhauser Straße. Ihm gefiel die Stimmung in der Einkaufsmeile – allerdings nur zu dieser frühen Stunde, bevor die Läden aufmachten. Er mochte die Geschäftigkeit noch ohne Geschäft. Wenn aus den Lastern neue Waren ausgeladen, Altpapier und Verpackungen entsorgt wurden. Vor dem Wirtshaus Spöckmeier wurden Klapptische und -stühle aufgestellt. Gleich würden die Heizpilze folgen. Die Standbesitzer sortierten Trauben, Kaki, Mango. *Flugware! Faserfrei!* Noch keine Menschenmassen, die sich hier durchwälzten, um in all den gleichen Klamotten- und Schuhläden all die gleichen Klamotten und Schuhe zu kaufen. An eines der Schaufenster von H&M klebten zwei Blaumänner neonrote Großbuchstaben: *SPRING*.

Wohin, fragte sich Hummel.

Statt rechts in die Ettstraße abzubiegen, ging er ein paar Meter weiter als nötig. Absichtlich? Er hatte etwas entdeckt: In der Glasfassade von Sport-Scheck spiegelte sich die Michaelskirche. Das war ihm bislang noch nie aufgefallen. Erstaunlich genug, weil es kaum zu übersehen war. Vorsätzliche Reflexion eines spirituellen Einzelhändlers? Himmlische Segnung eines profanen Gebäudes des Freizeitkommerzes? Oder ein dezenter Hinweis, dass der Sport- und Modeladen doch mehr als Konsumgüter bot? *Mens sana in corpore sano* auch als sakrale Aufforderung, eine Investition in die eigene Körperlichkeit zu tätigen? O Mann, wo kamen all die verspulten Gedanken her? Klar, Hummel wusste es: Tief im Herzen war er ein Dichter, der die Strukturen des Alltags poetisch durchdrang. Oder zumindest das Besondere an ihnen wahrnahm. Die Spiegelung war jedenfalls besonders. Vielschichtig.

In St. Michael war Hummel noch nie gewesen, obwohl die Kirche nur ein paar Gehminuten vom Präsidium entfernt lag. Spontan stellte er sein Rad ab und ging hinein. Aus der Betriebsamkeit der Anlieferzone tauchte er in die dunkle Stille ab. Mehr Kontrast ging nicht. Sofort erfasste ihn ein eigentümliches Gefühl. Wurde er beobachtet? Vom Chef persönlich? Hummel war eigentlich nicht gläubig, aber er war sich sicher, dass es da oben jemand gab, der all die Geschicke hier unten lenkte oder zumindest im Blick hatte. Eine Instanz, die über einen weiteren Horizont verfügte als das menschliche Spatzenhirn. Wäre jedenfalls wünschenswert.

Er setzte sich in die letzte Bankreihe. Scharf durchzog Weihrauchduft die kühle Luft. Hummel kräuselte die Nase und ließ den Blick durch den prächtigen Raum streifen, sah die Gemälde, all die grazilen Marmorformen, spürte, dass sich in den dunklen Ecken noch mehr Schönheit verbarg. *Mehr Sein als Schein.* Oder hieß es: *Mehr sein als scheinen?* Egal. Hehrer Anspruch. Wäre auch seine Devise. Hummels Blick versank in dem flackernden Schein der vielen Kerzen, besonders in dem der reich verzierten, mannshohen vorn am Altar. Sie glühte von innen heraus. *Erleuchtung!*

Ein paar Reihen weiter saßen zwei ins Gebet vertiefte alte Damen. Jetzt hörte Hummel die Kirchentür knarren. Harte Absätze. Lederschuhe. Er drehte sich um. Großer

Mann, Glatze, dunkler Anzug, guter Schnitt. Hummel sah das Spiralkabel und den Ohrknopf. Okay …

Der Mann durchschritt den Mittelgang zwischen den Bankreihen, blickte nach rechts und links, hatte kurz Augenkontakt mit Hummel und sah bis tief in seine Seele. So kam es Hummel vor. *Ausgecheckt*. Wieder öffnete sich die Tür. Hummel wollte sich überraschen lassen und drehte sich diesmal nicht um.

Drei, zwei, eins … Ein kleiner, drahtiger Mann um die dreißig, jugendlich, energisch, passierte seine Bankreihe. Im Gefolge ein weiterer Personenschützer. Der kleine Mann setzte sich in die vorderste Reihe. Die Bodyguards postierten sich links und rechts außen.

Hummel war hellwach. Wer war das? Ein Politiker?

Auftritt: ein Priester im Ornat. Klein und dick. Hustet und ächzt, während er vorn in die Knie geht und sich bekreuzigt. Verschwindet in einem der Beichtstühle. Darüber geht ein grünes Licht an. Startsignal für die beiden Sünderinnen. *Erleichtere! Deine! Seele!* Erst geht die eine Dame in den Beichtstuhl – Rotlicht –, und kurz darauf – sie hat ihre Sünden artikuliert *(ich habe unkeusch gedacht)*, und der Ablass ist verhandelt *(dreizehn Ave-Marias)* – Schichtwechsel, Licht grün – betritt die zweite das Ablasskabinett. Licht rot, dann wieder grün. Gemeinsamer Abgang der Ladys.

Jetzt war der kleine Mann an der Reihe. Kaum war er im Beichtstuhl verschwunden, stand Hummel auf und setzte sich näher an die Kammer der Vergebung. Ehe er sichs versah, hatten die beiden Bodyguards in der Reihe hinter ihm Platz genommen, einer rechts, einer links. Hummel drehte sich langsam um. Ausdruckslose Gesichter. Er kannte solche Typen. Durchtrainiert, Nahkampfausbildung – Profis.

Die Tür vom Beichtstuhl knirschte. Der kleine Mann sah Hummel direkt an und lächelte. Hummel nickte. Die feinen Züge, der gute Anzug, die teuren Schuhe – Italiener? Der Mann ging an ihm vorbei. Die Bodyguards waren bereits verschwunden, wie Hummel erstaunt feststellte. Die Kirchentür schloss sich. Weg. Vorbei. Wie ein flüchtiger Tagtraum. Sollte auch er beichten? Nein. Hummel stand auf und trat hinaus.

Das Morgenlicht auf der Neuhauser Straße blendete ihn. Da standen die drei. Rauchten und unterhielten sich. Hummel sah auf die spiegelnde Glasfassade des Sporthauses. Riesenleinwand für die prachtvolle Fassade des Gotteshauses. Er musste an die Schule denken – alles mal gelernt: römischer Frühbarock, die Standbilder der Herzöge in ihren Nischen und ganz oben unter dem Kreuz Christus Salvator. Er sah einen Handwerker bei der frei stehenden Statue links außen. Ja, die Luftverschmutzung ließ auch Herzog Theodo faltig werden. Ein Lichtreflex. Handwerker? *Was …?!*

Hummel stürzte nach vorn. Die Bodyguards griffen ins Sakko, aber Hummel war schon bei ihnen und riss den kleinen Mann zu Boden. *Tangtangtang!* Hummel zog den kleinen Mann hinter einen der Betonblumentröge. Er blickte nicht über den Betonrand, sondern nach hinten auf die Glasfront. Dort sah er, dass der Mann auf dem Kirchendach ein Gewehr im Anschlag hatte. Und sich vorlehnte, um weiterzuschießen. Die Bodyguards eröffneten das Feuer. Herzog Theodo wurde schwer getroffen. Die Leibwächter ebenfalls. Sie heulten auf.

»In Deckung, verdammt!«, schrie Hummel.

Er sah nach oben. Niemand mehr. Die Bodyguards hatten sich hinter den Blumentrog gerettet.

»Unten bleiben!«, zischte Hummel seinen Schützling und dessen Begleiter an und griff zum Handy.

PARIS

Als Helene im Hörsaal zum Schlusswort kam, sah Mader verblüfft auf die Uhr. Schon anderthalb Stunden vorbei? Er schämte sich ein bisschen, dass er so unaufmerksam gewesen war, so tief in Gedanken versunken. Und jetzt – sie einfach ansprechen? Vor dem Pult war bereits eine Menschentraube – Studenten, die noch Fragen hatten, Seminararbeiten aushandeln, abgeben oder Termine vereinbaren wollten. Da störte er nur. Er ging nach draußen und sah sich unwillkürlich nach Bajazzo um. Wo …? Nein, der war ja in München bei seiner Nachbarin.

Der Vorplatz zum Unigebäude war ein freudloser Ort. Beton, gezeichnet von Jahren und Witterung, die Glasflächen des Gebäudes mit blindem Schleier, verkümmerte Alibipflanzen in aschfahlen Beeten.

»Ja, besonders schön ist das nicht.«

Erschrocken drehte er sich um. Da war sie. Zwei Meter Luftlinie, Zigarette in der Hand. Wo war sie hergekommen? Jetzt sah er die offene Glastür zum Erdgeschossbüro.

»Wir haben telefoniert«, sagte sie. »Vor ein paar Wochen.«

»Woher wissen Sie …?«

»Ich hab mir Ihr Bild im Internet angesehen.«

Er lächelte. Genau das hatte auch er getan. Dass sich jemand sein Foto auf der Homepage der Polizei anschauen könnte, auf die Idee war er allerdings nicht gekommen. Er wusste gar nicht, wie es aussah. Vielleicht trug er da sogar

Uniform? Ihr schönes Foto im Netz entsprach jedenfalls nicht der Realität. In echt war sie noch weitaus attraktiver.

»Kommen Sie rein«, sagte sie und schnippte den Zigarettenstummel achtlos ins Gebüsch. Mader registrierte die vielen Kippen auf der Erde. Er grinste und folgte ihr durch die karge Vegetation. Sie betraten ein chaotisches Büro. Überall Bücher – an den Wänden, in den Regalen, auf dem großen Schreibtisch, auf dem Boden. Plus Papierstapel. Auf dem kleinen Besprechungstisch lag eine offene Tupperware-Box mit geschnittenen Äpfeln, dezent gebräunt. Daneben eine angebrochene Flasche Mineralwasser.

»Wenn ich gewusst hätte, dass ich Besuch bekomme, hätte ich aufgeräumt.«

»Sieht bei uns ähnlich aus. Nur Akten statt Bücher.« Er lächelte verlegen.

Sie deutete auf einen der Stühle.

Er nahm Platz und überlegte, wie und wo er anfangen sollte.

Sie suchte etwas in einem der Bücherregale und fand es schließlich: ein gerahmtes Foto. Das gelbstichige Schwarz-Weiß-Bild zeigte ein junges Paar, das angestrengt lächelte. Mader musste lange hinsehen, bis er seinen Vater erkannte. So ganz klar hatte er ihn nicht vor Augen. Die Frau an seiner Seite war jedenfalls nicht seine Mutter.

»Ist das dein Vater?«, fragte sie.

Mader nickte und ging ebenfalls zum Du über. »Und deine Mutter?«

»Ja, irgendwann hat sie mir das Bild gezeigt. Weil ich sie immer wieder gefragt habe. Aber sie hat mir keinen Namen genannt, keine Anhaltspunkte gegeben. Nur dass er schon vor meiner Geburt gestorben ist. Ich hab versucht mehr herauszukriegen. Ich bin zwar Forscherin, aber das hab ich dann doch nicht geschafft. Meine Mutter ist vor ein paar Jahren gestorben. Unter ihren Hinterlassenschaften war das Foto der einzige Hinweis auf meinen Vater. Erstaunlich genug. Ich hatte die Suche schon aufgegeben. Und dann meldest du dich.«

»Wie war deine Mutter?«

»Eine wunderbare Frau. Wir waren sehr eng. Nur zu zweit. Es hat niemand gefehlt.«

Mader nickte nachdenklich. »Weißt du, wie mein, also, wie unser Vater gestorben ist?«

Sie schüttelte den Kopf.

»Willst du es wissen?«

»Ja klar.« Sie zündete sich eine Zigarette an. Hielt ihm die Schachtel hin. Er winkte ab.

Er erzählte ihr die Geschichte von dem Banküberfall in Regensburg, wie sein Vater sich gegen die Geiseln austauschen ließ – unter denen ihre Mutter gewesen war – und wie er schließlich nach mehreren Tagen Gefangenschaft aus der Donau gefischt wurde.

Sie hörte gespannt zu und schnäuzte sich mehrmals. Sichtlich bemüht, ihre Gedanken zu ordnen.

»Was hast du heute noch vor?«, fragte sie schließlich.

Er schaute auf sein Handy, um die Zeit zu checken, und sah, dass es noch im Flugmodus war. Er deaktivierte ihn und steckte das Handy wieder ein. Eine SMS piepte.

»Arbeit?«

»Ich hab heute frei.«

»Schau ruhig nach. Vielleicht ist es dringend.«

Mader las die Nachricht und zuckte zusammen. »Ja, dringend. Tut mir leid, ich muss sofort zurück nach München.«

»Bist du mit dem Auto hier?«

»Nein, Zug.«

»Ich bring dich.«

Als Mader im Zug saß, war er ziemlich durcheinander. Er hatte gerade mit Zankl telefoniert. Ein Attentat in der Fußgängerzone. Und Hummel mittendrin. Warum schlitterte der immer wieder in solche Geschichten? Wie damals – bei der Geschichte mit dem Geistlichen, der aus dem Obergeschoss eines Gebäudes in der Kardinal-Faulhaber-Straße gefallen war, als Hummel gerade dort vorbeikam. Jetzt war Hummel schon wieder Augenzeuge. Hauptsache, ihm war nichts passiert.

Maders Emotionen waren nicht nur dienstlich in Aufruhr. Die Abschiedsszene am Bahnhof hatte ihn mitgenommen. Es war wie in einem Kitschfilm gewesen. Innige Umarmung, Wange an Wange, Helenes Parfüm, schwer, ein Hauch Zigaretten – eher Paris als Regensburg. Was eine attraktive Frau! Das sollte seine Halbschwester sein? Ihren Vater hatte sie nie kennengelernt, ihre Mutter würde er nie kennenlernen. Und seine Mutter hatte vom Doppelleben ihres Mannes nichts geahnt. Aber Mader hegte keinen Groll wegen der Untreue seines Vaters. Zu spät, zu lange her. Jetzt war es ein spätes Geschenk – er hatte eine Familie, Verwandtschaft. Es ging ja nicht nur um Helene. Ihr Mann war freier Journalist, arbeitete von zu Hause und kümmerte sich um die beiden Töchter. Moderne Beziehung. Ob die Mädchen die Geschichte mit dem Großvater erfuhren? Natürlich würden sie das. Sobald sie ihren Onkel kennenlernten. Onkel – das klang so blöd, so altmodisch. Nein, es klang gut – amtlich, verlässlich. Bestimmt dauerte es noch ein bisschen, bis er sie alle kennenlernte. Er hatte keine Eile. Helene und er waren seit über vierzig Jahren Geschwister und hatten sich gerade das erste Mal gesehen.

Ich bin gar kein Einzelkind, dachte er. Großartig! Er sah nachdenklich aus dem Fenster, in den Himmel, auf die vorbeifliegenden Felder, Häuser, Wälder. All die Schönheit im Schnelldurchlauf. Er schüttelte den Kopf, verwundert, wie rührselig er war.

Sie erreichten Landshut, wo viele Menschen in den Zug einstiegen. Knappe Stunde noch. Mader schloss die Augen.

HARTES LAND

»Immer was los bei dir«, sagte Dosi zu Hummel, als er mit dem bulligen Leiter des SEKs im Schlepptau das Büro betrat.

Mader begrüßte den Einsatzleiter. »Ganter, was habt ihr?«

Ganter strich sich über den schwarzen Schnauzer. »Nichts, Mader. Der Typ ist weg. Der hat sich ausgekannt. Aufs Dach von St. Michael und zu den Statuen kommst du nicht einfach so rauf. Bislang keine Spuren. Das war ein Profi.«

»Profikiller?«, fragte Mader.

»Gibt's auch Hobbykiller?«

»Du weißt, wie ich's meine. Was ist mit dem Opfer?«

»Die zwei Bodyguards sind leicht verletzt. Ihr Chef ist wohlauf.«

»Wer macht so was?«

»Keine Ahnung.«

»Ist der Typ Politiker?«

Dezernatsleiter Günther rauschte herein. »Wo ist er?«

»Wer?«, fragte Zankl.

»Baroli.«

»Es heißt Barolo«, sagte Zankl.

»Hüten Sie Ihre Zunge, Zankl! Von Wein haben Sie eh keine Ahnung. Ich spreche von Sergio Baroli. Der Autor von *Hartes Land*. Das Enthüllungsbuch über die Machenschaften der Mafia im Immobiliengeschäft und bei der illegalen Müllentsorgung. Ein großartiges Buch. Und ein großer Bestseller. Wo ist er?«

»Der Bestseller ist nebenan«, sagte Mader.

»Geht es ihm gut?«

»Wie es aussieht, hat Hummel ihm das Leben gerettet«, sagte Ganter.

»Nein, der Herrgott«, murmelte Hummel. »War alles Zufall. Ich war in St. Michael.«

Günther sah ihn erstaunt an. »In der Kirche. Aha. Warum?«

»Zufall, Neugier.«

»Sie brauchen sich nicht für Ihren Glauben zu schämen. Also, was ist passiert?«

»Als ich rauskomm, seh ich den Typen auf dem Kirchendach, also an der Fassade, bei den Statuen. Nicht direkt, sondern in der Spiegelung. Der Sport-Scheck hat ja so eine Glasfront.«

»Bravo, Hummel, bravo! Das ist es, was echte Kriminaler auszeichnet – der Blick fürs Detail, für die ungewöhnliche Perspektive. Die Fähigkeit, Dinge auch mal anders zu sehen.«

»Lichtenberg«, sagte Mader, mehr für sich.

»Oh, Herr Mader, ich staune. Lichtenberg – sehr schön. Aber Herr Hummel, im Ernst: Das war sehr gut. Sie haben den richtigen Blick und vor allem: In-tu-i-tion – ein Gespür für die Situation, für die Bedrohung. Haben Sie eine Idee, wer der Schütze war?«

»Nein, woher sollte ich das wissen? Was ich weiß: Der Typ hat scharf geschossen, und die Bodyguards sind verletzt.«

»Die werden die Ärzte im Rechts der Isar schon wieder zusammenflicken. Der italienische Botschafter hat mich angerufen. Er ist geschockt, aber auch sehr froh über den beherzten Einsatz unserer Polizeikräfte. Er legt größten Wert auf die Sicherheit seines Landsmanns. Ich habe ihm versichert, dass wir unser Möglichstes tun.«

»Wir sind keine Personenschützer«, sagte Mader.

»Jetzt seien Sie mal nicht kleinlich, Mader. Wie ich das sehe, war das heute Morgen ein Mordversuch. Also unser Tätigkeitsbereich. Wollen Sie etwa abwarten, bis jemand stirbt, damit wir einen Mordfall haben und aktiv werden können?«

»Mein lieber Dr. Günther, wenn es da um irgendwelche Mafiageschichten geht, ist das ein Job für die Kollegen vom Organisierten Verbrechen. Oder gleich fürs LKA.«

»Da haben Sie nicht unrecht, Mader. Und was meinen Sie, was die gerade machen? Ermitteln. Mit Hochdruck. Trotzdem wird unsere Hilfe gebraucht, um die Sicherheit von Signor Baroli zu gewährleisten.«

»Er hat doch bereits Personenschützer, oder?«

Günther lachte auf. »Mader, Sie sehen ja, was die können. Und Sie kennen doch meine Strategie von der letzten

Sicherheitstagung: Es geht nichts über die Spezialkenntnisse der *local forces.* Im Hintergrund sind ab sofort auch wir präsent. Dann kann nichts mehr passieren. Das ist doch eine gute Gelegenheit, unseren europäischen Kollegen zu zeigen, was wir so draufhaben.«

»Sie sprechen in Rätseln, Dr. Günther. Welche Gelegenheit meinen Sie?«

»Baroli war Gast auf unserem internationalen Symposium zur Bandenkriminalität in Europa. Er hat der deutschen Polizei äußerst wertvolle Einblicke in die Arbeit der Mafia gewährt.«

»Auf italienisch?«

»Er spricht hervorragend deutsch. Er ist Südtiroler. Sein Vortrag auf dem Symposium war wirklich eindrucksvoll. Sehr lebensnahe Beispiele.«

»Aber das Symposium ist vorbei, oder nicht?«

»Ja, seit gestern Abend. Alles ohne Zwischenfälle verlaufen.«

»Dann kann er doch heimfahren.«

»Noch nicht. Heute Abend gibt es noch eine große Festveranstaltung. Baroli bekommt den Bayerischen Ehrenpreis für besondere Verdienste um die öffentliche Sicherheit. Für seine Zivilcourage und seine Recherchen zu Mafia und Korruption. Und zwar vom Innenminister persönlich. Als Anerkennung für seine furchtlose journalistische Arbeit, von der auch die bayerische Polizei profitiert.«

»Aha. Und das soll wirklich heute Abend passieren? Nach dem Attentat heute Morgen?«

»Baroli will es so. Hat mir der italienische Botschafter gerade bestätigt. Und er hat recht. Man darf nicht nachgeben, man darf sich nicht einschüchtern lassen, wenn man für die Gerechtigkeit kämpft. Also müssen auch wir Einsatz zeigen.«

Mader, Zankl, Dosi und Hummel sahen sich vielsagend an. Einhellige Meinung: Günther, der Tagungshecht, der allen zeigen will, was für einen Superjob er macht. Na spitze.

GENAU GECHECKT

»Mann, Hummel, du hast sie doch nicht alle!«, fuhr Dosi ihn an, als sie in der Cafeteria des Präsidiums saßen. »Das kannst du nicht machen. Bodyguard für den Heini.«

»Warum denn nicht?«

»Darum nicht. Weil du kein Personenschützer bist. Die sind für so was speziell trainiert. Jetzt hast du dem Typen schon mal das Leben gerettet, da stellst du dich doch nicht noch einmal hin und wartest, dass sie beim nächsten Versuch auch dich erwischen.«

»Beruhig dich, Dosi. Die Veranstaltung ist streng überwacht.«

»Dass ich nicht lache. Im Circus Krone … Weißt du, wie viele Menschen da reingehen? Bestimmt zweitausend.«

»Vorher wird jeder genau gecheckt. Die machen Taschenkontrollen. Und die haben Detektoren. Das ist wie am Flughafen, bevor du in den Flieger steigst.«

»Du fliegst doch nie.«

»Wer sagt das?«

»Hast du selbst mal gesagt.«

»Ja, wenn ich es vermeiden kann.«

»Und wenn du es vermeiden kannst, dann lässt du dich auch nicht abknallen, oder?«

»Nein, das tu ich nicht. Aber weißt du, da geht's nicht nur um Personenschutz.«

»Sondern?«

»Pressefreiheit, Meinungsfreiheit, die Macht des freien Wortes. Sich nicht einschüchtern lassen. Zivilcourage.«

»Bist du besoffen, Hummel?«

»Ich mein das ernst.«

Dosi sah ihn verwundert an. »Du ziehst das durch, was?«

»Ich zieh das durch.«

»Und was sagt Mader dazu?«

»Dass ich das selbst entscheiden muss.«

»Der macht's sich einfach. Das ist doch dein Vorgesetzter!«

»Ich hab ihm gesagt, dass ich das möchte.«

»O Mann!« Sie musterte ihn, ob er es wirklich ernst meinte. Dann nickte sie langsam. »Okay, ich bin dabei. Zankl auch.«

VORPROGRAMM

Reihenhaussiedlung in Berg am Laim. Symmetrische Tristesse einförmigen Eigenheimglücks. Akkurate Kleinstgärten vor und hinter schmalen Häuschen. In einer der engen Reihenhausküchen traute Zweisamkeit. Zwei Frauen um die vierzig. Eine blass, hager, groß, schwarzes Haar zum strengen Dutt gebunden, Designerhornbrille. Die andere klein und kräftig, Sonnenstudiobräune, Igelhaarschnitt und Lippenpiercing. Auf dem Tisch Filterkaffee und Fettgebäck aus dem Backshop auf Spitzendeckchen mit Supermarkttulpen in Goldrandvase.

»Traudl, was wollen die?«, fragte der Dutt den Igel und stellte die Kaffeetasse hart auf der Tischplatte ab.

»Neues Sicherheitskonzept. Da muss noch einer mit aufs Podium«, antwortete die Angesprochene und beäugte mit Missfallen die Kaffeespritzer auf der Tischdecke. »Gerti, pass halt auf!«

»Der Laden ist doch eh schon voll mit Sicherheitstypen«, knurrte Gerti und nahm einen großen Schluck Kaffee. »Traudl, so was brauchen wir nicht.«

»Wir nicht, aber die Polizei. Die braucht noch einen, von dem man nichts wissen darf. Auf der Bühne, direkt bei ihm.«

Gerti stellte ihren Kaffeebecher wieder unsanft ab. Einige der Rechnungen, die auf dem Tisch lagen, wurden braun gesprenkelt.

»Gerti, jetzt pass doch auf!«

»Ich versteh's nicht. Wer braucht wen für was?«

»Die Polizei braucht jemand, der den ganzen Abend an seiner Seite ist.«

»Uh! *Der Mann an seiner Seite.* Süß.«

»Jetzt sei nicht zynisch. Die wollen einen Polizisten ganz nah bei Baroli haben. Einen, der nicht als Polizist zu erkennen ist. Ich hab das mit denen schon geregelt. Er wird das Vorprogramm bestreiten.«

Gerti sah sie verwirrt an. »Wie?«

»Als Autor.«

»Wir können doch einen Polizisten nicht einfach so irgendwas lesen lassen.«

»Er liest nicht irgendwas, Gerti. Der hat an einem Krimi mitgeschrieben.«

»Aha. Und bei welchem?«

»Bei dem aktuellen vom Krämer. *Heiße Hunde*. Die Pressefrau vom Verlag hat uns doch die Fahnen geschickt.«

»Dieses Bayerwald-Massaker? Auf keinen Fall!«

»Ach komm, das ist gar nicht so schlecht. Wie das ganze Biogaskraftwerk explodiert – mal was anderes.«

»Der Krämer kommt mir nicht in die Tüte, der Depp.«

»Was hast du nur immer gegen den?«

»Ich mag ihn nicht.«

»Aber seine Shows sind gut. Und das letzte Buch ist's auch.«

»Findet nicht jeder. Ich jedenfalls nicht.«

»Er liest ja nicht selber.«

»Trotzdem.« Gerti kratzte sich am Kinn.

Traudl schaute sie irritiert an.

»Is was?«, fauchte Gerti.

»Nein, muss das Licht sein.«

»Was?«

»Einen Moment lang hab ich gedacht, dass du Bartstoppeln hast.«

»Dir geb ich gleich Bartstoppeln. Der Krämer und sein blödes Buch kommen mir jedenfalls nicht ins Haus. He, wir haben einen Ruf zu verlieren. *Duo Mortale* und *Monaco Crime* – zwei Namen, die für höchste Qualität bürgen. Da können wir uns keinen Schrott leisten.«

»Jetzt übertreib mal nicht. Außerdem liest der Krämer ja nicht selber. Nur sein Koautor, ein gewisser Klaus Hummel. Der ist ein unbeschriebenes Blatt. Und zufälligerweise arbeitet er bei der Mordkommission.«

»Mordkommission. Hm …«

»Aber das dürfen wir natürlich nicht sagen.«

»Pah.«

»Aber hinterher. Das ist doch eine wahnsinnsgute Story – *Faction!*«

»Was?«

»Fakten, Fiktion, Action – Faction«, erklärte Traudl. »Das Echte halt, nicht nur erfundene Geschichten. Echter Bodyguard, echte Bedrohung.«

Gerti lacht. »*Faction!* Meine kluge Frau. Geil. Mann, mit der Bodyguard-Geschichte könnten wir fett Werbung machen. Da gibt's doch auch so 'nen super Film. Wie heißt der noch mal?«

»*The Bodyguard?*«

»Traudl, du Kinomaus, du hast es echt drauf. *The Bodyguard*, klar! Spitzenstreifen.«

»Mit der blöden Whitney Houston.«

»Ey, die ist nicht blöd. Die ist voll super.«

»Voll super? Die Tante? Das meinst du jetzt nicht im Ernst, Gerti.«

»He, Traudl, das ist doch nur Kino.«

»Nur Kino, ja klar. Ich denk da nur an die abgegriffene LP-Hülle bei dir im Regal, wo sie den schrecklichen Badeanzug anhat.«

»In meinem Regal?«

»Nein, auf der Rückseite von der Platte.«

»Das ist ihr Debütalbum. So der Hammer! Und damals hatten alle solche Badeanzüge.«

»Ach? Du auch?«

»Ja, ich auch. Das war die Mode damals. Das V am Dekolleté und der hohe Beinausschnitt. Alle hatten das.«

»Ich nicht.«

»Schatzi, ist ja schon gut. Strand ist ja nicht so deins.

Das weiß ich doch, meine Liebe. Du gehst lieber ins Sonnenstudio.«

»Was dagegen?«

»Nein. Außerdem ist die Whitney ja nicht mehr unter uns.«

»Aber in deinem Herzen.«

»Da bist nur du, Spatzl. Also, wenn dieser Polizist wirklich lesen muss, dann schlachten wir das werbemäßig aus. Das klingt doch voll spannend, wenn wir das posten – Polizeischutz, verdeckte Ermittler, Bodyguard …«

»Langsam, Gerti. Die Polizei sagt, wie es läuft.«

»Nein. Wir sagen, wie's läuft!« Gerti hieb auf den Tisch. »Und wenn mir das nicht passt, dann …«

»Jetzt hör schon auf. Du machst, was die sagen. Wenn da irgendwas passiert, dann zahlt dir das keine Versicherung. Immerhin ist heute Morgen auf den Baroli geschossen worden.«

»Wie bitte?«

»In der Fußgängerzone.«

»Echt jetzt?«

»Ja, vom Dach der Michaelskirche.«

»Kenn ich nicht. Wo ist die?«

»Gegenüber vom Sport-Scheck.«

»Echt? Mitten in der Fuzo?«

»Ja, verdammt noch mal.«

»Geil! Traudl, das ist doch super.«

»Gerti, jetzt krieg dich ein.«

»Geil. Das ist so was von geil. Weiß die Presse davon?«

»Ja. Vorhin war es schon auf *B5 aktuell*.«

»Warum hab ich das dann nicht mitbekommen?«

»Na ja, wenn du erst nachmittags aus den Federn kriechst …«

»Werd nur nicht frech. Ich war gestern bis ewig auf der langen Kriminacht von Milbertshofen. Was eine Tortur! Das lange Elend von Nordnordschwabing. Während du hier schon selig geschlummert hast. He, ein Attentat von einem Kirchendach. In der Fußgängerzone! Das ist doch mal was. Auf einen von unseren Festivalautoren! Das ist die Wahnsinnswerbung für Monaco Crime. Hast du das schon auf Facebook gepostet?«

»Nein, warum denn?«

»Warum? Das sind doch voll die *Breaking News*. Mehr Werbung geht ned.«

»Gerti! Der Krone ist eh ausverkauft.«

»Darum geht's doch nicht. Die Zeitungen der ganzen Stadt sind da, das Fernsehen, Radio. Super! Wir müssen das noch auf unsere Seite stellen und in den Newsletter reinpacken. Publicity. Marketing. So von wegen: Bei Monaco Crime, da kriegst du sie, die richtig scharfen Sachen!«

»Gerti, jetzt dreh nicht durch.«

»Und wie ich durchdreh, Traudl. Wahnsinn, das ist echt geil. Besser als der Stephen King. Da haben die andern gedacht, sie sind die Kings. Aber nein, wir sind die Queens, das Oberhaus der Liga. Wir schießen den Vogel ab. *Function* – oder wie das heißt!«

»*Faction. Facts & Fiction*. Aber *Function* ist auch nicht übel. *Fun & Action* – das wäre doch mal ein Motto für das ganze Bayernkrimizeugs.«

»*Faction!* Attentat – das ist doch der Wahnsinn! Das riecht nach Gefahr, echter Gefahr. *A-DRE-NA-LIN!* Ich schau mal ins Netz, was die so schreiben. Und dann knall ich noch schnell einen geilen Text für Facebook und unseren Newsletter zusammen.«

»Tu, was du nicht lassen kannst, Gerti. Aber beeil dich. In zwei Stunden müssen wir los.«

»Und dieser Hummel, der muss wirklich lesen? Kann der nicht zumindest was anderes lesen? Muss das wirklich aus dem Buch von dem Krämer sein?«

»So wollen es die Cops. Du willst wohl, dass ich auf der Bühne lese. Oder, Schatzi?«

»Warum nicht, Traudlmausl?«

»Ich bin keine Polizistin.«

»Ja, schade, wo ich doch so auf Uniform steh.«

»Das weiß ich doch, mein kleines Ferkel. Soll Sergeant Traudl die Uniform holen?«

»Geht sich das denn noch aus?«

»Na ja, wenn du richtig Gas gibst.«

RESOLUT

Der Circus Krone war bis unters Dach gefüllt. Restlos ausverkauft. Angesichts der Ereignisse am Vormittag war das Publikum besonders zeitig erschienen, um auch ganz sicher dabei zu sein, wenn der gerade knapp einem Attentat entkommene Bestsellerautor aus seinem neuen Buch las und danach signierte. Wer weiß, wie lange noch? *True Crime at its best.*

Mader hatte hinter der Bühne alle Hände voll zu tun, auch weil es aufdringliche Menschen gab, die sich nicht an Absperrungen oder Verbote hielten. Wie der Autor, der sich backstage bewegte, als wäre er dort zu Hause. Wo der Bereich doch nur das Vorzimmer zu dem Ort war, der Krimiautor Horst Krämer gebührte: die große Bühne.

Das hatte der jedenfalls schon mehrfach lautstark bekundet.

»Und Sie gehen da nicht raus!«, warnte Mader mit kaum noch verhüllter Aggression den penetranten Herrn im Hinterzimmer vom Circus Krone.

»Und wie ich da rausgeh. Das ist mein Buch. Wenn Sie meinen, dass Herr Hummel an meiner Stelle auf die Bühne geht und liest …«

»Woher wissen Sie überhaupt, dass Hummel hier liest?«, fragte Mader genervt.

»Steht doch auf Facebook.«

»Ach ja, und wo da?«

»Auf der Seite vom Duo Mortale.«

»Wer zum Teufel ist das?

»Das sind die Festivalveranstalter. Also von Monaco Crime. Was ist jetzt? Kann ich nachher auf die Bühne? Ich sprech mit Hummel. Der hört auf mich. Wir kennen uns.«

Mader schüttelte den Kopf. »Nein, Herr Hummel hat hier andere Aufgaben. Das Lesen ist eher sekundär.«

»Lesen ist niemals sekundär! Das hier ist ein Literaturfestival!«

Mader atmete tief durch. »Das reicht. Gehen Sie jetzt, bitte. Das ist eine polizeiliche Anordnung. Freundlich formuliert. Oder soll ich einen Platzverweis erteilen? Das möchten Sie nicht wirklich.«

Draußen versuchte Dosi, die resolute ältere Dame mit der riesigen Sonnenbrille vom Backstage-Bereich fernzuhalten. »He! Da geht's nicht weiter!« Sie fasste die Frau am Arm, um sie daran zu hindern, den polizeilichen Operationsbereich zu betreten.

»Lassen Sie mich los«, zischte die Frau. »Ich bin die Agentin.«

Dosi ließ den Arm los und musterte sie. »So? Aha? Agentin sind Sie also?«

»Literaturagentin. Gerlinde von Kaltern.«

»Ach, Sie sind das. Mein Kollege Hummel hat mir schon von Ihnen erzählt.«

»So? Nur Gutes, hoff ich mal.«

»Wie man's nimmt.«

»Gerlinde, kannst du mir sagen, was hier los ist?«, meldete sich Krämer durch die offene Tür. »Hummel soll aus meinem Krimi lesen. Und ich soll hier verschwinden. Ich lass mich doch nicht vom Hof jagen wie ein räudiger Köter.«

Mader steckte den Kopf zum Gang hinaus. »Meine liebe Frau …?«

»Gerlinde von Kaltern.«

»Gnädige Frau, ich werde gleich einen Platzverweis gegen Herrn Krämer aussprechen. Wenn er sich nicht unauffällig im Hintergrund hält, muss er das Gebäude verlassen. Er hat hinter der Bühne nichts verloren. Und auf der Bühne schon gar nichts. Es handelt sich hier um eine Polizeioperation.«

Gerlinde lächelte Mader an. »Mein lieber Herr …«

»Mader. Ich leite den Sondereinsatz. Wir haben hier eine gewisse Gefährdungslage.«

»Jaja, das Attentat. Sie erwarten doch nicht etwa einen weiteren Anschlag, oder?«

»Das geht Sie nichts an.«

»Gerlinde, das geht schon die ganze Zeit in dem Ton«, ereiferte sich Krämer. »Das geht nicht, dass Hummel aus *Heiße Hunde* liest. Auf dem Buch steht mein Name. Da draußen sind zweitausend Leute. Auf so eine Gelegenheit warte ich seit Jahren. Und jetzt soll dieser No-Name da rausgehen und den ganzen Beifall und die Presse kriegen? Niemals. Nur über meine Leiche. Gerlinde, jetzt sag doch was!«

»Frau Kaltern ...«, sagte Mader.

»Von Kaltern, mein lieber Herr Mader. So viel Zeit sollte sein.«

»Hochverehrte Frau von Kaltern, machen Sie Ihrem Schützling bitte klar, dass es hier nicht um das literarische Duett geht, sondern dass Herr Hummel auf der Bühne einen Einsatz als Kriminalbeamter hat.«

»Schützling? Ich glaub, ich spinn ... Sie, Sie ...« Vor lauter Erregung versagte Krämer die Stimme.

Gerlinde von Kaltern legte ihrem aufgebrachten Autor die Hand auf die Schulter. »Horst, beruhig dich. Sieh es doch mal, wie es ist. Genau genommen hat Hummel ja das Buch geschrieben, also den größten Teil.«

Krämer schüttelte heftig den Kopf. »Allein durch meinen Input ist aus der Groschenheftprosa ein richtiges Buch geworden. Mit Anfang und Schluss und sogar einem bisschen was zwischendrin.« Er sah sie herausfordernd an.

»Horst! Hummel steht ebenfalls bei mir unter Vertrag. Vergiss das nicht.«

Mader wurde das alles zu viel. »Meine Dame, mein Herr – Schluss jetzt! Entweder Sie gehen sofort auf Ihre Plätze, oder ich lass Sie von meinen Leuten rausbringen. Aber dann nicht in den Saal, sondern vor die Tür, auf die Straße.«

Gerlinde musterte Mader, blies die Backen auf und ... ließ die Luft mit einem satten Plopp wieder heraus. »Horst, wir gehen.«

»Aber ...«

»Nichts aber.«

»Aber der kann doch nicht einfach …«

»Ruhe!«

Die Literaturagentin musterte Mader kalt und nahm ihre Sonnenbrille aus dem Haar. »Geben Sie Hummel die Brille. Er soll sie auf der Bühne tragen. Mit einem schönen Gruß von mir. Das ist wichtig. Andernfalls sind wir – also er und ich – geschiedene Leute. Ich meine das ernst. Und noch wichtiger: Er stellt sich nicht mit Namen vor. Sonst seh ich da ein Problem mit seiner zukünftigen Karriere. Ein großes Problem. Richten Sie ihm das aus, wörtlich. Kein Name. Sonst finito.«

Mader nahm die Brille genervt entgegen. »Ich bemüh mich. Und jetzt raus. Sofort. Beide.«

Gerlinde von Kaltern schob ihren aufgelösten Autor aus der Tür.

Als sie weg waren, sagte Dosi: »O Mann, was für eine blöde Kuh.«

Mader schüttelte den Kopf. »Der Heini war ja noch blöder. Eingebildetes Pack. Ich bin skeptisch, ob das Ganze hier eine gute Idee ist. Nein, eigentlich bin ich mir ganz sicher. Das ist eine richtige Scheißidee.«

WAHRSCHEINLICHKEIT

Das Veranstalterpaar betrat die improvisierte Einsatzzentrale der Polizei. Es war ganz mit sich beschäftigt und schenkte den Beamten keine Beachtung.

Gerti saugte genussvoll den Zirkusduft ein – Tierkot, Schweiß und Schminke – und rieb sich die Hände. »Traudl, perfekt! Der Saal ist voll. Fernsehen, Hörfunk, Zeitung – alle da. Und wir sind die Ladys, die so was gebacken kriegen. So viel Presse hatten wir bei Monaco Crime noch nie am Start. Dreihundert Tickets extra. In einer knappen Stunde. Die Bestellungen sind nur so reingezischt. Sogar die Teilsichtplätze sind weggegangen. Jeder will dabei sein. Das ist topptopptopp!«

Mader schüttelte den Kopf. »Ja, das war eine super Idee, dass Sie das mit dem Attentat gepostet haben. Ganz toll. Vielen Dank auch. Das unterstützt die Arbeit der Polizei ungemein.«

Günther tauchte hinter ihm auf. »Immer mit der Ruhe, Mader. Das mag auf den ersten Blick suboptimal erscheinen, aber es hat auch seine gute Seite.«

»Aha? Und wie sieht die aus?«

»Sicherheit durch Öffentlichkeit. Glauben Sie im Ernst, dass jemand bei der ganzen Pressepräsenz und vor dem großen Publikum ein Attentat verübt? Sehr geringe Wahrscheinlichkeit. Quasi ausgeschlossen.«

»Genauso wie in der Fußgängerzone?«

»Das war frühmorgens. Da ist doch kein Mensch auf der Straße.«

»Ja, genau. Um halb zehn. Nur jede Menge Lieferanten und Leute auf dem Weg zur Arbeit. Wie Hummel zum Beispiel.«

»Mader, ich sag Ihnen eins. Bleiben Sie cool. Da draußen sind über zweitausend Leute, Presse, Polizei. Außerdem ist im Hintergrund das Sicherheitsteam vom Innenminister aktiv. Da passiert nix.« Dr. Günther drehte sich zu den Veranstalterinnen. »Die Autoren sind hier?«

Traudl nickte. »Ja, in der Maske.«

»Wie ist der Ablauf?«

»Ich begrüße die Leute«, sagte Gerti. »Herr Hummel liest als Warm-up zehn Minuten, dann kommt Baroli. Er liest ein paar Seiten aus *Hartes Land*, danach führt Frank Mittelmeier vom Bayerischen Rundfunk ein kurzes Interview mit ihm, und zum Abschluss bekommt er vom Innenminister seine Auszeichnung.«

»Wo ist Hummel in dieser Zeit?«

»Auf der Bühne steht ein Sofa. Da sitzt er. Im Hintergrund. Ohne Licht. Nach der Preisverleihung kommt dann ein Spot auf das Sofa für die lockere Talkrunde.«

»Wie lang dauert die?«

»Maximal zwanzig Minuten.«

Günther nickte. »Dann ist Schluss?«

»Dann signiert Baroli.«

»Hummel auch?«

»Äh? Nein, das war nicht vorgesehen. Das ist zu spontan. Und außerdem vertritt er diesen Krämer doch nur.«

»Okay. Und wo wird signiert?«

»Am Büchertisch.«

»Wo steht der?«

»Im Foyer.«

Günther schüttelte den Kopf. »Zu unübersichtlich, zu gefährlich.«

Gerti nahm die Hornbrille von der Nase und schüttelte ebenfalls den Kopf. »Auf den Büchertisch können wir nicht verzichten. Der Verlag und die Buchhändlerin bringen uns um. Monaco Crime ist immerhin ein Literaturfestival.«

»Dann lassen Sie auf der Bühne signieren. Wir müssen die Leute sehen. Nicht im Foyer. Das ist zu verwinkelt.«

Gerti nickte. »Gut, dann machen wir es so. In einer Viertelstunde geht es los. Wir müssen weiter. Die Presse wartet.«

Sie packte Traudl und schob sie zur Tür hinaus.

Mader knurrte. »Denen geht es nur darum, dass die Bude voll ist. *Duo Mortale* – dass ich nicht lache. Doris, überbringen Sie Hummel bitte noch die Brille und die warmen Worte seiner Agentin. Und dann gehen Sie auf Ihren Posten.«

LAMPENFIEBER

Hummel fühlte sich elend. Er saß allein in der Künstlergarderobe. Ihm war heiß. Ihm war kalt. Er hatte Lampenfieber. Seine erste Lesung hatte er sich anders vorgestellt. Ganz anders. Irgendeine nette kleine Buchhandlung. Vielleicht in seinem Viertel. In Haidhausen. Oder in der Au, in Giesing. Oder in der Buchhandlung Glatteis in der Corneliusstraße. So dreißig bis vierzig Leute. Ganz familiär. Aber so? Zweitausend? Das waren zu viele. Viel zu viele. Die ganze Presse. Und der Innenminister, sein oberster Dienstherr war auch im Publikum. Ganz toll.

Er ging zum gefühlt siebzehnten Mal aufs Klo. Wieder nur ein paar Tröpfchen. Vor dem Schminkspiegel lag die Sonnenbrille von Gerlinde. Dosi hatte sie ihm mit ein paar Anweisungen gebracht. Was sollte das? Sollte er einen auf geheimnisvoll machen, so auf Marlowe? Nein, er wusste natürlich genau, was das sollte: Gerlinde wollte nicht, dass er als Autor seines Buchs in Erscheinung trat. Schließlich stand ja Krämer auf dem Cover. Der war auch hier, hatte Dosi gesagt. Schon klar, alles überhaupt kein Problem, Namen waren Schall und Rauch.

Scheiße, über zweitausend Leute. Was für eine Riesengelegenheit, ein Buch zu promoten – sein Buch! Aber es ging nicht um ihn, es war ein Job, sein Job – als Polizist. Nicht mehr, nicht weniger. Er durfte sich nicht auf sich konzentrieren, er musste Baroli und den Saal im Blick behalten, musste cool bleiben.

Er ging noch einmal aufs Klo. Achtzehn.

SENSATIONSGEIL

Mader, Dosi und Zankl hatten Posten bezogen. Mader im Zuschauerraum, Dosi links und Zankl rechts von der Bühne, auf Notsitzen bei den Sanitätern. Günther saß zwischen dem italienischen Botschafter und einem Europaabgeordneten der CSU. Die monochrome dunkle Anzug-Phalanx männlicher Würden- und Amtsträger in der ersten Reihe wurde von der schrillen Fröhlichkeit der Kleider und Kostüme der weiblichen Ehrengäste und Gattinnen durchbrochen. Die Ladys hatten sich im Hinblick auf den erhöhten Presseauftrieb besonders in Schale geworfen. Man konnte die Spannung riechen – die klassisch-schneidige Zirkusluft nebst den natürlichen Ausdünstungen des Publikums erhielt durch verschiedene überdosierte Parfüms eine fruchtig-obergärige Note. *Explosiv!*

Gerade füllten sich die letzten freien Plätze. Auftritt Innenminister und Gattin. Im Schlepptau zwei Fernsehteams und ein Heer von Fotoreportern. Die Bodyguards scannten den Saal.

Mader stand an einem der Seiteneingänge und dachte an die nachmittags absolvierte turbulente Pressekonferenz im

Präsidium. Die Vorfälle in der Fußgängerzone hatten für eine Riesenwelle gesorgt. Die Reporter hatten ihn ganz schön gegrillt. Er hatte es vermieden, von einem Mafia-Anschlag zu sprechen. Trotzdem stand genau das in der Schlagzeile der gerade erschienenen *Abendzeitung*. Verdammte Krawallblätter – das war sein erster Gedanke beim Anblick der Zeitung gewesen. Aber klar, als Journalist würde er es genauso machen. Die Leser waren sensationsgeil. Gierten nach Blut. Das Publikum hier auch. Alle wollten sehen, was das für ein Mann war, auf den man heute in der Fußgängerzone geschossen hatte. Mader war ebenfalls neugierig, wie Baroli sich auf der Bühne machte. Und auf Hummel war er auch gespannt. Jetzt wurde das Licht heruntergefahren. Das Murmeln verstummte und wich knisternder Stille.

SCHNAPPATMUNG

Hummel wischte sich den Mund ab und trank einen Schluck aus dem Wasserhahn. Er hatte sich gerade übergeben. Ganz plötzlich. In der Toilette. Er hätte es nicht für möglich gehalten, dass in seinem Magen überhaupt etwas drin war. Die flüchtige Leberkässemmel am Mittag hätte doch schon längst verdaut sein müssen. A bisserl was geht immer, dachte er jetzt und fühlte sich sehr unwohl. Soeben hatte ihn eine der Veranstaltungsladys angepflaumt, wo er denn bleibe. Jaja. Bin ja schon unterwegs. Er nahm sein Buch vom Schminktisch, sah die Sonnenbrille, überlegte kurz, dann griff er nach ihr. Im schwach beleuchteten Gang nickte er dem Polizisten mit der Maschinenpistole zu. Er hörte die

Stimme einer der Veranstalterinnen durch Zirkusrund und Gänge hallen: *Blablabla, bla, blabla, bla … Sergio Baroli wird gerade in einem gepanzerten Wagen von der Ettstraße hierher zum Circus Krone gebracht. Blablabla … absolute Sensation …*

»Schmarrn«, murmelte Hummel. »Baroli hat die Garderobe neben meiner und ist seit einer guten Stunde hier – wie ich.«

Die nächsten Worte galten dann auch ihm: *Um Ihnen die Wartezeit bis zur Ankunft unseres großen Stars zu verkürzen, gibt es jetzt noch ein paar kurzweilige Seiten aus dem neuen Kriminalroman von Horst Krämer. Bühne frei für* Heiße Hunde!

Als Hummel die Bühne betrat, war der Applaus freundlich-flau. In seinem Kopf stürmte es gewaltig. *Der neue Kriminalroman von Horst Krämer.* So ein Quatsch! Das war sein Buch. Zu großen Teilen zumindest. Klar, er wusste, worauf er sich eingelassen hatte. Aber trotzdem. Nein, cool bleiben! Es war nur ein Job. Ihm fiel die Brille ein. Gerlindes Anweisung. In Gottes Namen, dann spielte er eben mit. Er setzte die Brille im Gehen auf. Sofort wurde es Nacht, und er stolperte. Im Fallen räumte er das Couchtischchen mit den Wassergläsern ab. Gelächter im Publikum. Beim Aufstehen hielt er sich an der Dekofahne mit dem Festivalemblem fest, die weit weniger stabil war, als sie aussah. Mit einem *Zong!* schnalzte sie aus der Halterung nach unten. Hummel zog sie wieder hoch, doch jetzt löste sich die untere Befestigung. Die Dekofahne zischte nach oben. Tosendes Gelächter.

Hummel kämpfte sich an den Lesetisch vor, setzte sich und atmete durch. Zwar fiel das Bühnenscheinwerferlicht direkt auf den Tisch, aber mit der Sonnenbrille auf der Nase konnte er unmöglich lesen. Viel zu dunkel. Er nahm sie ab und sah ins Publikum. Bog das Mikrofon zurecht. Würgende Geräusche jagten durch die Soundanlage. Das war Hummel egal. Er musterte feindselig die erste Reihe mit den Würdenträgern. Sah Gerlinde und Krämer in der zweiten Reihe. Er schaute durch sie hindurch und sagte: »Mein Name ist Klaus Hummel, und ich lese aus meinem Roman *Heiße Hunde.* Viel Spaß!«

Er sah noch einmal herausfordernd zu Gerlinde und Krämer hinunter. Die beiden hatten Schnappatmung. Hummel begann:

> Im Wirtshaus *Zur Post* ist der Stammtisch noch ansehnlich besetzt. Querschnitt bayerischer Dickschädeligkeit in Zinnoberrot, hochglänzend. Der Artikulation kaum mehr mächtig, raunzt, rülpst und schorselt es rund um den Stammtisch wie Pichelsteiner auf der Herdplatte. Die man vergessen hat abzuschalten.
>
> Da sitzen sie – beim letzten Bier: der Hallhuber, der Hintermaier, der Kleinschmidt, der Fachinger, der Bronner und der Gschwendtner. Sechshundert Kilo rotes, haariges Fleisch. Alkoholimprägniert, mit festen Grundsätzen und deutlich erhöhter Betriebstemperatur – *heiße Hunde*.
>
> »Der Hublsteiner hat doch den Arsch offen, die dumme Sau!«
>
> »Jetzt soll ma dem Zipfel sein Gas kaufen? Aus seiner Biogasanlage! Echt ned!«
>
> »Eher hol i vom Baumarkt a Kartuschn, bevor i

dem sein Scheißgas kauf. Dem gib i glei a Biogas, dem Deppen!«

»Meinst du, mei Frau kocht mit de Schörs von dem seine Küh?«

»Den mach ma fertig!«

»Aber so was von!«

»Immerhin hat Malming die Anlage ned kriegt.«

»Na, koa Wunder mit am schwulen Sozi als Bürgermoasta. Da flutscht so ein Antrag bei der FOB ned wirklich.«

»Was is 'n die FOB?«

»O mei, du kennst di ja gar ned aus. *Future of Bavaria* – Strukturförderung.«

»Trotzdem, der blöde Hublsteiner. Jetzt müss ma dem sei Scheißgas kaufen!«

Hintermaier steht auf, kämpft mit den Worten, seine Backen und die Glatze färben sich violett, dann poltert es aus ihm heraus: »Des Riesenrindviech, der blöde Aff, die Sau, die scheißverfickte Drecksau, der greislige Zipfelklatscher, der hat ja nur Scheiße im Kopf, der dreckerte Hund, der Fettsack, des Arschloch, der damische Hirnbrunzer ...«

»Stopp!«, schreit Fachinger ihn an.

Hintermaier mustert ihn verwundert.

»Ganz ruhig«, sagt Fachinger. »Reg di ab, Hintermaier! Jetzt sauf ma uns zamm, und dann gehn ma alle heim.«

Ein Mann, ein Wort – die Stammtischbrüder leeren ihre Gläser und stolpern aus dem Wirtshaus zu ihren Autos, um röhrend in der Nacht zu verschwinden.

Im Zirkus war es totenstill. Hummel gluckste. Er hatte sich nicht ganz ans Manuskript gehalten. Der kleine Tourette-Anfall war doch super. *Kopro-Halali!* Er war einem Gefühl gefolgt, hatte sich mitreißen lassen. *Yes, Sir, I can boogie.* Mit einer Mischung aus Trotzigkeit und wilder Fröhlichkeit hatte er sie rausgelassen, die Flut böser Worte. *Dirty is the new sexy.* Wenn es dem Publikum nicht passte, konnte es sich ja beim Autor beschweren, diesem Horst Krämer.

Hummel sah auf und erblickte nur indignierte Gesichter. Nein, eines war vor hysterischem Lachen wie aufgelöst. Genau neben dem eingefrorenen Gesicht von Gerlinde. Zum ersten Mal war ihm Krämer sympathisch.

Als die Veranstalterin Hummels Worte halbwegs verdaut hatte, moderierte sie eilig ab. »Ja, ganz wunderbar. Sie hörten ein paar Zeilen aus dem wunderbaren München-Krimi *Heiße Hunde*, der, äh, nun ja, in München spielt.«

Hummel schloss die Augen. Erdete sich. Ihr Deppen, das Buch spielt fast nur im Bayer- und Böhmerwald. Aber das interessiert ja eh keine Sau. Er stand auf und verdrückte sich aufs Sofa. Dabei machte er einen großen Bogen um die Dekofahne, die fleißige Händchen wieder in die korrekte Position gebracht hatten. Sein Umweg sorgte für erneute Heiterkeit im Publikum.

Die Veranstalterin ließ ihr Jubelorgan ertönen: »Begrüßen Sie nun mit mir den einzigartigen, unerschrockenen, wagemutigen, furchtlosen Bestsellerautor … der im Alleingang der Mafia die Stirn bietet. *Ser-gi-o! Ba-ro-liii!*«

Applaus brandete auf, so laut und donnernd, als würde Jesus Christ Superstar vom Himmel schweben. Hummel erschrak über dieses Gewitter allgemeinen Zuspruchs. Das musste ja wirklich ein Riesentyp sein, dem er da heute Morgen das Leben gerettet hatte. Er hatte ihn eher als klein in Erinnerung.

Baroli erschien im Lichtkegel des Richtscheinwerfers. Über seiner Glatze glühte ein Heiligenschein. Der Jubel versiegte nicht. Und jetzt sah es auch Hummel: Baroli war nicht klein, er war groß, stattlich, erfolgreich. Hummel musste an Pep Guardiola denken. O ja, Baroli war es – der Meister, der Messias! Der Applaus wurde immer lauter. Massenhysterie. Jetzt klatschte auch Hummel.

Baroli verbeugte sich. Ging zum Lesetisch. Es wurde still.

Einen Moment nur. Dann ein lauter Knall. Schreie. Chaos.

Das Licht im Saal erlosch. Glassplitter prasselten auf die Bühne.

Hummel sprang nach vorn und zog Baroli nach unten. »Sind Sie okay?«

»Glaub schon.«

Hummel checkte die Lage. Unklare Situation. Überall Hektik, Geschrei, Leute, die durch den dunklen Saal rannten. Hummel sah Sicherheitskräfte mit Stablampen hereinstürmen. Er schob Baroli durchs Foyer zum Hintereingang, hinaus in den Innenhof. Dort standen offene Mannschaftswagen ohne Beamte. Alle waren jetzt im Zirkus. Hinter ihnen flog eine Tür auf. Hummel drehte sich nicht um. »Los, rennen Sie!«, wies er Baroli an. Sie spurteten über den Hof zur Marsstraße. Taxistand. Dort stand ein Wagen. Sie sprangen hinten hinein.

Kein Fahrer. Jetzt sah Hummel ihn. Draußen in den Büschen, beim Biseln. Hummel drehte sich um. Ein Auto kam die Straße heruntergeschossen. Hummel quetschte sich nach vorn. Stoßgebet. Ja, Schlüssel steckte. Er startete den Motor. Rückspiegel: schwarzer Golf, fünfzig Meter noch. Heulend rasten sie davon. Bei Rot über die Kreuzung.

AMPLITUDE

Mittlerer Ring. Hummel starrte in den Rückspiegel. Normaler Verkehr. Oder? Nein – der schwarze Golf klebte an ihnen dran. Hummel trat das Gaspedal durch. Er machte ein paar gefährliche Überholmanöver, aber der Golf war immer noch hinter ihnen. Getönte Scheiben. Hummel konnte keinen Fahrer sehen. Im Heckenstallertunnel wechselte er im letzten Moment die Fahrspur auf die Abzweigung zur Autobahn in Richtung Starnberg. Rückspiegel. Kein Golf mehr. Abgehängt. Trotzdem ignorierte er die Geschwindigkeitsbegrenzung. Statt achtzig fuhren sie hundertsechzig. Sollte ihn doch die Polizei stoppen. Käme ihm gerade recht.

Hummel überlegte. Kurz vor Starnberg gab es an der Autobahn eine Polizeistation. Er sollte sich vorher bei den Kollegen melden. Sein Handy war in der Garderobe. Funkgerät? Er wunderte sich. Gab es heutzutage keinen Taxifunk mehr? Nur noch Handys? Jetzt erst fiel ihm auf, dass der Wagen weiß und nicht cremefarben war. Das war gar kein Taxi. Offenbar hatte der Fahrer nur am Taxistand gehalten, um sich zu erleichtern.

»Haben Sie Ihr Handy dabei?«, fragt er nach hinten.

»Das ist im Zirkus, in der Garderobe.«

»Meins auch. Egal. Geht's Ihnen gut?«

Baroli beugte sich vor. »Ja. So weit, so gut. Danke.«

»Paar Minuten noch. Dann sind wir bei der Polizei.«

»Bin ich doch schon«, sagte Baroli.

Hummel verstand erst nicht, dann grinste er dämlich.

Baroli sah hinten zur Heckscheibe hinaus. »Scheiße!«

Hummel schaute in den Rückspiegel. Der Golf war wieder da. Oder immer noch? Hölle! Sie hätten die Stadt nicht verlassen sollen. Die getönten Scheiben. Wer war da in dem Auto? Einer? Zwei?

»Stopp!«, schrie Baroli.

Hummel stieg voll in die Eisen. Ihr Wagen kam knapp einen Meter hinter einem Kombi zum Stehen. Stau. Hummel atmete tief durch und drehte sich um. Sah den Golf nicht. Autos dazwischen. Vorn stand ein Laster quer. Sie saßen fest. Wenn der Typ jetzt ausstieg? Oder waren es tatsächlich mehrere? Was …? Er hörte eine Sirene. Polizei? Blinklicht. Blau und rot. Die Autokolonnen rückten auseinander. Rettungsgasse.

»Festhalten!«

Hummel knallte den Rückwärtsgang ein und schoss durch die Rettungsgasse. Dem Rettungswagen entgegen. Baroli sah nach hinten, Panik in den Augen. Der Sanka blendete auf. Hummel legte eine Vollbremsung hin, Powerslide. Er touchierte ein Cabrio, drückte sich vor einem Transporter auf die Standspur durch. Wieder Vollgas. Geisterfahrt auf der Standspur. Abfahrt Wolfratshausen. Auf die Landstraße.

Hummel fuhr ein paar Kilometer, schließlich hielt er rechts am Straßenrand an. Nahm die Hände vom Steuer. Sie zitterten nicht. Sie zuckten. Amplitude zehn Zentimeter. Mindestens.

»Rutsch rüber«, sagte Baroli.

Hummel kletterte auf den Beifahrersitz. Baroli stieg aus und kam nach vorn.

Er gab Hummel die Hand. »Sergio.«

»Klaus.«

Sergio fuhr durch die anbrechende Dunkelheit. Exakt mit hundert.

»Schnall dich an«, sagte er plötzlich und deutete mit dem Daumen nach hinten. »Wir werden den Golf nicht los.« Er gab Gas. Hundertvierzig auf der Landstraße. Er schaltete das Licht aus. Sie rasten in ein schwarzes Loch. So kam es Hummel vor.

»Achtung!« Baroli bremste hinter einer Kuppe scharf und scherte dort rechts in den Waldweg ein. Der Golf schoss an ihnen vorbei. Sie sahen dem Wagen hinterher. Er stoppte auf der nächsten Kuppe der hügeligen Straße. Sie sahen die Bremslichter in der Dunkelheit.

Der Wagen wendete.

»Okay, dann mal ab in die Prärie.«

Baroli fuhr los. Langsam, weiterhin ohne Licht. Der Wagenboden setzte mehrfach auf. An einer geschlossenen Schranke war Schluss. Hummel stieg aus. Checkte das Vorhängeschloss am Schlagbaum, suchte einen großen Stein. Beim dritten Versuch gab der Bügel nach. Hummel öffnete die Schranke. Als Baroli mit dem Auto durch war, ließ Hummel den Schlagbaum herunter und hängte das kaputte Schloss wieder ein.

Im Schritttempo fuhren sie den holperigen Weg entlang durch den dunklen Wald. Sichtweite nur wenige Meter. Schwere Tropfen platzten auf der Windschutzscheibe.

»Na super«, murmelte Hummel.

Sie erreichten eine Lichtung. Es wurde kaum heller. Und

mittlerweile schüttete es wie aus Eimern. Die Reifen drehten durch.

»Mist«, fluchte Baroli. »Wir stecken fest.« Er stellte den Motor ab.

»Morituri te salutant«, lautete Hummels Kommentar.

»Ja, mal sehen, was das Schicksal für uns bereithält.«

Hummel hätte jetzt gern eine geraucht. Leider waren seine Zigaretten in der Zirkusgarderobe. Der Regen prasselte aufs Autodach. Zu sehen war draußen nichts mehr.

»Soll ich das Radio anmachen?«, fragte Baroli, als wollte er die Stimmung ein bisschen heben.

»Lass mal, Sergio. Ich bin bester Laune. Ich mag die Natur. Nicht nur ihre sanfte Seite. Ich schätze auch das Laute, Grobe, Ungeschliffene.«

Baroli lachte. »Ja, das hab ich mir vorhin bei deiner Lesung auch gedacht. Steht das wirklich so in deinem Buch?«

»Nicht ganz. Aber fast. Und es ist auch nicht mein Buch, also nicht mehr.«

»Ja, wenn ein Buch erst mal fertig ist, dann gehört es dem Publikum.«

»So mein ich das nicht.«

»Sondern?«

»Ist eine ziemlich komplizierte Geschichte. Über die ich jetzt nicht reden will.«

»Aha.«

»Aber bei dir läuft es gut, also das Geschäft?«

»Ich kann mich nicht beklagen. Ja, es läuft sehr gut. Wenn auch mit ein paar Risiken. Wie du siehst.«

Draußen rauschte der Wald. Blitze zuckten. Faradayscher Käfig, dachte Hummel. Wenn mein Physiklehrer keinen Scheiß erzählt hat.

Hummel wachte vom Krachen eines umstürzenden Baums auf. Er wusste nicht gleich, wo er war. Hatte einen Panikschub wegen der Enge im Auto und schlug sich das Knie am Armaturenbrett an. Der wogende Wald war überpräsent. Hummel wischte über die beschlagene Scheibe. Kein Regen mehr. Im ersten Morgenlicht sah er die entwurzelten Bäume. Er ließ die Scheibe ein paar Zentimeter herunter. Kühle, feuchte Luft strömte ins Wageninnere. Die Geräusche machten ihm Angst. Er hörte das Knarzen, Ächzen, Splittern. Er stupste Baroli an. »Raus hier!«

Sie schafften es gerade noch aus dem Auto, bevor ein mächtiger Baumstamm es unter sich begrub. Sie flüchteten unter das schmale Dach der Futterkrippe in der Nähe und betrachteten mit angstgeweiteten Augen das Chaos um sie herum. Mikadostäbchen – dürre Fichten kreuz und quer. Auch große, starke Bäume hatten die Grätsche gemacht und streckten nun die Wurzeln wie Polypenarme empor, Krähenkrallen. Hummel sah zu den sterblichen Überresten des Autos hinüber. Das hätte ihre letzte Station sein können. Tod im Wald, nicht gerade Standard. Würde sich das in einer Künstlervita gut machen? Er musste an Ödön von Horváth denken. Der war auf den Champs-Élysées von einem herabfallenden Ast erschlagen worden. Wenn er sich recht erinnerte. Vergleichbar? Na ja, Horváth hatte mehr als nur ein Buch geschrieben.

Baroli unterbrach Hummels literarische Gedanken. »Ich glaube, der Sturm ist vorbei. Lass uns aufbrechen.«

Den Waldweg zurück mussten sie über Äste und Stämme steigen. Die Schranke fanden sie offen vor.

»Ich hab sie wieder zugemacht«, meinte Hummel.

»Sicher?«

»Ganz sicher.«

Im Matsch waren Reifenspuren. Ihre? Sie schauten sich um, horchten. Nichts. Kein Geräusch. Nur der dampfende Wald. Nicht einmal ein Vogel war zu hören.

Plötzlich fiel ein Schuss. Sie zuckten zusammen.

Noch ein Schuss.

»Jäger?«, meinte Baroli.

»Hoffentlich.«

An der Landstraße hielten sie nach Autos Ausschau. Nichts los. Hummel musterte Baroli. Von dem schicken Italiener war nicht viel übrig geblieben. Haare zerzaust, Bartstoppeln im grauen Gesicht, Anzughose schmutzig und zerrissen, Hemd zerknittert. Hummel war bewusst, dass er kein besseres Bild abgab.

Endlich kam ein Wagen. Der tatsächlich anhielt. Ein alter Benz. Sie stiegen ein. Am Steuer eine reife Lady mit silberblauem Haar. Große, getönte Brille mit Strass an den Bügeln.

»Seids ihr Studenten?«, fragte sie, als sie in einer schwarzen Dieselwolke anfuhr.

»Früher mal«, sagte Hummel.

»Ihr müsst euch schon was Gscheids anziehen, bei dem Wetter. Ihr holts euch ja den Tod.«

Sie stellte das Gebläse auf Volldampf. Die Düsen bliesen ihnen heiße, trockene Luft ins Gesicht. Es roch nach Staub und Laub. Hummel gähnte.

»Wo müssts ihr denn hin?«, fragte die Pilotin.

»Wo fahren Sie denn hin?«, fragte Hummel zurück.

»Weilheim.«

»Das passt.«

»Eine bestimmte Adresse?«

»Polizei.«

»Habts ihr was ausgefressen?«

»Schaun wir so aus?«

»Ja, schon.« Sie lachte.

»Ich bin Polizist.«

Sie lachte wieder.

»Doch, im Ernst.«

»Ja klar. Und ich bin die Mutter Teresa.« Sie drückte die Kassette in den Player. Drehte laut auf. Chuck Berry. *Roll Over Beethoven*.

STRENG GEHEIM

»Verdammt, wo sind Sie?«, fragte Mader, als Hummel sich schließlich telefonisch in der Ettstraße meldete.

»Wir, also Sergio und ich, wir sind bei mir zu Hause.«

»Bist du wahnsinnig!«, brüllte Mader am anderen Ende.

»Sind wir jetzt per Du?«

»Sind Sie wahnsinnig?«

»Wieso?«

»Wisst ihr, was hier los war? Seit gestern Abend ist die gesamte Münchner Polizei in Aufruhr. Warum habt ihr nicht früher was von euch hören lassen?«

»Das ging nicht. Lange Geschichte.«

»Bleibt jetzt bloß, wo ihr seid. Wir sind gleich bei euch.«

Hummel stellte das Telefon in die Station und kratzte sich am Kopf.

»Und, was sagt dein Chef?«, fragte Baroli.

»Die hatten offenbar ziemlich Action wegen uns. Wir sollen uns nicht vom Fleck rühren. Sie kommen gleich her. Magst du einen Kaffee?«

»Äh …«

»Ich hab eine italienische Kaffeemaschine.«

»Na dann.«

Hummel lud seine kleine Bialetti.

Eine Viertelstunde später klingelte es. Hummel spähte aus dem Fenster seiner Erdgeschosswohnung zur Haustür. Da stand nicht nur Mader. Auch zwei Beamte und Dr. Günther.

»Warum haben Sie sich denn nicht eher gemeldet, Herr Hummel?«, fragte Günther, kaum dass sie in der Wohnung waren.

»Ging nicht. Kein Handy in der Wildnis.«

Günther schüttelte den Kopf. »Kommunikation ist alles. Wissen Sie, was der Polizeieinsatz gestern gekostet hat? Wir hatten eine Sonderkommission am Start, um Sie beide zu finden.«

»Wir sind froh, dass wir überhaupt noch am Leben sind«, sagte Hummel trocken. In knappen Worten schilderte er, was passiert war.

Als er fertig war, sagte keiner ein Wort. Hummel war zufrieden – da konnte Günther mal sehen, dass Kommunikation und Am-Computer-Sitzen eben nicht alles war, was man bei der Polizei so machte.

Mader reichte ihnen ihre Jacken. »Die waren noch im Zirkus.«

Baroli checkte sofort sein Handy.

»Herr Baroli, Ihre Familie macht sich große Sorgen«, sagte Günther.

Baroli nickte. »Ich hab vorhin schon mit meiner Frau telefoniert. Danke, dass Ihre Beamten auf sie aufgepasst haben.«

»Können wir uns kurz unter vier Augen sprechen?« Günther deutete in Richtung Küche.

Als Baroli und Günther in der Küche verschwunden waren, murmelte Hummel: »Na super, ich rette dem Typen zweimal das Leben, und jetzt machen die einen auf geheimnisvoll, in meiner Küche. Ich bin froh, wenn in meiner Wohnung bald nur noch zwei Augen sind.«

Mader winkte ab. »Regen Sie sich nicht auf, Hummel. Das ist eine Riesenkiste. Und wir haben großes Glück gehabt. Im Zirkus ist nur ein kleiner Sprengsatz beim Stromhauptverteiler hochgegangen. Unter der Bühne war ein wesentlich stärkerer Sprengsatz. Zum Glück ist der nicht explodiert.«

»Warum nicht?«

»Wenn wir das wüssten. Da wäre großer Personenschaden entstanden. Und wir würden jetzt nicht miteinander sprechen, sondern ich würde Ihre Begräbnisrede schreiben.«

»Das würden Sie tun?«

»Natürlich nur, wenn Sie das wollen.«

»Sehr gerne. Aber jetzt mal im Ernst: Um was geht's denn eigentlich? Warum will man Baroli aus dem Weg räumen?«

»Baroli hat Informationen über korrupte Politiker und Wirtschaftsbosse. Kontodaten, Mails, Audiomitschnitte. Solche Sachen.«

»Und dafür bringt man Leute um?«

»Sieht fast so aus.«

»Aha. Und was passiert jetzt? Also hier?«

Günther, der seinen Küchentalk beendet hatte, klinkte

sich ein. »Das hab ich Herrn Baroli gerade erläutert. In einer halben Stunde fährt hier ein Auto vor. Da sitzen seine Frau und sein Sohn drin. Mit Polizeischutz durch unsere Kollegen werden sie dann direkt von hier nach Italien heimgefahren.«

»Und dann?«, sagte Hummel.

»Sind sie in Sicherheit.«

»Wie – in Sicherheit?«

»Die italienische Polizei sorgt für Barolis Sicherheit.«

»So wie bisher?«

Günther sah Hummel entnervt an, dann Mader.

Mader schüttelte den Kopf. »Herr Dr. Günther, Hauptkommissar Hummel hat unserem italienischen Gast zweimal das Leben gerettet. Ich finde schon, dass er ein paar genauere Einzelheiten erwarten darf.«

»Klaus, was willst du wissen?«, mischte sich Baroli ein.

»Worum es hier eigentlich geht.«

»Ich habe Informationen zu kriminellen Geschäften in Italien gesammelt, in ganz Europa. Da geht es um viele Millionen Euro. Man will verhindern, dass ich die Datensätze und Dokumente veröffentliche. Was ich natürlich vorhabe, aber vorher wird es in Mailand einen großen Mafiaprozess geben. Sobald ich meine Aussage mache und Beweise vorliegen, beginnt die Polizei mit ihrer Arbeit. Dann rollen Köpfe.«

»Und deiner?«

»Mir werden sie nichts tun. Zu viel Öffentlichkeit.«

»Das mit der Öffentlichkeit war ja ein Riesenerfolg bisher.«

»Die Veranstaltung gestern war ein Fehler. Die Preisverleihung, die Presse – ich hätte das nicht tun sollen. Das haben die als Provokation verstanden. Das passiert mir nicht noch mal.«

Hummel schüttelte den Kopf.

»Herr Hummel, das ist jetzt Sache der italienischen Kollegen«, sagte Günther. »Herr Baroli wird abgeholt, und Sie ruhen sich aus. Und morgen schreiben Sie mir einen ausführlichen Bericht.«

»Mit Vergnügen.« Hummel ging in die Küche, um noch einen Kaffee zu trinken. Allein.

Baroli folgte ihm. »Tut mir leid, dass ich dich da reingezogen hab.«

»Passt schon.«

»Du bist ein super Polizist.«

»Lass stecken, mein Leben ist mir wichtiger.«

»Die Daten sind von größter Bedeutung. Ihre Veröffentlichung wird in Italien ein Erdbeben auslösen.«

»Warum machst du das?«

»Weil die Wahrheit ans Licht muss.«

»Wirklich? Du bist kein Polizist, kein Staatsanwalt.«

»Nein, ich bin Journalist und Buchautor.«

»Du verkaufst deine Informationen.«

»Das machen alle Journalisten. Ich riskier mein Leben.«

»Nicht nur deins.«

»Das tut mir leid.«

Hummel sah nachdenklich aus dem Fenster in den Hof. Die Fahrräder, die Mülltonnen, die Zierkirsche. Er drehte sich um. »Sergio, ich wollte nicht …«

Baroli hatte die Küche bereits verlassen.

Es klingelte an der Tür. Hummel ging nach vorn. Drückte den Summer.

Mader zog ihn zur Seite. »Pst.«

Am Türstock stand ein Beamter mit gezogener Waffe. Spähte durch den Spion ins Treppenhaus. Schüttelte den Kopf. Flüsterte: »DHL. Päckchen. Soll ich …?«

Mader schüttelte den Kopf.

»He, was ist jetzt schon wieder los?«, fragte Hummel.

»Zankl hat gerade angerufen. Sie haben Barolis Frau und seinen Sohn.«

»Zankl bringt sie her? Warum er?«

»Nein, Zankl hat uns nur informiert, was gerade passiert ist. Die Polizei sollte Barolis Frau und seinen Sohn im Hotel abholen. Das ist auch passiert.«

»Aber?«

»Es war nicht die Polizei.«

»O Gott!«

»Es ist alles wie vereinbart gelaufen. Nur dass die Leute ein bisschen früher gekommen sind und es nicht unsere Leute waren. Hören die uns ab? Oder hat denen irgendwer gesteckt, was wir vorhaben?«

»Haben die auch meine Adresse?«

»Kann sein. Die Hoteladresse war geheim. Die haben genau gewusst, wann und wo Barolis Familie abgeholt werden soll.«

»Wir müssen die Sonderkommission wieder einsetzen«, sagte Günther.

»Nein«, meldete sich Baroli. »Wir brauchen eine kleine Lösung.«

»Wie meinen Sie das?«

»Wenn jetzt der gesamte Polizeiapparat loslegt, dann gefährdet das meine Familie.«

»Das hab ich schon verstanden«, sagte Mader. »Aber was können wir tun?«

»Die werden sich bestimmt bei mir melden. Dann sehen wir weiter.«

Günthers Handy klingelte. Er ging dran, hörte zu und seufzte schließlich beim Auflegen. »Ich muss ins Präsidium. Das war der Pressesprecher. Wir machen um sechzehn Uhr die Pressekonferenz wegen der Bombengeschichte gestern im Circus Krone.«

»Und was ist mit den aktuellen Entwicklungen?«, fragte Mader.

»Ich werde kein Wort dazu sagen.«

»Die Journalisten werden fragen, wo Hummel und Baroli sind.«

»In Sicherheit, an einem sicheren Ort. Zumindest das stimmt. Ich muss los. Halten Sie mich auf dem Laufenden. Ich verlass mich drauf, dass Herr Baroli bei Ihnen in sicheren Händen ist. Unterstützen Sie ihn, wenn sich die Entführer melden. Wenn ich was Neues habe, melde ich mich sofort. Sie sich bitte auch.«

Als Günther zur Haustür hinaus war, sagte Hummel: »Was steht eigentlich wegen gestern in den Zeitungen?«

Mader winkte ab. »Wilde Geschichten. Ausführliche Interviews mit den Festivalveranstaltern.«

»Das *Duo Mortale* geilt sich jetzt mächtig an der ganzen Action hoch, oder?«

»Im Gegenteil. Die erwägen eine Schadensersatzklage. Wegen der geplatzten Veranstaltung. Zahlreiche Besucher wollen ihr Geld zurück.«

»Sollen sie mal versuchen. Gegen wen wollen die klagen? Gegen die Polizei, gegen die Stadt, gegen den Freistaat Bayern? Mann, da kriegen die beiden endlich mal die Superaction, und dann passt es auch wieder nicht. Wollen alle am Verbrechen schnuppern, und dann … Na ja. Gab es Verletzte?«

»Nein. Ein Wunder bei so viel Anwesenden.«

»Wirklich erstaunlich. Was sagt die Spurensicherung?«

»Ist noch dran. Das war ein ziemliches Chaos.«

»Ich brauch jetzt ein Bier. Ist das okay? Oder bin ich im Dienst?«

»Nein, klar, okay.«

»Sie auch?«

»Kein Bier, danke. Aber zu einem Kaffee sag ich nicht nein.«

Hummel ging in die Küche, machte sich ein Bier auf und lud dann die Espressomaschine.

Mader nahm am Küchentisch Platz. »So haben Sie sich den Karrierestart als Krimiautor nicht vorgestellt, was?«

»Na ja, langweilig war es zumindest nicht. Durchaus inspirierend. Ich schreib das jetzt einfach auf, und schon ist das nächste Buch halb fertig. Dann erscheint es allerdings unter meinem Namen.«

»Ja, alles andere wäre schizophren. Ihr Auftritt gestern im Zirkus war übrigens interessant. Ich musste an Werner Schwab denken.«

»Ist das auch ein Krimiautor?«

»Nein, vor allem Dramatiker.«

»Drama kann ich auch.«

»Leider viel zu jung gestorben.«

»Na dann.«

»Im Ernst, es hat mir gefallen. Sehr unterhaltsam. Kompliment.«

Hummel dachte an den Abend zuvor und nickte. Aber weniger wegen *unterhaltsam*. Eher wegen *schizophren*. Das war das passende Wort. Für alles. Letzte Nacht im Zirkus und danach im Wald hatte er große Zweifel gehabt, ob das alles echt war, was gerade passierte. Hatte sich ein bisschen gefühlt wie Gary Grant in *Der unsichtbare Dritte*. Die Verfolgungsjagd, der Waldweg, die Lichtung, der Baum, der aufs Auto krachte. Die ständigen Zweifel, ob er sich das alles nicht nur einbildete. Doch, klar, das war alles passiert, und jetzt waren diese Leute in seiner Wohnung, die anderen Polizisten und Baroli. Ihm fiel das Auto ein. Er musste dem Besitzer des Fluchtwagens Bescheid gegeben – wo das Auto war und dass es kaputt war. Würde sich ein Krimiautor beim Schreiben mit solchen Nebensächlichkeiten aufhalten? Wohl kaum. *Immer voran! Action! Keine Pause!* Nein – das mit dem Auto konnte er nicht einfach so stehen lassen. Schließlich hatte er es gekapert. Er machte sich eine Notiz auf den Einkaufsblock. Das musste er unbedingt klären.

Mader trank seinen Kaffee aus, und Hummel stellte die angebrochene Bierflasche in den Kühlschrank. Sie gingen ins Wohnzimmer. Warten. Baroli saß auf dem Sofa. Er hatte die Augen geschlossen. Er schlief nicht, er konzentrierte sich offenbar. Hummel gab Mader einen Teil seiner *Süddeutschen Zeitung*. Sie lasen.

Endlich klingelte Barolis Handy. Sofort waren alle hellwach. Baroli nahm das Gespräch an. Hörte aufmerksam zu, nickte. Sprach italienisch. Dann hörte er wieder lange zu, sagte am Ende nur kurz *sì* und legte auf.

»Und?«, fragte Mader.

»Es geht ihnen gut. Sie dürfen gehen, wenn ich ihnen die Daten gebe.«

»Wem?«

»Den Entführern.«
»Wer ist das? Die Mafia?«
»Ich weiß es nicht. Ja, vielleicht. Vermutlich.«
»Was wollen die mit den Daten?«
»Wie meinen Sie das?«
»Na ja, ich gehe davon aus, dass der Staatsanwalt die Daten bereits hat. Insofern können die Entführer die Weitergabe der Daten nicht mehr verhindern.«
»Ja. Aber wenn sie die Unterlagen sichten, können sie sich auf den Prozess vorbereiten, weitere belastende Unterlagen verschwinden lassen, Komplizen vorwarnen, Geldströme umleiten.«
»Verstehe. Und wo haben Sie die Daten alle?«
»Auf einem Stick.«
»Nicht auf Ihrem Rechner oder in der Cloud?«
»Zu gefährlich. Noch nicht lange her, da wurde mein Mailaccount gehackt.«
»Und wo ist der Datenträger jetzt?«
»Der Stick ist im Hotelsafe, also in meinem Zimmer.«
»Wie, das versteh ich nicht.«
»Was verstehen Sie nicht?«
»Ihre Frau packt, wartet, dass jemand von der Polizei sie abholt, und leert den Safe nicht?«
»Sie weiß nicht, dass etwas im Safe ist. Ich wollte sie da nicht mit reinziehen.«
»Na super, und Sie hätten den Stick dann hier in München gelassen?«
»Nein, wir hätten auf der Heimfahrt noch einen kurzen Zwischenstopp beim Hotel eingelegt.«
»Aha.«
»Sie glauben mir nicht?«

»Na ja, das klingt alles ein bisschen kompliziert. Warum haben Sie den Entführern nicht die Kombination für den Safe durchgegeben?«

»Ich hab gerade versucht, es Ihnen zu erklären. Ich muss auf Zeit spielen.«

»Nein, versteh ich nicht. Also im Detail.«

»Ich sprech mit dem Staatsanwalt. Der zieht den Prozess vor. Wenn die Anklage steht, übergeb ich die Daten. Meine Familie kommt frei, und der Prozess beginnt. Je weniger Zeit die Entführer zur Vorbereitung haben, desto besser.«

»Ich würde da nicht auf Zeit spielen. Nicht wenn meine Familie in Gefahr schwebt.«

»Wir müssen die genauen Bedingungen für den Austausch vereinbaren. Wenn ich denen die Daten jetzt einfach so überlasse, und die haben meine Familie noch, dann hab ich nichts mehr in der Hand. Ich werde jetzt den Stick holen.«

»Okay. Und dann kommen Sie ins Präsidium.«

»Warum?«

»Warum? Sie machen mir Spaß. Weil so was niemand allein lösen kann.«

»Doch, das mach ich allein.«

»Wir kommen mit«, sagte Mader.

»Das machen Sie nicht.«

»Denken Sie doch mal nach. Nach allem, was vorgefallen ist, können wir Sie nicht einfach allein gehen lassen.«

»Vergessen Sie's. Wenn die Typen mich beobachten, denken die doch sofort, dass das ein Falle ist.«

»Unsinn, die würden sich doch eher wundern, wenn da keine Polizei dabei ist. Wir holen den Datenstick und fahren ins Präsidium.«

»Nein, wie Sie selbst sagen: Es geht um meine Familie. Ich mach es so, wie ich es für richtig halte.«

»Sergio, ich bin dabei«, sagte Hummel. »Nur ich. Okay, Chef?«

Mader schüttelte den Kopf. Baroli auch.

»Sergio, du gehst da auf keinen Fall allein hin«, insistierte Hummel.

»Gut, dann komm eben mit. Aber wirklich nur du.«

Mader atmete tief durch. »Okay. Passen Sie auf sich auf. Wir halten uns im Hintergrund.«

»Das tun Sie nicht! Keine Polizei außer Klaus. Ich verlass mich drauf.«

»Ich halte das für einen Fehler, aber wie Sie meinen. Und wenn Sie den Stick haben, kommen Sie sofort ins Präsidium. Dann sehen wir weiter.«

Baroli führte in der Küche noch ein Telefonat, dann brachen sie alle auf. Sie gingen gemeinsam zur S-Bahn-Station Rosenheimer Platz, wo sie den nächstbesten Zug in Richtung Hauptbahnhof nahmen. Baroli und Hummel stiegen am Marienplatz aus. Mader fuhr weiter zum Stachus.

MAULWURF

Dosi und Zankl saßen in der kleinen Espressobar gegenüber dem Hotel Mandarin Oriental. Von ihrem Fensterplatz aus hatten sie den Hoteleingang und die Straße im Blick. Stetiger Touristenstrom in Richtung des nahen Hofbräuhauses. Jetzt sahen sie, wie Baroli und Hummel in der Hotellobby verschwanden.

Zankl rührte Zucker in seinen Espresso. »Mader hat gesagt, dass Baroli einen Datenstick aus dem Zimmer holt. Mann, wer benutzt denn heute noch Datensticks?«

»Ich zum Beispiel.«

»Und was sagt dein IT-Fachmann Fränki dazu?«

»Fränki sagt, dass im Netz nichts sicher ist. Cloud lehnt er ab.«

»Na dann.«

»Um was für Daten geht es da eigentlich?«, fragte Dosi.

»Dokumente, Rechnungen, Bestechungsgelder, Belege für Korruption.«

»So wertvoll, dass man dafür jemand umbringt?«

»Sieht ganz so aus.«

»Und dann hat er die Daten einfach so in seinem Hotelzimmer?«

»Na ja, im Safe.«

»Weißt du, was mich wundert, Zankl? Dass das LKA nicht seine Truppen schickt. Wenn die Anschläge was mit der Mafia zu tun haben, dann geht's um organisierte Kriminalität. Das ist deren Beritt.«

»Ich schätze mal, das ist bald der Fall, wenn der Typ nicht schnell außer Landes ist. Vielleicht sind die ja schon im Hintergrund aktiv.« Zankl kippte den Espresso hinunter.

»Glaubst du auch, dass es bei uns einen Maulwurf gibt, der Informationen weitergibt?«, sagte Dosi. »Ich mein, woher sollen die denn gewusst haben, wann seine Familie hier abgeholt wird.«

»Na ja, nach Zufall sieht das alles nicht aus. Und Korruption gibt's auch bei der Polizei.«

»Ach komm, Zankl! Am Ende hat die Polizei auch noch was mit den Attentaten auf ihn zu tun. Das hier ist kein Mafiafilm mit korrupten Cops.«

»Du hast mich gefragt. Und ich hab nur laut gedacht. Irgendwas ist jedenfalls faul an der ganzen Sache. Auch die Aktion im Circus Krone. Die Mafia würde so was nicht machen. Zu viel Wind. Zu viel Action. Zu viele Unbeteiligte. Und dann geht der große Sprengsatz nicht hoch. Wenn Profis so was planen, dann klappt das auch.«

»Sei froh, dass das nicht der Fall war.«

»Vielleicht geht's ja vor allem um Aufmerksamkeit? Eine Machtdemonstration. So von wegen: Schaut, wir machen das in aller Öffentlichkeit, sogar wenn die Presse dabei ist. Die Botschaft lautet doch: Wenn wir wirklich wollen, dann geht die Ladung auch tatsächlich hoch. Wie die Sache in der Fußgängerzone. Mitten in der Stadt. Und auch da ist nichts Ernstes passiert.«

»Hör mal, Zankl, da wurde scharf geschossen. Und es gab Verletzte.«

Dosi deutete aus dem Fenster. Ein schwarzer Audi. Nummernschild mit DN. Mietwagen vermutlich. Hielt ein paar Meter hinter dem Hoteleingang an. Sie notierte die Nummer. Zwei Männer stiegen aus. Im Anzug. Sonnenbrille. Durchtrainiert. Bodyguards? LKA? Oder genau das Gegenteil? Sie gingen ins Hotel.

Zankl legte Geld auf den Tresen. »Dosi, komm! Das gefällt mir nicht.«

Sie stürmten ins Hotel. Zankl hielt der Rezeptionistin seinen Dienstausweis unter die Nase. »Die beiden Männer eben, die mit den Sonnenbrillen, wo wollten die hin?«

»Welche Männer?«

»Okay, anders gefragt. Bei Ihnen logiert eine italienische Familie. Aus Sicherheitsgründen nicht unter dem richtigen Namen. Vater, Mutter, ein Sohn. Welches Zimmer haben die drei? Da müsste doch was im Computer stehen. Schnell!«

Sie klimperte auf der Tastatur. »Müsste 419 sein.«

»Treppe?«

Die Dame deutete nach rechts.

Im Treppenhaus zogen Dosi und Zankl ihre Waffe und hasteten die Stufen hoch. 4. Stock. Ein langer Flur mit Stofftapete in gedämpftem Licht. Dicke Auslegware verschluckte die Schritte. Ein Schild mit Richtungspfeilen. 400–410 links, 411–420 rechts. Sie bogen nach rechts ab. Der Gang machte einen Knick nach links. Ganz hinten konnten sie die Typen aus dem Audi sehen. Die beiden drehten sich um. Zankl und Dosi drückten sich in einen Türstock. Die Tür gab nach, und sie purzelten in das Zimmer. Das Zimmermädchen drinnen starrte sie mit großen Augen an. Zankl schloss die Tür. Dosi zog die Frau von der Tür weg und schob sie ins Bad. Zankl sah vor dem Fenster eine Bewegung, blickte nach draußen: Auf der Feuerleiter kletterten die beiden Männer nach unten. Hummel und Baroli waren nicht zu sehen. Zankl riss das Fenster auf. Wollte es aufreißen. Ging nicht. Der Griff hatte ein Schloss. »Scheiße!«, fluchte er.

Die quietschenden Reifen unten auf der Straße waren selbst durch das geschlossene Fenster zu hören.

HÄNGEN LASSEN

Hummel musste sich am Armaturenbrett festhalten, so sehr stieg Baroli aufs Gas, als sie mit dem schwarzen Geländewagen aus dem Parkhaus hinter den Kammerspielen und weiter auf die Maximilianstraße schossen. Der Wagen röhrte die Straße hoch zum Landtag. In der Einsteinstraße reduzierte Baroli das Tempo und sah konzentriert in den Rückspiegel. Nichts. Er entspannte sich.

Hummel war weit davon entfernt, sich zu entspannen. Das war jetzt das zweite Mal innerhalb kurzer Zeit, dass er mit einem Auto durch München raste, auf der Flucht war. »Warum hast du denen den Stick nicht einfach gegeben?«

»So war das nicht vereinbart.«

»Ich hätte denen die Daten gegeben. Die hatten Waffen unterm Sakko. Und du haust einfach ab …«

»Ich weiß doch nicht, wer die sind. Auf die Daten sind bestimmt mehrere Leute scharf. Und dann sind die Daten weg, und die Entführer melden sich, und ich steh mit leeren Händen da. Die Vereinbarung war, dass sie mich anrufen. Warum sollten sie im Hotel aufkreuzen?«

»Wir fahren jetzt ins Präsidium.«

»Ganz sicher nicht.«

»Warum nicht?«

»Weil es bei deinen Leuten eine undichte Stelle gibt. Woher sonst sollen die Typen gewusst haben, dass ich den Stick im Hotel holen will.«

»Für meine Kollegen leg ich die Hand ins Feuer.«

»Und wer waren die anderen Polizisten bei dir zu Hause außer Mader und Günther?«

»Die kenn ich nicht.«

»Eben.«

»Mann, Sergio, wirklich! Was soll das bringen, wenn du jetzt abhaust?«

»Du willst es nicht kapieren, Klaus, oder? Wie gesagt, ich muss Zeit gewinnen. Sobald sie die Daten haben, zaubern ihre Anwälte in null Komma nichts eine Verteidigungsstrategie. Und die haben fantastische Anwälte. Ich sprech mit Staatsanwalt Rivelli.«

»Du willst da lang rumdiskutieren, und deine Familie ist so lange in Geiselhaft?«

»Denen passiert nichts. Nicht, solange ich die Regie in dem Fall habe.«

»Du hast was? Die Regie? Ich lach mich tot.«

»Hab ich dich darum gebeten, mich zu begleiten? Hab ich das?«

»Nein, hast du nicht. Aber du kannst doch hier keinen Privatkrieg führen.«

»Das ist kein Privatkrieg. Hier geht es um Steuerhinterziehung, Betrug, Menschenhandel, Verbrechen bis hin zu Mord.«

»Und das klärst du alles ganz alleine? Du, der James Bond von Südtirol?«

»Nein, deswegen gibt es ja den Prozess. Und das sehr bald.«

»Und jetzt?«

»Wir müssen weg. An einen sicheren Ort.«

»Etwas genauer bitte.«

»Kann ich dir nicht sagen.«

»Lass mich aussteigen! Ich bin raus aus der Nummer.«

»Klaus, lass mich jetzt nicht hängen. Wenn du dabei bist, dann kümmern sich deine Leute.«

»Was jetzt? Ich denk, du traust ihnen nicht?«

»Ich mein: *deine* Leute. Nicht: *eure* Polizei. Das ist eine Riesenkiste. Da geht es um europaweite Bandenkriminalität, und vielleicht hängen da auch korrupte Leute bei der deutschen Polizei mit drin. Wenn du solche Nachforschungen wie ich anstellst, merkst du schnell, dass die Grenzen fließend sind. Dann weißt du nicht mehr, wer die Guten und wer die Bösen sind.«

»Sergio, was ist so wichtig, dass dafür Leute entführt werden, dass Leute angeschossen werden? Warum riskierst du das Leben deiner Familie?«

»Es geht um ein Milliardengeschäft, um große italienische Unternehmen. Und ja, es geht vielleicht sogar um Mord. Ein Journalist, der mit mir an der Story dran war, ist unter ungeklärten Umständen von seiner Dachterrasse gestürzt. Das ist eine ernste Sache. Wenn ich vor Gericht meine Aussage mache, wandern viele Leute ins Gefängnis.«

»Wenn das alles so gefährlich ist, dann versteh ich dich nicht. Da turnst du vorher noch in München als Starautor rum?«

»Ja, das war ein Fehler. Ich wollte unbedingt an dem Symposium teilnehmen und die Auszeichnung annehmen. Auch als Demonstration, dass ich mich nicht mundtot machen lasse. Hätte nie gedacht, dass da so ein Chaos losbricht.«

Hummel zog das Handy aus der Jackentasche. »Ich ruf jetzt Mader an.«

»Du hast dein Handy noch an? Mach es aus! Sofort! Die könnten uns orten.«

»Jetzt sei nicht paranoid.«

»Mach es aus, bitte. Wirklich. Kein Scheiß.«

Achselzuckend machte Hummel das Handy aus und steckte es wieder weg.

Baroli griff in das Seitenfach der Tür und zog eine Trinkflasche heraus. »Hier, hast du Durst?«

Ja, Hummel hatte Durst. Und wie. Er trank die Flasche zur Hälfte leer und gab sie Baroli zurück. Er atmete tief durch. Worauf hatte er sich da eingelassen? Nach dem ganzen Chaos gestern. Gestern? War die Geschichte im Zirkus wirklich erst gestern passiert? Und die Nacht im Wald? Es kam ihm vor, als wäre das ewig lange her. Verwirrt sah er nach vorn auf die Straße. Die Salzburger Autobahn, ein unendliches graues Band, der Himmel milchig, die Alpenkette ein ausgefranster Rand am Horizont. Er gähnte, schloss die Augen. Für einen Moment nur.

DISKRETION

Zankl war frustriert, als er abends heimkam. Seine Frau wollte ihn zusammenfalten, weil er schon wieder zu spät dran war. Wo er doch genau wisse, dass heute ihr Spanisch-Stammtisch stattfinde! Aber Zankl winkte nur ab, verschwand in der Küche und holte sich ein Bier aus dem Kühlschrank.

»So einfach kommst du mir nicht davon!«, platzte Conny in die Küche.

Zankl nahm einen tiefen Schluck aus der Flasche.

»Was ist los?«, fragte Conny.

»Hummel ist weg.«

»Wie, weg?«

Zankl erzählte seiner Frau, was passiert war und dass es trotz Ringfahndung keine Spur von Hummel und Baroli gab. Zum zweiten Mal in zwei Tagen.

»Frank, glaubst du, dass denen was passiert ist?«

»Ich weiß es nicht. Keine Ahnung. Ich kann rein gar

nichts machen. Und außerdem ist Barolis Familie entführt worden.«

»Wie?«

»Jemand hat seine Frau und seinen Sohn aus dem Hotel abgeholt. Eigentlich hätte das die Polizei sein sollen.«

»Aber?«

»Keine Ahnung. Jedenfalls hat noch irgendwer Bescheid gewusst. Sie sind abgeholt worden. Von zwei Typen. Und die erpressen Baroli jetzt. Wegen Unterlagen, die der für einen Mafiaprozess gesammelt hat.«

»Das ist ja furchtbar, Frank! Frau und Sohn? Was macht ihr jetzt?«

»Ich weiß es nicht, noch nicht.«

»Und warum hängt da Hummel mit drin?«

»Er war dabei, als Baroli die Unterlagen im Hotel holen wollte. Jetzt sind beide verschwunden. Spurlos.«

»Aber ihr tut doch was, oder?«

»Natürlich, Conny.«

»Pass bloß auf dich auf!«

»Mach dir keine Sorgen.«

»Ich mach mir Sorgen.«

»Sollst du aber nicht. Du kannst schon noch zu deinem Stammtisch gehen. Ich bring die Kinder ins Bett.«

»Nein, ich kann doch jetzt nicht einfach ausgehen. Weißt du, was du tun solltest? Ruf Carlo an.«

»Carlo? Wieso?«

»Er ist Italiener, er kennt viele Leute.«

»Bei der Mafia?«

»Du weißt doch, wie er ist.«

Zankl nickte langsam, und Conny verließ die Küche. Er trank sein Bier aus und scrollte dann durch seine Handykontakte. Carlo. Ja, nicht die schlechteste Idee. Er hatte seit Ewigkeiten nicht mehr mit seinem Freund gesprochen. Freund? Na ja, irgendwie schon. Auch wenn Carlo zunächst vor allem ein Verdächtiger für ihn gewesen war, damals in dem Fall mit dem dubiosen Immobiliendeal in der Kardinal-Faulhaber-Straße. Wo es den Todesfall mit dem Geistlichen gegeben hatte. Zankl musste an die *Freunde Italiens* denken, diesen öligen Förderverein, in dem neben Carlo auch Dr. Günther Mitglied war. Ja, Conny hatte recht. Carlo kannte vermutlich irgendwen, der irgendwen kannte, der irgendwen kannte … Zankl drückte auf *Verbinden*.

Zweimal klingeln, und Carlo war dran. Zankl hielt sich nicht lange mit Floskeln auf. Er erklärte Carlo, was passiert war, und fragt ihn, ob er sich zum Verbleib von Baroli und Hummel und zu den Hintergründen der ganzen Sache umhören könne. »Baroli ist mir ziemlich wurscht, aber es geht um Hummel«, schloss er und schämte sich sofort für den Satz. Baroli war ihm nicht egal, auch Barolis Familie nicht. Aber Hummel, das war sein Kollege, mehr noch: sein Freund. Das war eine ganz andere Ebene.

»Ich ruf dich zurück«, sagte Carlo nur, ohne sich pikiert darüber zu zeigen, warum ausgerechnet er in der Geschichte an Informationen kommen sollte.

Als Zankl sich ein neues Bier aus dem Kühlschrank nahm, klingelte sein Handy.

»Carlo?«

»Ich bin's, Dosi.«

»Sorry, ich dachte … Gibt's was Neues?«

»Wir sind raus.«

»Wie, wo sind wir raus?«

»Aus dem Fall. Der geht ans LKA.«

»Was sagt Mader dazu?«

»Dass wir trotzdem dranbleiben. Weil es hier um Hummel geht.«

»Und was ist mit Günther?«

»Der glaubt, dass da irgendwas faul ist. Dass es Dinge gibt, die uns LKA und italienische Behörden nicht sagen. Wir treffen uns nachher um neun Uhr im Café Mariandl. Externe Dienstbesprechung.«

Als Zankl aufgelegt hatte, sah er, dass Carlo es tatsächlich bereits probiert hatte. Er rief ihn zurück.

»Also, Franco«, sagte Carlo. »Baroli hat offenbar belastendes Material gegen einige führende Industrielle in Oberitalien, darunter auch einen gewissen Dante Carelli.«

»Was macht der?«

»Das ist ein Kaffeeproduzent. Einer der reichsten Männer Mailands. Und das ist keine arme Stadt. Carelli soll über ausgezeichnete Kontakte zu Hochfinanz und Politik verfügen. Angeblich auch zur Mafia. Wenn er nicht sogar selbst zur Familie gehört. Es gibt da diverse Gerüchte: Bestechung, Einschüchterung, zweifacher Mord ...«

»Zweifach?«

»Vater und Sohn vom Konkurrenten Batta Caffè sind kürzlich bei einem Autounfall ums Leben gekommen. Ungebremst durch eine Leitplanke auf einer Bergstraße im Trentino. Die beiden haben zuvor eine heftige juristische Auseinandersetzung mit Carelli gehabt. Der wollte den Konkurrenten unbedingt aufkaufen, aber Batta wollte nicht. In der Folge hat es einen Kleinkrieg gegeben. Gegenseitige Anzeigen wegen Schwarzarbeit, Kinderarbeit in den Herkunftsländern, Preisabsprachen – und im Gegenzug immer Unterlassungsklagen. Das volle Programm.«

»Welche Rolle spielt Baroli in der Geschichte?«

»Angeblich ist er bei seinen Recherchen auf Belege gestoßen, dass Carelli tatsächlich Mafiakontakte hat. Und die soll er jetzt vor Gericht offenlegen.«

»Und deswegen brennt man hier so ein Feuerwerk ab? Mit Schießerei und Entführung?«

»Offenbar geht es um sehr viel. Baroli hatte einen Informanten, einen Journalisten vom *Profilo.* Das ist ein großes Nachrichtenmagazin in Italien. Sie waren offenbar gemeinsam an der Geschichte in Mailand dran. Allerdings ist der Informant neulich ums Leben gekommen, von der Dachterrasse seines Hauses in Segonzano gestürzt.«

»Wo ist das?«

»Oberitalien, Trentino.«

»Und was sagt die Polizei dort?«

»Weiß ich nicht. Musst du die Kollegen vor Ort fragen. Hör zu: Egal was du in dem Fall machst, sei vorsichtig. Dieser Baroli weiß offenbar Sachen, die ziemlich gefährlich sind.«

»Carlo, ich frag dich ganz offen, ohne Hintergedanken. Hast du eine Ahnung, wo Baroli sich jetzt aufhalten könnte?«

Carlo schnaubte auf. »Wofür hältst du mich?«

»So mein ich das nicht. Wir sind echt verzweifelt wegen Hummel. Kannst du dich weiter umhören? Du kennst doch da bestimmt jemand.«

»Bei der Mafia?«

»Oder bei der italienischen Polizei. Ist mir egal. Ich versprech dir absolute Diskretion. Ich mach mir wirklich große Sorgen um Hummel. Also – machst du das?«

»Hab ich doch schon.«

»Ja klar, vielen Dank. Aber wenn du noch was hörst?«

»Meld ich mich. Klar.«

Zankl legte auf. Italien. Ob Baroli dahin abgehauen war? Und warum hatte er Hummel dabei? Oder blieb der einfach treudoof an Barolis Seite? Um ihn zu beschützen? Keine gute Idee. Manchmal musste man Hummel vor sich selbst beschützen.

SMOKEY

Beate stellte in der Blackbox die Stühle von den Tischen auf den Boden und wischte flüchtig über die Tischplatten. Aus den Lautsprechern im Gastraum der Blackbox greinte Smokey Robinson: *Soft and warm a quiet storm, quiet as when flowers talk at break of dawn …* Für ihren Geschmack viel zu kitschig, aber sie spielte es für Klaus, um ihm zumindest musikalisch nah zu sein. Sie hörte das Windpfeifen im Hintergrund der Musik und fragte sich: Wo ist Klaus, was macht er, wie geht es ihm? Denkt er an mich? Seine Kollegen hatten ihr keine hilfreiche Auskunft zu seinem Verbleib geben können. Wahrscheinlich entführt, hatte Zankl gemeint. *Entführt* – das klang brutal, nach Nahem Osten, Tschetschenien, Mali oder irgendeinem Krisengebiet. Aber nicht nach München, Oberbayern.

Ihr war nicht klar gewesen, wie gefährlich Klaus' Job tatsächlich war. Na ja, jetzt musste sie daran denken, wie er im Gebirge abgestürzt war, damals bei dem Fall mit dem Schönheitschirurgen. Danach hatte er monatelang im Krankenhaus gelegen. Jeder normale Mensch hätte anschließend seinen Job an den Nagel gehängt. Klaus nicht. So einer gab nicht auf. Auch bei ihr nicht. Smokey drückte immer noch auf die Tränendrüse. Beate stand das Wasser in den Augen.

Als um acht Uhr der erste Gast kam, wechselte sie die CD. Legte einen Sampler mit Stax-Nummern auf. Musik für die Beine, nicht fürs Gemüt.

STORCH

Angelo schlummerte schon im elterlichen Schlafzimmer. Conny war offenbar neben ihm eingeschlafen. Zankl saß an Clarissas Bett und hielt ihre Hand. Es schien heute ewig zu dauern, dass sie einschlief.

»Papa?«

»Ja, Clarissa?«

»Wie schmeckt ein Storch?«

»Ein Storch?«

»Die großen Vögel.«

Die die Babys bringen, wollte er schon sagen. Aber Quatsch. Warum erzählte man Kindern heute immer noch solche Ammenmärchen? »Ich weiß nicht, wie ein Storch schmeckt. Ich glaub nicht, dass viele Menschen schon einen gegessen haben. Oder essen wollen.«

»Unser Hausmeister schon.«

»Warum sollte der einen Storch essen?«

»Der hat gesagt: Da brät mir einer den Storch.«

»Da brat mir einer 'nen Storch. So heißt das. Das ist so eine Redensart.«

»Ist das wie Hühnchen?«

»Was?«

»Na, wie ein Storch schmeckt.«

»Ich weiß es nicht. Vielleicht. Da brat mir einer 'nen Storch – das sagt man, wenn man sehr erstaunt ist. Aber hier in Bayern eher nicht. Da sagst du: Da legst di nieder. Oder so was. Aber der Müller ist ja aus Bielefeld.«

»Papa, du liegst ja gar nicht.«

Zankl ließ sich nach unten sinken. »Doch, ich liege. Warum hat der Müller das denn gesagt?«

»Was?«

»Das mit dem Storch.«

»Das weiß ich nicht.«

»Also wann, zu welcher Gelegenheit?«

»Als er auf der Treppe vom Fahrradkeller die Kacka gesehen hat.«

»Der Hund von Frau Schmid wieder?«

»Keine Hundekacka.«

Zankl zuckte aus der Horizontalen hoch. »Clarissa! Warst du das?«

»Nein. Das war der Franz.«

»Warum sollte der Franz so was machen?«

»Weil wir gewettet haben. Ob er sich auf die Kellertreppe kacken traut.«

»Na super. Und er hat sich getraut. Glückwunsch! Und wohin hast du gekackt?«

»Auf die Mülltonnen.«

»Hast du nicht!«

»Hab ich schon.«

»O Gott!«

»Nur ein ganz kleiner Haufen.«

»Na, dann ist ja alles gut.« Zankl stand auf.

»Wo willst du hin, Papa? Ich schlaf noch nicht.«

»Aber gleich. Mach die Augen zu. Ich geh nur mal schnell aufs Klo.«

»Aber du bist gleich wieder da.«

»Natürlich.«

Zankl schüttelte den Kopf. Wahnsinn! Kinder! Die Wahrscheinlichkeit, dass Müller annahm, dass ein Hund auf die Mülltonnenboxen kackte, war erheblich geringer als bei einer Wurst auf der Kellertreppe. Ganz toll! Er schnappte sich in der Küche eine Rolle Zewa und einen Gefrierbeutel und verließ die Wohnung.

Als der Tatortreiniger vor die Haustür trat, ging gerade ein heftiger Regenschauer nieder. Sturzbäche. Er spähte zu den Mülltonnen. Im dichten Regen waren sie kaum zu sehen. »Perfekt, da hat so ein kleiner Haufen keine Chance«, murmelte er. »Hoffentlich schläft Clarissa jetzt.«

FRIESLAND

»Meinst du nicht, du übertreibst?«, sagte Fränki über den Tisch mit der Romantikkerze hinweg.

Dosi drehte die letzten Spaghetti auf ihre Gabel und spülte sie mit einem großen Schluck Rotwein hinunter. Antwortete nicht. Fränki holte aus dem Kühlschrank die Gläser mit der Pannacotta. Das cremige Weiß war mit einer dicken Lage eingekochter Erdbeeren versiegelt. Missmutig zerfurchte Dosi die rote Oberfläche und begann zu essen.

»Tut mir leid«, sagte Fränki. »So hab ich das nicht gemeint. Klar, du machst dir Sorgen um Hummel.«

»Fränki, was würdest du machen, wenn ich entführt werde?«

»Ich würde durchdrehen. Ich würde alle Hebel in Bewegung setzen, alles Geld von der Bank zusammenkratzen, um dich rauszuholen.«

»Wo rausholen?«

»Aus den Händen der Entführer.«

»Auch in einem anderen Land?«

»Was spielt denn das Land für eine Rolle?«

»Ich frag nur. Also?«

»Ja klar. Afrika, Sibirien, die Mongolei, Kanada, Friesland …«

»Ist schon gut, Fränki.«

»Nein, ich mein das im Ernst.«

»Ich weiß.« Sie beugte sich über den Tisch, um ihn zu küssen.

Er kam ihr entgegen, verbrannte sich an der Kerze und zuckte zurück. »Du bist so heiß!«, flüsterte er. Beide lachten.

Sie schob sich den letzten Löffel Pannacotta in den Mund und stand auf. »Ich muss los.«

KLARER KOPF

Den Ersten, den Zankl im Café Mariandl am Beethovenplatz sah, war Dr. Günther. In seinem dezent zerknitterten, beigefarbenen Maßanzug wirkte er, als würde er jeden Tag hier sitzen, Zeitung lesen, nachdenken, sich ein paar Notizen machen und eine Tasse pechschwarzen Kaffee nach der anderen trinken. Dosi und Mader waren noch nicht da.

»Hallo, Herr Zankl, nehmen Sie doch Platz.«

Zankl setzte sich.

»Da stimmt was nicht bei dem Fall«, sagte Günther.

»Allerdings. Hinten und vorn nicht.«

»Man hat uns die Sache komplett aus der Hand genommen.«

»Weil wir befangen sind?«, fragte Zankl.

»Natürlich sind wir befangen. Hummel ist einer von uns. Aber wir sollten zumindest auf dem Laufenden sein. Man will uns von den relevanten Informationen abschneiden. Was trinken Sie?« Er winkte dem Ober.

»Ich trink ein Bier. Oder sind wir im Dienst?«

Günther schüttelte den Kopf. »Im Gegenteil. Leider. Aber wir müssen einen klaren Kopf behalten.« Er bestellte Zankl ein alkoholfreies Bier. »Ich lad Sie ein.«

Dosi und Mader betraten samt Bajazzo das Lokal. Sie lachten. Zankl sah sie konsterniert an.

»Ich hab einen Witz erzählt«, erklärte Dosi.

»Wie kannst du, ich mein, Hummel ist weg, und du …?«

»Zankl, du tust ja gerade so, als ob Hummel schon nicht mehr unter uns weilt. Eigentlich war es kein Witz. Ich hab gerade erzählt, wie das damals war, als ich meinen ersten Einsatz mit Hummel hatte und wir die Sau in der Isar versenkt haben. Weil wir doch wissen wollten, wo die Leiche im Eiskanal vom Maria-Einsiedel-Bad hergekommen ist. Boh, das ist bestimmt fünf Jahre her. Wenn's reicht. Wir hatten die Schweinehälfte beim Schlachthof besorgt. Also, das ungenießbare Fleisch, das ist ja wie Sondermüll. Jedenfalls hat die Sau voll fies gestunken, als wir sie aus dem Kofferraum …«

»Ähem!« Günther bedachte seine Untergebenen mit einem ernsten Blick. »Können wir jetzt anfangen?«

Sie bestellten Getränke und beratschlagten. Zankl erzählte, was ihm sein Informant berichtet habe. Alle außer Günther wussten bestimmt, dass der Informant nur Carlo sein konnte. Aber Günther wollte gar nicht alles wissen. Er hatte selbst eine Überraschung für sie parat: Er artikulierte erstmals Zweifel an der Glaubwürdigkeit von Baroli.

»Wie meinen Sie das?«, fragte Mader.

»Ich hab recherchiert. Also im Detail. Baroli ist umstritten. Seine Methoden, seine Kontakte. Journalistenkollegen behaupten, dass er über Leichen geht.«

»Na ja, Enthüllungsjournalisten sind nie besonders zimperlich«, meinte Zankl.

»Vor Jahren hat er mal einen Meineid geleistet und wurde verurteilt. Der Informant bei seiner damaligen Geschichte war ein Krimineller gewesen. Baroli hat vor Gericht als Zeuge eine Falschaussage gemacht.«

»Journalisten schützen ihre Quellen, das ist normal. Sie müssen nicht aussagen.«

»Wenn man selbst Zeuge eines Verbrechens wird, ist man verpflichtet auszusagen«, sagte Günther.

»Was ist damals genau passiert?«, fragte Dosi.

»Baroli war in Mailand Zeuge einer Hinrichtung auf offener Straße, er hat den Täter genau gesehen. Und hat das nicht bei der Polizei angegeben. Er wollte seine Geschichte haben. Und hat sie auch bekommen. Aus erster Hand. Titelstory in einer großen italienischen Zeitschrift. Später hat sich allerdings ein weiterer Zeuge gemeldet. Und der hatte beobachtet, dass Baroli den Täter genau gesehen hatte. Der große Enthüllungsjournalist war plötzlich nur noch ein kleiner Erpresser, der für eine gute Geschichte alles tun würde. Baroli hat vor Gericht gelogen. Unter Eid. Der andere Zeuge war absolut glaubwürdig.«

»Und warum hat sich dieser Zeuge nicht schon eher gemeldet?«

»Das weiß ich nicht. Vielleicht aus Angst? Beruflich war Baroli nach der Aktion jedenfalls ruiniert.«

Dosi blieb neugierig. »Und dann?«

»Hat er weitergearbeitet. Nicht mehr Tagespresse und Zeitschriften. Hat sich aufs Bücherschreiben verlegt. *Quanto costa?* – so der Titel von seinem ersten Buch. Das ist über die Mafia. Findet ja jeder spannend. Da steckt detailliertes Insiderwissen drin, tief gehende Recherche. Es wurde aus dem Stand ein Riesenerfolg. Plötzlich war Baroli rehabilitiert, und seither ist er der gefragte Mann in allen Talkshows und Zeitungen, sobald es um die Mafia geht. Und jetzt ist eben *Hartes Land* erschienen – ein noch größerer Erfolg. Es geht um Immobilienspekulation, Zweckentfremdung von Grundstücken für Giftmülldeponien, solche Sachen. Und bei seinen neuesten Recherchen kommt jetzt ein Redakteur vom *Profilo* ins Spiel. Das ist eine renommierte Zeitschrift für Politik und Wirtschaft. Der Journalist Emanuele Riccardi hat zuvor schon mal mit Baroli zusammengearbeitet. Aktuell waren sie an einer Geschichte über den Mailänder Kaffeekrieg dran. Da geht es um harte Auseinandersetzungen zwischen zwei Kaffeeproduzenten in Mailand. Und plötzlich fällt Riccardi von der Dachterrasse.«

Zankl nickte. Das hatte ihm Carlo auch erzählt. Günther war gut informiert. Am Ende aus derselben Quelle? Günther kannte Carlo ja über den Verein *Freunde Italiens*.

Günther fuhr fort. »Die Details zu der aktuellen Geschichte werden wohl in Barolis drittem Buch stehen. Der Arbeitstitel lautet *Caffè Nero*. In der Mailänder Geschäftswelt liegen bereits die Nerven blank. Und bald beginnt dieser große Prozess mit ihm als Kronzeugen. Und jetzt verschwindet Baroli spurlos.«

»Mit Hummel«, sagte Dosi.

»Mit Hummel«, bestätigte Günther und nickte nachdenklich.

II

Know how to walk, know how to rhyme
Know how to stay fly in the hardest times
But what we don't know is – that ain't gonna be enough

CODY CHESNUTT

SUPERFLY

Hummel öffnete langsam die Augen. Verklebte Lider. Alles schwarz. Kein bisschen Licht. Wo war er? Kopf dröhnte. Mund Wüste Gobi. Sein rechtes Knie schmerzte. Er stand auf, tastete sich voran. Massive Holztür. Verschlossen. Unter ihr strömte glasige Kälte herein. Verdammt, wo war er? Er ging in die Hocke, sah unter der Tür nach draußen. Nichts. Schwarz. Kalt. Wind. Die Geräusche – war er auf einem Berg? Hummel schrie. Während er das tat, wusste er, dass es nichts nützte. Hier hörte ihn keiner. Dreck!

Was war passiert? Er erinnerte sich an das Hotel. Sie hatten gerade den Stick aus dem Safe geholt und waren wieder aus dem Zimmer raus, da standen im Gang die zwei Typen vor ihnen. Baroli schubste ihn und rannte. Er hinterher. Treppenhaus, dann Feuertür, Feuerleiter. Kein Blick zurück. Rüber zum Parkhaus. Sie sprangen in einen Geländewagen, rasten die Parkhausrampe runter und auf die Straße raus. Vollgas. Salzburger Autobahn. Dann Filmriss.

Was war passiert? Hatten die Typen sie doch noch erwischt? Wo war Baroli? Hummels Gaumen brannte. Er musste was trinken. Und vor allem: Er musste was sehen. Wo war er hier? Er rüttelte an der Tür. Massiv, keine Chance. Licht, er brauchte Licht. Er tastete die Wand der Hütte ab. Fand ein Fenster. Öffnete es. Kein Licht. Die Läden aus Metall waren mit einem Vorhängeschloss gesichert. Er tastete sich weiter durch die Hütte, hoffte Streichhölzer zu finden, eine Kerze. Nichts. Er räumte ein paar Tassen von einem Brett. Hummel setzte sich aufs Bett. Ihm war kalt, er zitterte, legte sich die Decke um die Schultern, rieb sich das schmerzende Knie. Was sollte das? Was ging hier ab? Jetzt konnte er sich tatsächlich mal wie ein Darsteller in einem Actionstreifen fühlen, so der harte, aber smarte Typ à la Superfly. Passte das? Nein, so gar nicht. Von wegen cool. Das Gegenteil war der Fall. Ihm stiegen die Tränen in die Augen. Er rollte sich in die Decke ein.

FRÖHLICH

Mader drehte noch eine Runde. Halb eins. Mit Bajazzo abends rausgehen – immer so eine Sache. Da erlebte Mader die Stadt zu Uhrzeiten, wo er nicht mehr unbedingt unterwegs sein wollte. Menschenleere Orte. Wie hier im Ostpark. Mader dachte an den Gully hier im Park, wo sie dank Bajazzos feiner Schnauze einmal eine Frauenleiche gefunden hatten. Ganz in der Nähe. Die Frau hatte nur einen Block von ihm entfernt gewohnt. Ein Model. Ihre Wohnung war sündhaft teuer eingerichtet gewesen. Völlig unpassend für die Gegend. Wobei Mader keine Ahnung hatte, wie all die Leute hier wirklich lebten. Außen und innen mussten nicht korrespondieren. Obwohl – vielleicht doch. Das Gefühl von Einsamkeit und Anonymität, das er so oft empfand, prägte auch seine karge Wohnung. Bajazzo war das beziehungsweise der Fröhlichste bei ihm zu Hause. Aber das wäre er auch, wenn sein Herrchen mehr Wert auf Gemütlichkeit legen würde. Trotzdem – wie war das jetzt? Färbte dieses Hochhausviertel auf ihn ab, oder hatte er sich genau die passende Gegend zu seiner Gemütsverfassung, zu seinem Selbstverständnis ausgesucht? Der Edelaltbau in Neuhausen mit Leonore hatte jedenfalls nicht zu ihm gepasst. Das hatte sich unecht angefühlt.

Mader sah zu den Betonsilos hinüber. Zahlreiche Fenster waren noch beleuchtet oder zumindest vom blauen Flimmern der Fernseher erhellt. So viele Wohnungen, so viele Lebensentwürfe. Manche Bewohner hinter den Glasscheiben waren einsam, andere hatten Partner, die sie liebten oder nicht, hatten Familien, Haustiere. Jetzt fiel ihm Catherine Deneuve ein. Catherine – Patronin seiner Einsamkeit. An sie hatte er in letzter Zeit kaum noch gedacht. Doch, kurz, als er Helene das erste Mal gesehen hatte. Aber nur einen Moment lang. War seine Liebe zu Catherine Deneuve erkaltet? Nein, wahrlich nicht. Wie Catherine wohl lebte? Sicher nicht in einem Wohnblock, sondern in einer weitläufigen 7-Zimmer-Altbauwohnung in Montmartre oder in Versailles oder in einer glamourösen alten Villa am Stadtrand, wo sie mit ihren Hunden über die Felder marschierte. Ja, das war es. Er hatte das Bild genau vor sich: Catherine in einer dunkelgrünen Wachsjacke, der Morgennebel noch schwer auf Wiesen und Feldern, der Boden schmatzt unter den Sohlen ihrer hohen Gummistiefel.

Bajazzo hatte sein Geschäft beendet und kam aus dem

Gebüsch hervor. Blieb an einem Gullydeckel auf dem geteerten Weg stehen und schnüffelte. Kratzte am Deckel.

Bitte nicht, dachte Mader.

Bajazzo kratzte weiter am Deckelrand.

Mader stöhnte auf.

Bajazzo winselte.

»Geh zur Seite, Bajazzo!«

Mader steckte die Finger in die Öffnungen des Deckels und zog ihn zur Seite.

Bajazzo hechelte aufgeregt.

Mader holte das Handy aus der Tasche und machte die Lampe an. Leuchtete in die Betonröhre.

Nichts. Niemand.

Bajazzo bellte fröhlich.

Mader sah ihn verdutzt an. Dann musste er lachen. »Du verarschst mich, was?«

Bajazzo bellte fröhlich.

»Im Ernst, das war ein Witz, oder?«

Bajazzo bellte fröhlich.

Mader schüttelte den Kopf. Lachte. Sein Hund! Er zog den Deckel wieder über das Kanalloch und machte sich auf den Heimweg. In den Tiefen seiner Jackentaschen fand er einen Brühwürfel. Ein halber für ihn, ein halber für Bajazzo.

Verarscht! Der Gedanke arbeitete in ihm. Er dachte an Baroli. An die verletzten Leibwächter. An den dramatischen Auftritt im Circus Krone. Das war alles so, so … übertrieben. Und Dr. Günther hatte plötzlich Zweifel an Barolis Glaubwürdigkeit. Ja, was, wenn Baroli sie die ganze Zeit verarscht hatte? Wenn alles nur Show gewesen war? Aber wozu der ganze Aufwand? Eine drastische Form der Öffentlichkeitsarbeit? PR brauchte der doch gar nicht. Die

Veranstaltung im Circus Krone war schon lange ausverkauft gewesen. Seine Bücher waren Bestseller. Wozu dann die Action? Zwei missglückte Attentate. Wollte er sich als Opfer, als Verfolgter inszenieren? Ging es um Glaubwürdigkeit? Und was war mit seiner Familie? War sie vielleicht gar nicht wirklich entführt worden? Frau und Sohn – würden die so ein Spiel mitmachen? Kaum. Die Entführung war echt. Und jeder würde verstehen, wenn Baroli angesichts der aktuellen Ereignisse nicht im Mailänder Prozess aussagte. Ging es darum? Hatte er etwas mit den Mafialeuten ausgehandelt? Wollten die ihm mit der Entführung eine goldene Brücke bauen? Für einen Rückzieher im letzten Moment? Was jeder verstehen würde. Nein, das wäre viel zu durchschaubar für die Presse, für die Prozessbeobachter. Und was genau war in dem Hotel passiert? Wo waren Baroli und Hummel?

Mader brummte der Kopf, als er unten in seinem Wohnblock die Haustür aufsperrte. Das weiße Licht der Neonröhren ließ die grünlichen Fliesen im Treppenhaus speckig glänzen – es sah aus wie in einem Krankenhausflur. Ungut. Ja, vielleicht sollte ich mir doch langsam was anderes suchen, dachte er im Lift. Giesing, Haidhausen, Au – irgendwas im Osten, wo es ein bisschen netter ist.

NACHT

Die Nacht hüllte alle ein. Mader hatte die nackten Füße zu Bajazzo ausgestreckt, der am Fußende des Betts schlummerte. Dosi schmiegte sich an Fränkis dürre Rippen. Zankl war mit Angelo auf der Brust in halb liegender Position auf dem Sofa eingeschlafen und atmete ganz flach, alle Sensoren auf den empfindlichen Schlaf seines Sohnes abgestimmt. Angelo drückte sein speckiges Gesichtchen an Zankls Brust und sabbelte dessen weißes T-Shirt voll.

Beate konnte nicht schlafen. Heute Abend in der Kneipe war ihr Hummels Verschwinden vorgekommen wie eine erfundene Geschichte – Fiktion, die nichts mit der Realität zu tun hatte. In der Stille zu Hause war die Botschaft langsam angekommen: Das hat sich niemand ausgedacht – Klaus war tatsächlich zusammen mit diesem Enthüllungsautor verschwunden. Der von der Mafia gejagt wurde, dessen Leben in Gefahr war. Alles wirklich passiert. Jetzt bereute sie es, dass sie Hummel immer so anging, wenn er mal wieder zu spät dran war oder noch mal wegmusste. Das hatte nichts mit ihr zu tun, das war sein Job. Sie lauschte dem schwachen Verkehr unter ihrem Fenster.

SICHERHEIT

Hummel wurde von einem Geräusch geweckt. Im Schloss drehte sich ein Schlüssel. Panisch sprang er auf und kroch unters Bett. Sah zwei Beine im morgendlichen Gegenlicht, das durch die offene Tür fiel. Hörte die Stimme: »Klaus, komm da raus!«

»Sergio?«

»Wer denn sonst? Das Sandmännchen?«

Hummel kam unter dem Bett hervor.

»Was ist das für eine Scheiße, Sergio? Was machen wir hier, was ist passiert?«

»Du bist im Auto eingeschlafen.«

»Ich? Eingeschlafen? Da war was im Wasser.«

»Du warst sehr aufgebracht. Ja, da war ein Beruhigungsmittel drin.«

»Das du schon vorher reingetan hast?«

»Das war eigentlich für mich gedacht.«

»Damit du nicht wieder wie wahnsinnig durch die Gegend fährst?«

»Spar dir deinen Sarkasmus. Der Arzt hat mir das Mittel nach der Schießerei vor der Kirche gegeben.«

»Und du hast das Zeug dann ganz zufällig bei der Hand, in einer Flasche, im Auto? Und gibst mir die Flasche, weil ich mich so aufrege? Das ist ja alles perfekt vorbereitet. Sehr geil, sehr sehr geil. Dass ich nicht lache!«

»Klaus, jetzt dreh nicht schon wieder so auf. Reg dich ab. Du warst gestern völlig neben der Spur. Ich musste dir sogar noch mal was geben.«

»So? Wann denn? Und warum?«

»Das weißt du nicht?«

»Was soll ich wissen?«

»Äh ...«

»Was ist das hier überhaupt, eine Berghütte?«

»Ja, wir sind in Sicherheit.«

»Bei der Polizei sind wir in Sicherheit.«

»Nein, wir wissen nicht, wer auf unserer Seite ist.«

»Unserer? Schön, dass du für mich mitdenkst. In Sicherheit? Ich lach mich tot. Wir sind in Italien, oder?«

»Ja, wir sind in Italien. Hier kenn ich mich aus, hier hab ich Freunde. Denen ich trau.«

»Was mir bei dir schwerfällt.«

»He, Klaus ...«

»Wo warst du heute Nacht?«

»Wie gesagt, ich habe Freunde, die mir, die uns helfen. Mehr kann ich dir nicht sagen.«

»Super, deine italienischen Freunde. Und was hab ich mit der ganzen Sache zu tun?«

»Mann, Klaus, mach 'nen Punkt. Erst drängst du dich auf und lässt mich nicht allein ins Hotel, und jetzt …«

»Mein Bein tut weh, mein Knie.«

»Du bist gestürzt. Du weißt wirklich nichts mehr?«

»Was soll ich wissen?«

»Die Schießerei?«

»Welche Schießerei? Wo ist meine Waffe?« Hummel durchsuchte seine Jacke, die auf dem Stuhl neben dem Bett lag. »Wo sind meine Waffe, Papiere, Schlüssel, Handy?«

»Die haben mir alles abgenommen. Als du auf dem Klo warst.«

»Wer sind *die*?«

»Die Typen auf dem Parkplatz. Die aus dem Hotel waren die ganze Zeit an uns dran. Die haben uns lückenlos überwacht. Ich hab's dir doch gesagt.«

»Und jetzt?«

»Jetzt haben sie uns verloren. Zumindest die zwei. Weil …«

»Was? Weil?«

»Du hast auf sie geschossen.«

»Ich?«

»Du hast ein ganzes Magazin leer geschossen.«

»Ich denk, sie haben dir meine Sachen abgenommen? Womit soll ich da auf sie geschossen haben?«

»Mit einer Waffe von denen.«

»Ich? Ganz sicher nicht. Erzähl mir endlich, was passiert ist!«

Baroli setzte sich an den Tisch und sah Hummel ernst an. »Es war auf einem Autobahnparkplatz. Noch in Österreich. Wir haben Pause gemacht. Du bist aufgewacht und musstest aufs Klo. Als du weg warst, waren die zwei Typen plötzlich wieder da. Haben mir alles abgenommen. Deine Sachen auch, die waren ja im Wagen. Als du vom Klo zurück bist, saß ich schon in deren Auto. Der eine Typ hat dich aufgefordert, ebenfalls einzusteigen. Plötzlich stolperst du. Dachte ich. Aber du hast dem Typen die Füße weggezogen, er ist gestürzt, und du hast ihm die Waffe abgenommen. Es ging alles ziemlich schnell. Der andere im Auto hat seine Waffe gezogen, und da hast du abgedrückt.«

Hummel schüttelte den Kopf. »Das glaub ich nicht.«

»Doch, genauso war es.«

»Und was hast du gemacht?«

»Ich bin auf der anderen Seite aus dem Auto raus und zu unserem Wagen gerannt.«

»Ich glaub dir kein Wort. Ich schieß nicht einfach so.«

»Du warst komplett unter Adrenalin, du hast einfach draufgehalten.«

Hummel schüttelte wieder den Kopf.

»Du kannst dich wirklich an nichts erinnern?«, sagte Baroli.

Hummel hatte dröhnende Kopfschmerzen. Nein, er konnte sich an nichts erinnern. Irgendwas stimmte nicht – mit seinem Kopf, mit ihm. »Und deswegen hast du mir gleich noch mal das gute Wasser gegeben?«

»Du warst wie von Sinnen. Das Zeug hat dich runtergebracht. Kurz darauf bist du im Auto eingenickt.«

»Na super. Besten Dank auch. Du bist ein echter Freund. Und jetzt gib mir dein Handy. Ich muss meine Leute anrufen.«

»Du machst jetzt gar nichts. Außerdem gibt's hier eh keinen Empfang. Wir warten ein paar Tage, dann ist alles gut.«

»Was ist gut?«

»Niemand vermutet uns hier.«

»Was ist mit den Daten?«

»Ich hab mit Staatsanwalt Rivelli gesprochen. Der Prozess wird vorgezogen. Vorerst erfährt das aber niemand. Kurz vorher mach ich den Deal mit den Entführern. Die Daten gegen meine Familie. Wenn die frei ist und ich in Mailand bin, kannst du gehen. Mach dir keine Sorgen. Schau, ich hab was zu essen mitgebracht. Und trink einen heißen Kaffee. Es ist kalt hier.« Er reichte ihm eine Thermoskanne.

Hummel nahm einen Becher und goss sich Kaffee ein. Nippte. Verbrannte sich die Lippen an dem heißen Kaffee. Der Kaffee war sehr stark. Hummel schloss die Hände um den Becher, spürte, wie die Wärme in ihn eindrang, sich ausbreitete. Er trank den Becher langsam aus. Das Koffein machte ihn allerdings nicht munter. Im Gegenteil – er fühlte sich, als würde ihm eine geheimnisvolle Macht die letzten Energiereserven aus Körper und Geist saugen. Wohlig weich. Er kippte zur Seite weg. Baroli fing ihn gerade noch auf. Er schleifte ihn zum Bett, legte ihn hinein und deckte ihn zu.

»Was, was ist los …?«

»Klaus, du bist sehr erschöpft.«

»Was ist … passiert?«

»Was passiert ist? Also, hör zu …«

REISELEITER

Zankl blinkte rechts und verließ den Mittleren Ring in Richtung Salzburger Autobahn. Er sah zu Dosi hinüber. Die war mit ihrem Handy beschäftigt.

»Na, Dosi, das hättest du nicht gedacht, dass wir zwei einmal zusammen in den Urlaub fahren, oder? Was sagt denn Fränki dazu?«

»Dass du keine Konkurrenz bist.«

»Niemals.«

»Außerdem hab ich ja Bajazzo als Aufpasser dabei.« Sie tätschelte Bajazzo zu ihren Füßen den Kopf.

»Hast du die Brühwürfel dabei?«, fragte Zankl.

»Logisch. Ich manage Bajazzo. Oder er uns. Und du bist für den Rest der Reise zuständig.«

Zankl nickte. »Ich bin ein super Reiseleiter. Leider sind wir Selbstzahler. Wir haben keinen offiziellen Auftrag. Aber das ist uns Hummel wert, oder?«

»Aber so was von.« Dosi gähnte und schloss die Augen.

Die kräftige Vormittagssonne heizte den Wagen auf. Trotz Klimaanlage. Die Autobahn war nur schwach befahren. Zankl machte den CD-Player an. Sixties-Soul.

»Marvin Gaye«, sagte Dosi mit geschlossenen Augen. »Die CD ist von Hummel.«

»Hab ich mir fast gedacht. Mir ist das zu schmalzig.«

»Marvin Gaye ist nicht schmalzig. Marvin Gaye ist cool.«

»Eh klar, ihr zwei Nostalgiker.«

Zankl klappte die Sonnenblende herunter und kniff die Augen zusammen. Starrte durch die bleichen Schlieren auf der Windschutzscheibe. Unklar. Wie die ganze Sache. Er zog den Blinkhebel. Wasser spritzte auf die Scheibe, Wischer quietschten. Essiggeruch. Bajazzo schnüffelte misstrauisch und legte den Kopf dann wieder auf Dosis Füße.

Zankl dachte nach. Ganz geheuer war ihm das nicht. Ermitteln ohne Auftrag. Überstunden abbauen. Anders gehe es nicht, hatte Mader gesagt. Kam er wenigstens mal wieder nach Italien. Irgendwie hatte er heute Nacht mit Angelo auf der Brust sogar die Vision gehabt, im Hotel endlich mal richtig auszuschlafen und vielleicht sogar ein Weißbier auf der Terrasse einer schönen Almhütte mit grandioser Aussicht genießen zu können. Allein. Ohne Familie. Kein Geschrei, kein runterfallendes Besteck, das er wieder und immer wieder aufheben und sauber wischen musste, keine Windeln, die zu wechseln waren. Und vor allem keine Anweisungen von Conny zur korrekten Ausführung dieser Tätigkeiten. Aber Träume von Freizeit und Brotzeit waren müßig – sie waren unterwegs, um Hummel zu suchen. Um ihn heimzuholen!

Laut Carlo besaß Baroli ein ganzes Netzwerk von Freunden und Unterstützern rund um den verstorbenen Journalisten Riccardi. Insofern wäre es nicht verwunderlich, wenn Baroli sich in der Gegend von Segonzano versteckte. Carlo hatte ihm den Namen eines Polizisten in der Ortschaft gegeben, der ihnen bestimmt weiterhelfen könne. Marcello Durelli. Sie waren angekündigt. Zankl überlegte, ob es gut oder schlecht war, Freunde wie Carlo zu haben. Wobei ihm die moralische Sichtweise in dieser Angelegenheit momentan ziemlich egal war – solange sie Hummel nur wohlbehalten zurückbekamen. Vielleicht erfuhren sie dabei auch etwas mehr über den Fall mit dem toten Journalisten, über die Hintergründe seiner Arbeit, die ja offenbar zu den ganzen dramatischen Entwicklungen geführt hatte.

Zankl schaltete den CD-Player aus und wechselte die Spur. Fuhr im Schritttempo durch die Videomaut-Station am Brenner. Er erinnerte sich an seinen letzten Italienurlaub mit Conny. Ohne Kinder. Gab's auch mal. In grauer Vorzeit. Vielleicht war Clarissa in jenem Italienurlaub gezeugt worden? Jetzt fiel ihm der blöde Hormonarzt ein, der ihn damals in seiner männlichen Ehre gekränkt hatte, indem er ihm mitteilte, dass seine Spermien eher unterdurchschnittlich performten. Ja und? Er war halt ein sensibler Mensch, da funktionierte nicht immer alles auf Knopfdruck. Er grinste beim Gedanken an den unberechenbaren Durchfall, den die Hormonpräparate damals ausgelöst hatten. Hatte er glatt verdrängt. Ja, das war eine brenzlige Sache gewesen. Immer auf rohen Eiern. Immer latente Panik, nicht schnell genug eine Toilette zu finden. Und wenn's dann zu rumoren begann, ein Wettlauf gegen die Zeit. Mit ein paar wirklich interessanten Erlebnissen. Aber das war lange her. Die Zeit flog. Jetzt hatte er eine Familie. Zwei Kinder. Siehst du mal, du Hormonquacksalber! Nun waren sie zu viert. Alles ganz anders. Er selbst vor allem. Ganz neuer Blick auf die Welt. Hummel hingegen veränderte sich nie – er war und blieb der ewige Student. Nie ganz erwachsen. Auch das mit Beate.

Hummel und Beate – sie liebten sich und sie nervten sich. Ein ewiges Auf und Ab. Verdammt, er hatte vergessen, Beate Bescheid zu geben! Hatte er ihr doch versprochen. Aber was hätte er ihr sagen sollen? Dass sie keine Ahnung hätten, wo ihr Liebster stecke, wie es ihm gehe? Und dass sie in Italien nach ihm suchen würden, weil ihnen ein geheimnisvoller Informant gesteckt habe, dass Baroli sich dort irgendwo mit Hummel verberge? Alles interne Infos. Er würde Beate später zur Beruhigung eine SMS schicken. Nichts Genaues, nur dass sie sich kümmerten.

Zankl reihte sich in die Autoschlange an der Mautstation Sterzing ein. Er stellte die Musik wieder an. Wuchtige Bläser, eine gepresste Stimme: *Knock on Wood*. Ja, das klang nach Hummel.

Dosi wachte auf. »He, Eddie Floyd. Auf Holz klopfen.«

»Ja. Das wird schon werden, Dosi. Bestimmt.«

It's like thunder, lightning, the way you love me is frightening. I'd better knock, on wood, baby.

SCHNEIDIG

»Das ist echt schön«, meinte Dosi. Es war späte Mittagszeit, und sie saßen in dem malerischen Ort Segonzano am Marktplatz und tranken Kaffee. Verwitterte Fassaden, Marktstände, die gerade abgebaut wurden, alles voller Obstkisten, Papier, Plastik. Dazwischen Kinder und Hunde. Brummende Dieselmotoren und kreischende Zweitakter.

Vor der Bar hielt ein Polizeimotorrad. Der Fahrer hängte den Helm an den Rückspiegel und stieg ab. Uniform tipptopp. Auch sonst. Wow, dachte Dosi. Der Carabiniere sieht aus wie Marcello Mastroianni! In jung.

Dann machte Marcello Mastroianni den Mund auf. »Signora Rosssmeia!«, quäkte er. »Signor Dsankl! Benvenuti a Segonzano!«

Dosi lachte schallend.

Der Mann sah sie irritiert an.

»Entschuldigung, sind Sie Signor Durelli?«, fragte Dosi.

»Marcello, bitte.«

»Doris. Und das ist mein Kollege Franco. Komm, setz dich zu uns, Marcello.«

Unaufgefordert brachte der Barista einen Caffè und ein Cornetto für Durelli. Die beiden wechselten in rasantem Italienisch ein paar Worte. Durelli kippte zwei Tütchen Zucker in den Kaffee, rührte aber nicht um und stürzte den Kaffee mit einem Zug hinunter. Hörnchen hinterher.

»Wie geht es Carlo?«, fragte Durelli.

»Gut«, sagte Zankl.

»Und seinen Bambini?«

»Ich hab sie jetzt länger nicht gesehen. Wir sind beide sehr beschäftigt. Meistens telefonieren wir nur. Du hast auch Familie?«

»Ja, Mama.«

Dosi sah ihn perplex an.

Marcello lachte. »Nur sonntags zum Essen. Außer Mama habe ich noch drei Frauen: Zwillinge, vier Jahre. Und meine Frau Violetta, wunderbare Frau, *bella donna!*«

Schade eigentlich, dachte Dosi, die sich schon fast an Marcellos eigentümlich hohen Singsang gewöhnt hatte. Und Männer müssen ja auch nicht dauernd reden. Zumindest nicht, wenn sie so schneidig aussehen wie Marcello. »Du sprichst sehr gutes Deutsch«, lobte sie ihn.

»Ja, ich habe viel in Deutschland gearbeitet, als Kellner, in Leverkusen.«

Sie erzählten Durelli in knappen Zügen, was in München passiert war, und fragten ihn direkt nach Baroli und Hummel. Nein, da könne er ihnen leider nicht weiterhelfen. Baroli habe sich nicht bei ihm gemeldet. Aber das sei vielleicht nur eine Frage der Zeit.

»Carlo sagt, dass ihr euch auch für Riccardi interessiert?«, sagte Marcello.

Dosi nickte. »Ja, es scheint da einen Zusammenhang zu geben. Wegen Nachforschungen, die Baroli angestellt hat. Da war Riccardi dran beteiligt.«

»Carlo meinte, ihr arbeitet für die Mordkommission. Äh, also, wir sind hier in Italien.«

»Unsere Ermittlungen sind Bestandteil einer neuen Polizeistrategie für den Schengen-Raum«, erklärte Dosi. »Das Projekt heißt *Intercrime*.«

Marcello sah sie zweifelnd an. Dann grinste er. »Ich kenn nur Inter Mailand.«

»Wir würden uns gerne mal die Wohnung von dem Journalisten anschauen. Vielleicht bringt uns das weiter, vielleicht gibt es dort Hinweise, woran sie gearbeitet haben. Marcello, können wir denn seine Wohnung sehen? Oder macht das Stress?«

»Wenn ihr unbedingt meint«, sagte Marcello und stand auf. »Andiamo!«

Als sie losfuhren, kratzte sich Zankl am Kopf. »Dosi, wir haben nicht gezahlt.«

»Lässt du nie anschreiben?«

»Nein. Der garantiert auch nicht.«

»Weißt du's? Andere Länder, andere Sitten.«

»Manchmal denk ich, du hast echt ein Rad ab. *Intercrime*. Du glaubst doch nicht im Ernst, dass der uns das abnimmt.«

»Ist doch egal, was er glaubt. Dein Spezl Carlo hat ihn gebrieft, und gut ist.«

»Carlo ist nicht mein Spezl.«

Marcello fuhr mit dem Motorrad voraus. Schnell hatten

sie den historischen Ortskern hinter sich gelassen. Elegant legte sich Marcello in die Kurven. Dosi dachte an ihre letzten Erfahrungen mit dem Motorrad. Der Sturz in den Bergen. Versagende Bremsen. Seitdem hatte sie einen weiten Bogen um Motorräder gemacht. Schade eigentlich. Hier wäre jedenfalls eine super Gegend zum Biken.

Wenig später erreichten sie ein Gewerbegebiet. Marcello bog bei einer Spedition in die Hofeinfahrt. Er sprach ein paar Worte mit dem Pförtner, der ihm daraufhin einen Schlüssel aushändigte. Gemeinsam mit Bajazzo überquerten sie den mit Lastwagen und Hängern vollgeparkten Hof. Marcello hielt vor einem Büroturm.

»Da drin hat Riccardi gewohnt?«, sagte Zankl erstaunt.

»Und gearbeitet. Kommt ihr?«

»Und der Pförtner hat den Schlüssel? Zu einem Tatort?«

»Die Untersuchungen sind abgeschlossen. Sonst würde ich euch da auch nicht reinlassen. Die Verwandten waren schon da. Die Inneneinrichtung soll verkauft werden.«

Sie betraten ein heruntergekommenes Foyer. Vor der großen, blinden Fensterfront verschnurpselte eine Aloevera-Pflanze. In einer Ecke stand ein nackter Ficus. Die ledrigen Blätter verteilten sich kreisförmig um den vergilbten, rissigen Kunststoffübertopf. Bajazzo raschelte durch die Blätter und überlegte – *ein Tröpfchen am Töpfchen?* Dosis scharfes »Bajazzo!« hielt ihn davon ab.

Sie fuhren mit einem rumpeligen Lastenaufzug nach oben.

Dort Kontrastprogramm. Im Treppenhaus lagerten quietschbunte Designerstühle aus den Siebzigern, an der Wand hing ein großes Pop-Art-Bild.

»Ist das echt?«, fragte Zankl.

»Weiß nicht, vielleicht«, meinte Marcello und sperrte die Tür auf.

Ein weitläufiges Loft. Auch hier zahlreiche Designerstühle, Skulpturen, Bilder. Eine lange Wand war bis unter die Decke komplett mit einem Bücherregal belegt. Sonst: Sofa, Sitzsäcke, ein großer Schreibtisch mit Glasplatte.

»Computer?«, sagte Dosi.

»Haben die Kollegen mitgenommen. Was sucht ihr eigentlich genau?«

»Wir wissen es nicht genau. Noch nicht. Irgendwelche Hinweise, die uns weiterhelfen, die Hintergründe für die Münchner Attentate zu verstehen. Dokumente, an denen Baroli und Riccardi gemeinsam gearbeitet haben. Von wo ist Riccardi denn runtergestürzt?«

Marcello öffnete die große Terrassentür und trat nach draußen.

Zankl und Dosi sahen beeindruckt in die Bergwelt um sie herum. 360-Grad-Kino. Die Betonplatten der Dachterrasse endeten nach wenigen Metern, dann kam Schotter. Sie folgten Marcello. Dosi nahm Bajazzo an die Leine. Marcello ging forschen Schrittes bis an die Dachkante. Kein Geländer, keine Sicherung. Er deutete in den Hof hinunter. Fünfzehn Meter tiefer standen die Fahrzeuge der Spedition.

»Da unten lag er.«

»Was hat er denn hier auf dem Dach gemacht?«, fragte Zankl.

»Wir wissen es nicht.«

Eine Windbö erschreckte Dosi. Sie trat einen Meter zurück. »Gehen wir wieder rein.«

Drinnen sagte Marcello: »Habt ihr genug gesehen?«

»Hast du's eilig?«

»Na ja, ich muss noch …«

»Lass uns einfach den Schlüssel da, wenn das in Ordnung ist«, sagte Dosi. »Wir geben ihn nachher beim Pförtner ab. Und dann treffen wir uns abends in Segonzano.«

Marcello überlegte kurz, dann nickte er. »Bar Amoretti, sieben Uhr.«

»So machen wir's. Danke, ciao.«

Als die Tür ins Schloss gefallen war, sagte Zankl: »Puh, endlich ist er weg.«

»Hast du was gegen ihn?«

»Nein, aber wir wollen uns doch hier ein bisschen umsehen. Wenn dauernd einer hinter mir steht, kann ich das nicht. Kommt dir das nicht komisch vor?«

»Was?«

»Dass Marcello uns hier einfach so rummachen lässt. Was hat er davon, wenn wir uns einen Tatort ansehen, der eigentlich nur die italienische Polizei was angeht?«

»Na ja, Zankl, wenn er ein Freund von Carlo ist, dann unterstützt er uns halt.«

»Laut Carlo ist Marcello auch ein Freund von Baroli. Und der will doch ziemlich sicher nicht, dass wir in deren Recherchematerial rumschnüffeln. Und gefunden werden will er wahrscheinlich auch nicht. Das ist doch komisch, oder?«

»Vielleicht hat die Polizei hier ja was unter den Teppich gekehrt, und sie wollen uns mit der Nase draufstoßen, dass da noch mehr zu ermitteln ist?«

»Wer will uns da draufstoßen?«

»Na, Marcello. Also in Absprache mit Baroli.«

»Ich weiß nicht, Dosi. Das klingt alles so nach Verschwörungstheorie.«

»Ich weiß es auch nicht, Zankl. Komm, jetzt legen wir endlich los.«

Zankl übernahm den Arbeitsbereich, Dosi den Rest.

Rund um den Schreibtisch herrschte pedantische Ordnung, keine Zettelwirtschaft, keine vollgestopften Schubladen. Alle Schriftstücke und Manuskripte waren vorbildlich archiviert. Auch die vielen Zeitungen und Magazine, für die Riccardi offenbar geschrieben hatte. Aber nichts von Interesse. Soweit sie das mit ihren rudimentären Italienischkenntnissen überhaupt beurteilen konnten.

»Boh, das ist doch irgendwie sinnlos«, murmelte Zankl nach einiger Zeit genervt.

»Was hast du erwartet? Einen USB-Stick oder eine CD auf dem Präsentierteller?«

»Keine Ahnung. Irgendwas.«

Im Bad schlug Bajazzo an.

»Musst du Gassi, Bajazzo?«, fragte Dosi.

Bajazzo kratzte an einer Badkachel auf Bodenhöhe.

»Lass mich mal«, sagte Dosi und ging in die Hocke. Sie tastete die Kachel ab. Kein Fugenkitt. Sie war lose. Dosi nahm das Maniküre-Set von der Spiegelablage und holte eine Nagelfeile heraus. Sie fuhr damit in eine Fuge und löste die Kachel. Ein Hohlraum. Sie griff in die Aussparung. Ein Plastikbeutel mit weißem Puder.

»Zankl, komm mal her. Ich hab hier was.« Sie reichte ihm den Beutel.

»Hol mich der Schneekönig. Das sind gut 50 Gramm.«

»Genau das Richtige, damit man bei anstrengenden Recherchen wach bleibt.«

»Wenn's kein Puderzucker ist, dann ist das ein paar Tausend Euro wert.« Zankl untersuchte den Hohlraum. »Warum haben die hiesigen Polizisten das nicht gefunden? Das ist doch ein klassisches Versteck.«

»Weil sie nicht danach gesucht haben. Es geht um einen Todesfall und nicht um Drogen.«

»Was machen wir damit?«

»Wir geben es Marcello. Steck's ein, Zankl. Und jetzt?«

Zankl sah sich um und schüttelte den Kopf. »Hier drinnen ist nichts, hier ist alles superordentlich. Wir brauchen den Computer. Und den hat die Polizei einkassiert. Da kommen wir ohne dienstlichen Auftrag nicht dran. Und wir sind in Italien. Komm, wir gehen.«

Im Hof steckte sich Zankl eine Zigarette an und sah sich um. Bajazzo verschwand hinter einem Stoß Europaletten, um dort sein Geschäft zu verrichten.

»Und jetzt?«, fragte Dosi noch einmal.

»Ich hab eine Idee. Komm!«

Dosi folgte ihm. Zankl überquerte den Hof bis zum Werkstor. Er deutete nach oben. Jetzt sah auch Dosi die Überwachungskamera.

»Einen Versuch ist es wert«, meinte Zankl.

Sie betraten das Kabuff des Pförtners. Niemand da. Auf dem Schreibtisch stand ein offenes Glas mit eingelegten Tomaten. Es roch säuerlich. Auf der Tischplatte schimmerte eine kleine Öllache.

»Hallo, ist da wer?«

In der Kammer nebenan raschelte es. Ein junger Typ mit großer Hornbrille und rausgewachsener Britpop-Frisur tauchte mit einer Rolle Küchentücher auf. Er sah sie fragend an.

»Entschuldigen Sie, sprechen Sie deutsch?«, fragte Zankl.

»Ja, was gibt's?«

Zankl legte den Schlüssel auf den Tisch. »Mit Dank zurück. Wir sind wegen dem Todesfall hier. Der Journalist. Wir sind von der Polizei.«

»Italienische Polizei?«

»Nein, aus München.«

»Aha.«

»Sagen Sie, die Kamera da draußen, ist die immer in Betrieb?«

»Nur nachts.«

»Und das Tor, ist das nachts zu?«

»Kommt drauf an. Wenn viel los ist, ist offen. Die Laster fahren ständig rein und raus.«

»Sie haben das alles im Blick?«

»Die Laster schon.«

»Hatte Riccardi viel Besuch?«

»Ich kann das nicht sagen, ich bin nur einmal die Woche hier.«

»Wie lang heben Sie denn die Aufnahmen auf?« Zankl deutete auf den Bildschirm.

»Bis die Festplatte voll ist.«

»Könnten Sie mal nachschauen? Uns interessiert die Nacht, in der er abgestürzt ist.«

»München, sagten Sie?«

»Ja.«

»Dürfen Sie das eigentlich, also hier ermitteln?«

»Hat denn die italienische Polizei die Aufnahmen geprüft?«

»Das weiß ich nicht. Wie gesagt, ich bin nur einen Tag in der Woche hier. Ich bin Student. Die von der Spedition schauen, dass ihre Aushilfen nicht zu viel verdienen …«

Zankl zog einen Fünfziger aus der Tasche. Der junge

Mann reagierte nicht. Zankl schnaufte und legte einen zweiten Schein dazu. Der Student grinste und nahm das Geld.

»Die Nacht vom 17. auf den 18. April interessiert uns.«

Der Student durchsuchte die Festplatte und fand schließlich die Videodatei mit dem betreffenden Datum.

»Schauen müssen Sie selbst.« Er ging nach draußen, um zu rauchen.

Sie betrachteten den Videomitschnitt im Schnellvorlauf. Kein Privatwagen. Keine Personen zu Fuß. Nur Laster und Kastenwagen.

»Tja, Pech«, meinte Dosi.

»Riccardi wurde doch morgens am 18. April gefunden«, sagte Zankl.

»Ja. Dann muss es am 17. April passiert sein.«

»Oder aber schon am 16. April. Stell dir vor, er fällt da runter. Liegt da irgendwo zwischen den Hängern, Containern, Paletten. Erst als die Container weg sind, entdeckt man ihn. Wir müssen auch den 16. April checken. Er könnte sogar noch länger da gelegen haben. Die Nächte sind kühl.«

Zankl schüttelte den Kopf. »Da war er tagsüber noch auf der Redaktionssitzung vom *Profilo*.«

»Woher weißt du das?«

»Carlo hat mir jede Menge Infos geschickt. Obduktionsbericht, Riccardis letzte Termine.«

»Respekt. Dein Freund Carlo hat wirklich gute Kontakte. Also, nächster Versuch, die Nacht vom 16. auf den 17. April.«

Zankl klickte die entsprechende Videodatei an.

»Bingo!«, sagte er nach einiger Zeit.

»Aber man erkennt nicht viel. Ein weißer Opel.«

Zankl zoomte. Das Bild war dunkel, unscharf. Fahrer nicht zu erkennen. Schlechter Kamerawinkel. Das Nummernschild war kaum zu lesen. Er fluchte. »Buchstabensalat ist noch geschmeichelt für das Augenpulver.«

Sie schauten den Rest im Schnellvorlauf an. Der weiße Wagen war kein weiteres Mal zu sehen.

»Dosi, das heißt, dass er erst am nächsten Tag wieder raus ist. Tagsüber, als die Kamera ausgeschaltet war. Er war die ganze Nacht da.«

»Was hat er so lange da gemacht?«

»Sachen gesucht. Wie wir. Unterlagen, Daten.«

»Ob das in dem Auto da Baroli ist?«

»Warum?«

»Na, nur mal als These: Baroli hat Streit mit Riccardi.«

»Warum?«

»Weil er zuerst den Coup landen will, allein im Rampenlicht stehen will.«

»Dafür mordet man doch nicht.«

»Vielleicht war es ein Unfall. Oder Baroli geht mit Riccardi in den Clinch, weil er zu viel herausgefunden hat und die Rechercheergebnisse für bestimmte Kreise gefährlich sind.«

»Dosi, wir gehen davon aus, dass die da gemeinsam dran gearbeitet haben.«

»Weißt du's wirklich?«

»Ach komm. Und in dem Prozess will Baroli dann aussagen gegen die bestimmten Kreise. Das passt doch nicht zusammen.«

»Hier passt so manches nicht zusammen.«

Der Student betrat wieder den Raum. »Alles klar?«

»Schau mal her«, sagte Zankl. »Leider erkennt man auf

dem Standbild hier nichts. Wir brauchen das Nummernschild.«

Der Student sah auf das Bild. »Ja, vielleicht kann man da was machen.«

»Vielleicht?«

»Na ja ...«

Zankl zog einen weiteren Fünfziger aus dem Geldbeutel. »Das ist der letzte, definitiv. Und nur, wenn's klappt.«

Der Student nahm den Schein und grinste wieder. »Logisch, klappt das.« Er holte aus einer Fahrradkuriertasche ein Macbook, verband es per Bluetooth mit dem Computer, zog sich die Daten von der Videoaufzeichnung und startete dann ein Programm. »Das ist eine Konvertierungssoftware, die rechnet die Videodaten um und simuliert eine höhere Auflösung. Dauert ein bisschen.«

»Was studierst du denn?«

»Informatik und Mediendesign.«

»Und warum arbeitest du hier?«

»Weil es gutes Geld ist. Ich sitz rum, arbeite an meinen eigenen Sachen, check ab und zu den Bildschirm, mach die Schranke auf und zu. – Und ihr ermittelt, obwohl wir in Italien sind?«

»Ein EU-Kooperationsprogramm. *Intercrime*. Ganz neu. Die brauchen auch IT-Spezialisten ...«

»Eh klar. Ist okay, wir schauen ja nur Bilder an.« Er öffnete die Bilddatei erneut, und jetzt war sie wesentlich schärfer und kontrastreicher. Er stoppte, als der weiße Opel in den Hof fuhr. Der Fahrer war weiterhin nicht zu erkennen. Nur die Kinnpartie. Langsamer Vorlauf. Standbild. Kennzeichen. Er zoomte es heran. Die Buchstaben und Ziffern waren an den Rändern ausgefressen, aber erkennbar.

Zankl schrieb die Nummer ab. »Danke, das hilft uns sehr. Und bitte, behalt das für dich.«

»Kostet extra«, sagte der Student und grinste – nur sehr kurz, weil Zankl auf die Waffe in seinem Holster unter der Jacke deutete.

Als Zankl das Kabuff verlassen hatte, zuckte Dosi mit den Achseln und lächelte. »Mein Kollege mag halt keine Arschlöcher. Was soll man machen?«

Der Student steckte sich die Zunge obszön in die Backe.

»Fass!«, zischte Dosi, und Bajazzo schoss auf den Studenten zu. Vor Schreck biss der sich auf die Zunge.

PELZIG

Hotel, Feuerleiter, Parkhaus, die Stadt im Zeitraffer, das lange, graue Band der Autobahn, die Berge faserig am Horizont, alles verschwommen in grellem Dunst. Das alles ging Hummel durch den Kopf. Er war allein in der Hütte. Sein Knie schmerzte. Warum? Der Körper speicherte alles, die Schmerzen, ihre Ursache, die Geschichten. »Knie, erzähl mir, was geschehen ist«, murmelte Hummel. »Was ist der Grund für deine Schmerzen?«

Er wartete vergeblich. Sein Körper erzählte ihm nichts. Hummel merkte nur, wie die Kälte des dunklen Raums immer tiefer in ihn hineinkroch. Wie lange war er ohne Bewusstsein gewesen? Baroli, das Arschloch. Der Kaffee. »Verdammt, Sergio, warum machst du das? Und warum fall ich ein zweites Mal darauf rein?«

Hummels Mund war pelzig. Er hatte Durst. Er richtete sich auf, erschrak, weil etwas Kaltes sein Gesicht berührte.

Wie ein nasser Pinselstrich. Er fasste sich an die Wange. Tränen. Seine Augen brannten. Hummel schloss sie. Ich bin am Ende, dachte er und sank wieder auf die Matratze. Er zwang sich nachzudenken. Was ist los? Was war los? Sergios Stimme in seinem Kopf: *Du hast das ganze Magazin leer geschossen.*

STANDARD

Mader hatte die Autonummer, die ihm Zankl gemailt hatte, an Dr. Günther weitergeleitet. Wenn der sich schon immer mit seinen guten Kontakten nach Italien brüstet, kann er mal beweisen, wie gut die sind, dachte Mader und wartete auf Antwort. Er sah aus dem Fenster in den Innenhof. Die geparkten Autos schimmerten im Nieselregen. Bajazzo – wie es ihm wohl in Italien erging? Bestimmt war dort das Wetter besser.

Günthers Kontakte waren tatsächlich gut. Er meldete sich bereits nach zehn Minuten und nannte den Halter des Autos. »Der Wagen gehört zur Autovermietung Azzurro in Trient.«

»Na super«, sagte Mader. »Und kriegen wir auch den Mieter dazu?«

»Ich bin dran. Dazu muss mein Kontaktmann in der Autovermietung direkt nachforschen. Nur eine Frage der Zeit. Wurde Baroli denn zu der Nacht verhört, in der Riccardi gestorben ist?«

»Keine Ahnung. Das müssen wir die italienischen Kollegen fragen.«

»Was ja leider nicht geht, weil wir offiziell mit dem Fall nichts zu tun haben.«

Mader nickte nachdenklich. »Was ist mit Zankl und Roßmeier? Sollen die zurückkommen?«

»Ich weiß nicht. Die beiden haben einen Superjob gemacht. Und die italienischen Kollegen haben scheinbar alle Augen zugedrückt. Oder geschlafen. Überwachungskameras checken ist doch Standard.«

»Warum sich Hummel wohl nicht meldet, wenn er doch bei Baroli ist?«

»Fragen Sie mich was Leichteres.«

»Weil Baroli ihn daran hindert. Weil er auch ihm misstraut. Er fühlt sich verfolgt, will nicht, dass wir auf den Plan treten. Alleine wird er das nicht lösen können. Also – sollen Roßmeier und Zankl noch in Italien bleiben?«

»Ja. Vorerst. Wenn Baroli da wirklich sein Netzwerk hat, wie Zankls Informant sagt, dann wird Hummel auch dort sein. Aber bitte keine spontanen Aktionen. Sagen Sie denen das, Mader. Sie sollen einfach nur Augen und Ohren offen halten.«

FALSCHER MOVE

Gedankenkarussell. Alles fährt vorbei. Immer wieder. Die gleichen Gedanken, Leute, Bilder, Stimmungen. Immer wieder. Das Klo. Der scharfe Geruch. Alles überpräsent. Die summenden Fliegen. Der Grind an der Edelstahlschüssel. Bah. Raus hier! Die warme Luft, die durch das Tal gedrückt wird. Wie die Autos. Das Rauschen der Motoren. T-Shirt durchgeschwitzt. Pistole drückt an die Rippen. Nein, tut sie nicht. Ich hab das Holster ausgezogen, die Sachen im Auto gelassen. Kann ich Sergio trauen? So oft ist mir die Waffe lästig, stört mich, jetzt vermiss ich sie, fühl mich unsicher, nackt. Ich darf sie nicht abnehmen. Nicht in einer Situation wie dieser. Klug war das alles nicht. Ich hätt in München aussteigen sollen. Was geht mich der Privatkrieg von Sergio gegen die Mafia an? Die vergangenen Tage waren völliger Wahnsinn. Und ich kleb wie Pech an dem Typen. Warum bringt er seine Familie so in Gefahr? Was ist ein solches Risiko wert? Ja, das ist der springende Punkt: Es gibt nichts, wofür man das Wohl der eigenen Familie aufs Spiel setzt – nichts!

Ein Gedanke, ein logischer Gedanke, und ich kann ihn nicht zu Ende denken. Er verpufft in der stickig warmen Luft hier im Tal, das nach Ozon riecht, vom Verkehr der Autos dröhnt. Die Sonne reflektiert grell von den Autos, die Luft hat einen metallischen Geschmack. Irgendwas stimmt nicht. Wo ist unser Wagen? Ganz hinten. Ich geh vorbei an den parkenden Autos, seh Menschen mit Bechern, Schokoladeriegeln, belegten Broten in den Händen. Geisterbahn, ich nehm sie nicht wirklich wahr, sie sind Puppen, Statisten. Ich gleit wie auf Schienen. Nein, meine Füße berühren den Boden gar nicht. Oder? Da ist unser Auto. Sergio sitzt nicht am Steuer, steht auch nicht neben dem Wagen. Meine Hand geht an die Waffe. Die da nicht ist. Die im Auto ist. Wo Sergio nicht mehr ist. Verdammt! Was ist das für ein Auto neben unsrem? Was ist das für ein Typ, der jetzt aus dem Wagen steigt? Ich weiß es sofort. Nicht, wer er ist, aber was er will. Mich. Klar, ich bleib cool, ich mach alles, was du willst. Logisch. Glaubst du. Ich geh auf dich zu. Stolpre, fall hin, zieh dir die Beine weg. Ich hab dich am Arsch, ich hab deine Waffe. Aha, Schalldämpfer. Ein falscher Move, und dein Hirn ist am Pflaster. Lautlos. Sergio schreit irgendwas, ich seh das Blitzen in dem Auto, etwas pfeift an meinem Gesicht vorbei – du Arsch! –, ich drück ab, Scheiben zerbröseln, ich halt drauf. Schieß das

Teil leer, ins Auto. Und eine Kugel ins Bein von dem Arschloch draußen. Dann hör ich unser Auto, Sergio schreit. Ich schrei auch.

»Klaus, was ist los!«

»Was los ist? Siehst du es nicht?«

»Wach auf!«

Ich mach die Augen nicht auf. Schrei immer noch. Etwas Nasses schlägt mir ins Gesicht. Ich mach die Augen auf.

»Klaus!«

»Wer? Wo ...?«

»Ich bin's, Sergio. Wir sind in Sicherheit.«

»Wo? In Sicherheit?«

»Eine Hütte in den Bergen.«

»In welchen Bergen?«

»Das spielt jetzt keine Rolle.«

»Hab ich wirklich geschossen? Auf die Typen?«

»Es war Notwehr. Komm, Klaus, trink was.«

»Nein, ich trink nichts mehr. Da ist wieder was drin. Hör zu, Sergio, ich rette dich vor deinen Verfolgern, und du behandelst mich wie eine Geisel. Erzähl mir endlich die Wahrheit! Worum geht es bei der ganzen Scheiße? Ich hab die Wahrheit verdient. Was wollen die von dir?«

Baroli überlegte. Schließlich nickte er. »Okay, ich sag's dir.«

»Alles?«

»Ja, alles. Im Detail. Also, ich war mit einem Journalisten dran, ein umfangreiches Dossier über die Geschäftsstrukturen eines Mailänder Kaffeeproduzenten zu erstellen. Emanuele Riccardi von der Zeitschrift *Profilo* hatte schon seit Monaten an der Story gearbeitet. Er brauchte Hilfe. Die Geschichte war zu groß für einen Artikel in der Zeitschrift geworden. Ich bin in die Recherchen eingestiegen. Wir haben kurz vor dem Abschluss gestanden. Riccardi war tief in die Datenbanken von Mailänder Wirtschaftsunternehmen vorgedrungen.«

»Ein Journalist und Superhacker?«

»Er hatte Hilfe von Spezialisten, von Insidern. Einzelheiten hat er nicht einmal mir verraten. Quellenschutz war Riccardi heilig. Jedenfalls hatte er Unmengen von internen Daten und Unterlagen. Ich hab Kontakt zu Marco Rivelli aufgenommen, dem Mailänder Staatsanwalt. Den kenn ich noch von den Recherchen zu meinen Büchern. Der hat vor Jahren in Sizilien hart gegen die Mafia durchgegriffen. Rivelli war sehr interessiert an den Unterlagen, hat aber verlangt, dass Riccardi und ich persönlich vor Gericht aussagen. Ich hab mich mit Riccardi verabredet, um das weitere Vorgehen zu besprechen. Das war Mitte April. Ich bin zu ihm nach Segonzano gefahren. Er hat aber nicht aufgemacht, ist nicht ans Handy gegangen. Ich hatte ein ungutes Gefühl und bin einmal um den Büroturm gegangen, und da hab ich ihn gefunden. Er lag im Hof hinter einem Stapel Paletten. Tot. Offenbar abgestürzt. Er hatte seine Schlüssel bei sich. Ich bin in die Wohnung hoch und wollte die Daten sicherstellen. Die Tür war nicht aufgebrochen. Aber sein Laptop war schon weg. Wobei ich nicht glaube, dass er die Sachen da einfach auf der Festplatte hatte. Ich wusste nicht, wo er die Daten sonst noch aufbewahrt oder wie ich an das Passwort zu seiner Cloud komme. Ich hab die ganze Nacht gesucht, aber nichts gefunden. Am Ende war es ganz einfach – ich hatte die Daten schon die ganze Zeit in der Hand. An seinem Schlüsselbund hing ein kleines Schweizer Taschenmesser – mit USB-Stick. Da waren die Daten drauf.«

»Das soll ich dir jetzt glauben?«

»Glaub es oder nicht.«

»Und das Taschenmesser haben die Leute, die ihn da runtergeschmissen haben, nicht gefunden?«

»Vielleicht wussten sie gar nicht, dass Riccardi da unten liegt. Ich hab auch überlegt, was passiert sein könnte. Er hat mich erwartet, wir waren verabredet. Es klingelt. Er macht auf, erledigt noch was an seinem Schreibtisch und merkt gerade noch, dass nicht ich es bin, sondern jemand anderes. Vielleicht wollte er sich auf der Dachterrasse verstecken oder ein Stockwerk runterklettern …«

»Ja klar, so Spiderman. Ganz bestimmt. Und du, warum hast du nicht die Polizei gerufen, nachdem du ihn gefunden hast?«

»Ich hatte panische Angst. Ich hab Rivelli informiert, und der hat die örtliche Polizei in Marsch gesetzt.«

»Und lass mich raten: Der Staatsanwalt sagt der Polizei nichts über die möglichen Motive für den Einbruch. He, komm, das glaub ich dir nicht.«

»Doch, die Geschichte ist so heiß, dass jede Information in diese Richtung die Ergebnisse unserer Arbeit gefährdet hätte.«

»Ja klar. Und du setzt dann einfach deine Tournee als Starautor fort. In München.«

»Ich wollte nicht auffallen. Niemand wusste, dass außer Riccardi noch jemand an der Geschichte gearbeitet hat. Nur der Staatsanwalt.«

»Ach komm, so dumm werden die bei der Mafia sein. Dich nicht ebenfalls im Blick zu haben. Dich, als Autor von Mafia-Büchern. Dass ich nicht lache.«

»Du überschätzt meine Bedeutung für die Mafia. Die lachen sich einen Ast, wenn sie meine Bücher lesen. Das sind für die nur alte Geschichten, die ihnen auch noch bei der Legendenbildung helfen. Die Mafia ist ständig in Bewegung, so ein Buch bildet bestenfalls einen kurzen, vergangenen Zustand ab.«

»Und das gilt für deine aktuellen Recherchen nicht?«

»Das ist was anderes. Das ist ein sehr konkreter Fall, da sind Namen drin, von Firmen, von bislang unbescholtenen Geschäftsleuten. Wenn die Unterlagen an die Öffentlichkeit kommen, bebt die Erde in Oberitalien, da müssen viele ihren Hut nehmen. Industrielle, Politiker, auch Polizisten.«

»Wenn das alles so heiß ist, warum hat dieser Staatsanwalt Rivelli dich dann nicht in Schutzhaft nehmen lassen?«

»Dann wären sofort Fragen aufgetaucht. In so einer Behörde bleibt doch nichts geheim. Ich hab mit Rivelli vereinbart, weiter meinen aktuellen Verpflichtungen nachzugehen, während er den Prozess vorbereitet. Aber dann ist es irgendwie doch durchgesickert, dass ich als Kronzeuge in dem Prozess auftrete. Ich sollte mich nach Mailand in Polizeischutz begeben. Aber das wollte ich nicht. Ich war gerade auf dem Kongress in München. Da haben sie mir diese Leibwächter verpasst. Und dann ist in München das erste Attentat passiert.«

»Und du bleibst am Ball, ganz cool, willst trotz Attentat auch noch die Zirkusveranstaltung durchziehen.«

»Klaus, ich bin ein trotziger Typ. Wenn du mich reizt und mir sagst, das schaff ich nicht, das trau ich mich nicht, dann setz ich alles daran, das Gegenteil zu beweisen. Ja klar, das war alles ein Fehler. Ich dachte, dass mich die große Öffentlichkeit schützt, dass sie es nicht wagen, mich anzugreifen.

Das war ein Fehler. Ich hab andere Menschen gefährdet, dich, meine Familie.«

»Ja, das krieg ich nicht zusammen, das mit deiner Familie. Die ist immer noch in den Händen der Entführer, und du machst immer noch weiter mit den Spielchen. Nach der ganzen Action gibst du den zwei Typen im Hotel nicht die Daten, flüchtest mit mir, betäubst mich. Das alles ergibt für mich keinen Sinn. Du spinnst doch total.«

»Wer spinnt hier? Du drehst auf dem Parkplatz durch und spielst Bruce Willis.«

»Du hast meine Frage nicht beantwortet. Wie ist das jetzt mit deiner Familie?«

»Der wird nichts passieren, solange ich die Daten hab. Hoffe ich.«

»Komm, die Nummer kenn ich schon. Ich sag dir eins. Die lassen sich nicht verarschen. Geht's dir wirklich nur um den Scheißprozess? Und was ist mit mir, wie lange willst du mich hier noch festhalten?«

»Bis der Prozess beginnt, bleibst du bei mir. Du weißt zu viel. Wenn du jetzt auftauchst, werden die dich schnappen und in die Mangel nehmen. Du hast doch gesehen, dass die vor nichts zurückschrecken.«

Hummel schüttelte den Kopf. »Sergio, jetzt mal ganz sachlich: Was du hier machst, das ist Freiheitsberaubung.«

»Ja, das tut mir leid.«

»Nein, es tut dir nicht leid. Du bist das Letzte. Du bist echt ein Arschloch. Das mein ich ernst.«

Baroli schnaubte auf. Dann zog er die Jacke an, ging wortlos nach draußen und schloss die Tür hinter sich ab.

Hummel grübelte. Der Typ geht über Leichen. Tut er das? Die ganze Situation hier ist surreal. Die Sache mit dem

Parkplatz – ein Drogenalbtraum? Was hatte Sergio ihm untergejubelt? Warum konnte er sich so gut an die Parkplatzgeschichte mit der Schießerei erinnern? Erinnern? Hatte Sergio es ihm nur eindringlich und oft genug erzählt? Wollte er mich damit als Komplizen an sich binden? Nein, ich bin nicht sein Komplize!

Scheiße, sein Knie tat weh, irgendwas musste vorgefallen sein. Hummel roch an seinem rechten Ärmel. Konnte man Schmauchspuren noch Tage später riechen? In der rauchig-schweißigen Hütte sicher nicht. Nein, er hatte niemand umgebracht. Niemals! Er war ein gut ausgebildeter Kriminalbeamter, der die Waffe nur im äußersten Notfall einsetzte. Wenn es so gewesen wäre, wie Sergio erzählt hatte, wäre er zu den Männern ins Auto gestiegen, hätte keine Actionszene daraus gemacht. Oder hatte das Mittel in der Trinkflasche seine Sinne so getrübt, dass er Dinge getan hatte, die er sonst nicht tun würde?

Er wollte raus aus dem Albtraum, er wollte zurück nach München. Wenn Sergio unbedingt das Leben seiner Familie gefährden wollte, dann war das seine Sache. Er kannte die Leute nicht, sie gingen ihn nichts an. Bei der nächstbesten Gelegenheit würde er abhauen. Aber wie? Momentan war das nicht möglich. Türen und Fenster waren fest verschlossen. Wo war Sergio schon wieder? Mit wem traf er sich? Wenn Sergio jetzt etwas passierte und niemand wusste, dass er hier in der Hütte war, was dann? Hummel sah sich um. Nichts, was geeignet wäre, Tür oder Fenster aufzustemmen. Feuer? Klar, der Glühstrumpf der Gaslaterne. Aber der Rauch würde ihn schneller vergiften, als sich das Feuer durch die Holztür fräße. Ihm blieb nichts anderes übrig, als abzuwarten, ruhig zu bleiben.

Er dachte an Beate. Ob sie überhaupt wusste, dass er weg war? Manchmal sahen sie sich ja tagelang nicht, ohne dass der andere hinterher gleich fragte, was los gewesen sei. Bestimmt haben die anderen ihr Bescheid gegeben. Hoffentlich macht sie sich nicht zu große Sorgen.

Ihm war kalt. Er zapfte sich Wasser aus dem Plastikkanister, füllte den Teekessel und stellte ihn auf den Gaskocher. Suchte nach Tee. Fand eine Packung Fencheltee. Beruhigt Magen und Nerven. Draußen pfiff der Wind scharf. Wenn er Zettel und Stift hätte, könnte er wenigstens ein paar Zeilen schreiben. Aber was? Ein Liebesgedicht für Beate? Ein letztes. Ha, nicht witzig. Nein, in der jetzigen Stimmung würde nichts Gutes dabei rauskommen. Oder vielleicht gerade? Er könnte die Ereignisse der letzten Tage aufschreiben, versuchen, sich darüber klar zu werden, was wirklich passiert war. Nein, das bekäme er nicht hin. Alles unklar, zusammenhanglos. Da war ein großes schwarzes Loch, das die Parkplatzgeschichte nicht überzeugend füllte. Über seine Ängste und Befürchtungen könnte er schreiben. Das wäre realistisch.

Er nahm den Kessel von der Flamme, drehte das Gas aus und goss den Tee auf. Ließ ihn kurz ziehen. Blies den Dampf über die Tasse. Nippte. Lippen brannten. Er starrte an die dicken Bohlen der Hüttendecke.

AUF DEN LEIM

Die Verkehrskontrolle auf der Landstraße kam wie aus dem Nichts. Sehr überraschend. Hinter einer Kurve stand plötzlich ein blauer Polizeiwagen. Einer der beiden Uniformierten hob die Kelle. Zankl fuhr rechts ran. Der Carabiniere kam zu ihrem Wagen.

Dosi stöhnte leise. »Warst du zu schnell?«

»Nein. Glaub nicht. Keine Ahnung, was die wollen. Vielleicht nur eine ganz normale Verkehrskontrolle.«

Brav zeigte Zankl Führerschein, Fahrzeugpapiere, Ausweis. Und sogar Verbandskasten und Warnwesten.

»War's das?«, fragte er schließlich.

Nein, offenbar nicht. Die beiden Carabinieri durchsuchten nun den Kofferraum und das Wageninnere.

»Wenn Sie uns sagen, was Sie suchen, könnten wir vielleicht behilflich sein«, meinte Dosi schnippisch.

Die Polizisten waren nicht zum Plaudern aufgelegt und holten einen Schäferhund aus ihrem Wagen. Bajazzo wurde nervös. Dosi auch. Richtig nervös. Sie sah Zankl an. Der war die Ruhe selbst. Sogar als der Schäferhund ihn beschnüffelte. Zankl tätschelte ihn lächelnd.

Kurz darauf fuhren sie weiter.

»Wo hast du das verdammte Zeug?«, fragte Dosi.

»Welches Zeug?«

»Das Koks! Wo ist es?

»Da, wo wir es gefunden haben. Ich hab's zurückgelegt. Plötzliche Eingebung.«

»Sauber, Zankl. Fast wären wir denen auf den Leim gegangen.«

»Am liebsten würde ich gleich noch mal zurück, das Päckchen holen und es unserem putzigen Marcello in die Hand drücken. Was meinst du, was der für Augen macht.«

»Vielleicht hat Marcello damit gar nichts zu tun.«

»Ja. Ganz bestimmt, du verliebte Maus.«

»He, hör mal! Das ergibt doch alles keinen Sinn. Dein

Freund Carlo hat den Kontakt gemacht. Ohne ihn wären wir nicht hier, und uns müsste niemand vergraulen.«

»Ja, da hast du recht. Irgendwie.«

»Da haben noch andere ihre Finger im Spiel. Also, sagen wir Marcello was?«

»Nein, wir sind ein bisschen doof und haben in der Wohnung nichts gefunden. Das mit dem Überwachungsvideo kommt mir auch komisch vor. Die Polizisten hier sind nicht blöd. Die haben die Videos doch garantiert gecheckt.«

»Vielleicht haben sie nur die Aufnahmen von der Nacht vom 17. auf den 18. April gecheckt?«

Zankls Handy piepte. Er reichte Dosi das Handy und konzentrierte sich auf die kurvige Straße. Dosi las die Nachricht. »Das Nummernschild. Ein Mietwagen. Gemietet von … Na, rat mal!«

»Baroli?«

»Genau.«

Zankl schlug aufs Lenkrad. »Yes! Das ist doch schon mal was.«

»Nur – was bedeutet das? Dass er in der Todesnacht auf dem Speditionsgelände war, heißt nicht automatisch, dass er Riccardi vom Dach gestoßen hat.«

»Ja, dazu muss er sich äußern.«

»Fragt sich nur: wann und wo?«

FANTASTICO

Marcello wartete in der Bar Amoretti bereits auf Dosi und Zankl. Diesmal in Zivil. Guter Anzug. Musste Zankl neidlos anerkennen. Rest auch top. Wäre da nicht sein hochfrequentes Organ.

»Allora, amici, alles gut?«, trällerte Marcello mit seinem Countertenor.

»Alles bene«, sagte Zankl.

»Und? Habt ihr noch was gefunden?«

»Leider nein. Auch keinen Hinweis auf unseren Kollegen oder Baroli. Ich denke, wir belassen es dabei. Morgen fahren wir wieder heim. Was trinkst du da?«

»Einen Amaro. Auch einen Aperitivo?«

»Sehr gerne.«

Als Dosi von der Toilette kam, standen drei Kräuterliköre in geeisten Gläsern mit Zitrone auf dem Tresen. Sie stießen an.

»Auf euch«, quäkte Marcello.

»Auf dich, auf Italien«, antwortete Dosi.

Bajazzo bellte zustimmend.

»Wo wohnt ihr?«, fragte Marcello.

»Im Bella Casa gegenüber.«

»Perfetto. Kurze Wege. Heute Abend seid ihr meine Gäste.«

Dosi winkte ab. »Nein, wir laden dich ein.«

»Das könnt ihr machen, wenn ich nach München komm und alle meine Brüder zum Oktoberfest mitbring. Heute Abend gehen wir in den Gallo Nero. Der gehört meinem Onkel.«

»Das klingt gut«, meinte Dosi. »Ich hab echt Hunger.«

»Leider kann mein Onkel überhaupt nicht kochen.«

Sie sahen ihn verdutzt an.

»Aber seine Mama und seine Frau. Fantastico!«

Und so war es. Wenn es das Klischee gab, dass in Italiens

Küchen gezaubert wurde, dann stimmte es in diesem Fall zu 150 Prozent. Das Essen war umwerfend. Zankl ging immer mal wieder auf die Gasse raus, um zu rauchen und nach Bajazzo zu sehen, der sich mit ein paar Knochen aus der Küche beschäftigte. Dosi unterhielt sich blendend mit Marcello, der auf Teufel komm raus mit ihr flirtete. Der hervorragende Rotwein überbrückte die letzten Sprachbarrieren.

Vor der Nachspeise sagte Dosi plötzlich: »O Mist, ich wollte ja noch Fränki anrufen.« Sie schnappte sich das Handy vom Tisch und stürmte hinaus.

Marcello grinste dämlich und orderte Grappa. Zankl lachte. Er stieß mit Marcello an und erzählte ihm die Story, wie er und Carlo damals bei der Oldtimerrallye auf dem Kreuzbergpass in Südtirol mitten im Schneetreiben den Reifen wechseln mussten. Und natürlich von der Abschlussparty in Venedig, wo nicht nur attraktive Damen im Whirlpool gesessen hatten, sondern in der Sauna auch überraschend sein Oberchef aus dem Aufgussdampf aufgetaucht war. Begegnung der dritten Art. Marcello lachte schrill. Sie bestellten noch eine Runde Schnaps.

»Und?«, sagte Marcello, als Dosi wieder hereinkam. »Alles gut zu Hause?«

»Tutto bene. Wir sind heute Morgen so spontan aufgebrochen, dass ich ganz vergessen hab, meinen Fränki anzurufen. Schon peinlich. Er hat extra gekocht. Fränki kocht zwar sehr gut, aber gegen eure italienische Küche hätte er nicht den Hauch einer Chance. Definitiv nicht. Das Essen war fantastisch, Marcello. Wo bleibt der Nachtisch?«

Kaum hatte sie das ausgesprochen, kam das Dessert auch schon. Ein Traum in Mascarpone. Gefolgt von einem sehr starken Caffè.

»Boh«, sagte Zankl schließlich. »Das war der Hammer. Ich bin platt. Also, wenn ihr zwei noch in die Disco wollt, nur zu. Ich bin raus. Ich muss ins Bett.«

Dosi gähnte. »Ich auch.«

»Wann müsst ihr denn morgen los?«, fragte Marcello.

»Gleich nach dem Frühstück geht's zurück.«

»Oh, das ist schade, wir hätten noch einen Spaziergang machen können. Zu den Pyramiden-Felsen. Die sind in der Region hier berühmt. Sehr ungewöhnlich.«

»Leider nein«, meinte Zankl. »Die Familie ruft.«

»Dann komm ich zumindest zum Frühstück.«

»Marcello, das machst du nicht«, sagte Dosi bestimmt. »Du hast schon so viel für uns getan. Der Sonntag gehört der Familie. Auch deiner.«

Sie verabschiedeten sich auf dem nächtlichen Marktplatz.

Als Marcello verschwunden war, sagte Zankl: »Boh – der Sonntag gehört der Familie. Wo hast du denn den Spruch her, Dosi?«

»Gut, gell? Doppeldeutig.«

»Meinst du wirklich, dass er für die Mafia arbeitet?«

»Bin ich eine Hellseherin?«

»Nein. Und eine nur mittelmäßige Schauspielerin. Was sollte das mit Fränki? Ihr habt heute schon mindestens fünf Mal miteinander telefoniert.«

»Ich hab sein Handy gecheckt.«

»Fränkis Handy? Per Ferndiagnose?«

»Das wär ja mal eine interessante Sache. Nein, ich hab Marcellos Handy gecheckt. Spontane Eingebung. Ist doch gut, wenn heute alle dasselbe haben. Sein I-Phone sieht aus wie meins. Wenn ich meine Hülle abmach.«

»Ich versteh nicht.«

»Ich hab die Hülle runtergemacht. Sein Handy hat ja keine. Ich hab getauscht, wie ich raus bin zum Telefonieren.«

»Aber was ist mit dem Code?«

»1077. Wenn man die Augen ein bisschen aufmacht, ist das nicht schwer.«

»Wahnsinn. Du spinnst. – Und?«

»Ich bin durch seine Nachrichten und Mails. Was man halt in ein paar Minuten und mit schlechtem Italienisch schafft.«

»Was Besonderes?«

»Im Kalender war eine Verabredung für morgen. Val Spruggio, Rifugio Tonini, mittags um eins.«

»Was soll da sein?«

»Keine Ahnung. Er trifft sich offenbar mit irgendwem bei einer Hütte. Vielleicht auch nur eine Wandertour. Absender ist irgendein Francesco.«

»Marcello hat doch gesagt, dass er den Nachmittag mit seiner Familie verbringen will, mit den Töchtern nach Trient ins Kino einen Kinderfilm ansehen.«

»Bis mittags Ganove, nachmittags dann braver Papa. Mit gutem Zeitmanagement geht das. Val Spruggio. Wir werden da sein.«

»Okay, du Topspionin. Du traust dich ja echt was. Und dann hast du die Handys zurückgetauscht?«

»Ja, logisch.«

»Wenn er es in der Zwischenzeit gebraucht hätte?«

»Nein, Marcello ist doch ein Mann mit Stil, der nicht ständig am Handy fummelt, wenn er Gäste hat.«

»Und wenn dein Handy geklingelt hätte?«

»Flugmodus heißt das Zauberwort. Du, ich hab das Gefühl, dass Hummel irgendwo in der Nähe ist. In den Bergen. Mit Baroli. Marcello weiß, wo.«

»Und wir stören, Dosi. Irgendwer will uns hier loswerden. Warum sonst die Sache mit dem Koks?«

»Ach, nur eine Demonstration. Die wollten uns damit zeigen, dass sie unangenehm werden können, wenn wir Dinge rauskriegen, die ihnen nicht passen.«

»Wer soll das sein, Dosi? *Die?* – Die Polizei? Die Mafia?«

»Keine Ahnung. Vielleicht beide. Die Carabinieri, die uns angehalten haben, wussten jedenfalls genau, wonach suchen.«

Zankl nickte nachdenklich. »Hast du irgendwelche Spuren an Marcellos Handy hinterlassen?«

»Ein paar Fingerabdrücke sicher.«

»Keine neuen Nachrichten oder Mails geöffnet?«

»Ich bin doch nicht blöd.«

»Okay, wir hauen morgen früh ab.«

»Wie, ich denk …«

»Offiziell nur. Natürlich schauen wir uns das an.«

ZEITLUPE

Hummel sah Baroli beim Kochen zu. Doseneintopf. Der Tag hatte sich endlos zäh dahingezogen, die Zeit war gekrochen. Baroli war unterwegs gewesen und er hier eingesperrt. »Zu deiner eigenen Sicherheit«, das hatte Baroli gerade noch einmal gesagt.

Dass ich nicht lache, dachte Hummel jetzt. Er hatte sich frierend Tee gekocht, und seine Gedanken waren in Zeitlupe durch seinen Kopf geschlichen. Was geht in deinem Kopf vor, Sergio, fragte er sich jetzt wieder. Warum hältst du mich hier fest? Kein Schwein interessiert sich für einen kleinen deutschen Polizeibeamten. Gibt es einen höheren Plan?

»Essen ist fertig«, sagte Baroli. »Komm, du musst was essen.«

Muss ich das, fragte sich Hummel. Doch. Ja, er hatte Hunger. Er wälzte sich aus dem Bett.

ATEMBERAUBEND

Ein kristallklarer Morgen. Dosi sah nach draußen. Die Berge waren unwirklich nah und leuchteten an den Spitzen weiß. Zuckerguss. Sie öffnete das Fenster, sah auf den Marktplatz, atmete tief durch. Es roch nach Mandeln. Der Duft kam von der Bäckerei in der Bar, wo sie gestern den Abend begonnen hatten. Komisch, sie hatte kein Kopfweh, obwohl sie bestimmt vier Gläser getrunken hatte. Guter Wein, gute Luft. Die ganze Sache kam ihr jetzt ziemlich merkwürdig vor, unwirklich. Der schöne Marcello mit seinem Quäkorgan, ihre Handy-Aktion, die Geschichte mit dem Koks. Hummel – steckte er wirklich irgendwo hier? Sie sah Zankl mit einer Papiertüte aus der Bäckerei kommen. Er winkte ihr. Sie winkte zurück und machte sich dann daran, ihre Sachen zu packen.

»Kaffee trinken wir unterwegs«, sagte Zankl im Auto. »Ich hab Mader einen kurzen Bericht gemailt.«

»Und? Was sagt er?«

»Hat sich noch nicht gemeldet.«

Dosi vertiefte sich in die Tüte mit dem Gebäck und verteilte Brösel im Auto. Bajazzo schnuffelte neugierig. Bald passierten sie das Ortsschild. Dosi sah zu dem Gewerbegebiet hinüber, zur Spedition mit den Lagerhallen und dem Büroturm. »Zankl, glaubst du, dass es Baroli war, der Riccardi umgebracht hat?«

»Nein, eigentlich nicht.«

»Denk an meine These von gestern. Er hatte geplant, die Unterlagen allein zu veröffentlichen. Wollte der Erste sein. Um einen weiteren Bestseller zu landen.«

»Dafür bringt man niemand um. Anderer Vorschlag?«

»Vielleicht möchte jemand, dass wir glauben, dass Baroli es war. Um ihn zu diskreditieren. Wegen dem Prozess.«

Zankl nickte. »Ja, kann sein. Und Hummel? Was ist mit ihm? Warum hängt er in der Geschichte mit drin?«

Dosi zuckte mit den Achseln. »Wahrscheinlich hat er einfach Pech gehabt. Er hätte Baroli nicht in das Hotel begleiten sollen. Vielleicht hat Hummel dort etwas gesehen, was er nicht hätte sehen sollen. Und jetzt könnte er die Glaubwürdigkeit Barolis vor Gericht beeinträchtigen.«

Sie erreichten Brusago. Auf dem Wanderparkplatz am anderen Ende des kleinen Ortes standen bereits zahlreiche Autos.

»Ist es weit bis zur Hütte?«, fragte Dosi.

»Kommt drauf an.«

»Auf was?«

»Ob du zu Fuß gehen willst.«

Dosi sah sich um. Jetzt entdeckte sie die Pfeiler der Seilbahn im Bergwald. »Sehr gut. Ich mag's bequem.«

»Ist laut Wanderkarte oben immer noch eine Stunde bis zur Hütte rüber.«

»Und direkt, also zu Fuß?«
»Zweieinhalb.«
»Seilbahn. Definitiv.«

In der Talstation tranken sie noch einen Kaffee. Dann ging es bergauf. Sie hatten eine Vierergondel für sich. Atemberaubendes Bergpanorama. Wanderer auf steilen Pfaden. Kletterer im weißgrauen Stein. Und Gämsen. Oben war es trotz Sonnenschein erstaunlich kühl. Sie folgten den Wegweisern zum Rifugio Tonini. Der Weg war steinig. Überall noch Reste von Schneefeldern. Sie merkten schnell, dass ihre Halbschuhe für das Gelände völlig ungeeignet waren. Als sie die Hütte erreichten, schmerzten ihnen die Füße. Bajazzo hatte die Strecke mit Leichtigkeit absolviert.

Dosi stöhnte wohlig und ließ sich auf eine Bank sinken. Der Rifugio Tonini war zur Mittagszeit gut besucht. Wahrscheinlich eines der ersten Wochenenden nach der Winterpause.

Sie hatte gerade ihre Speckknödel in Auftrag gegeben, als Zankl sie anstupste. Baroli! War einfach wie aus dem Nichts aufgetaucht. Sie drückten sich in den Schatten der Hüttenwand. Baroli setzte sich auf die Terrasse, bestellte etwas zu trinken, rauchte. Er trug Wanderkleidung. Wo war Hummel? Sollten sie gleich … Ein heiserer Zweitaktmotor durchbrach die Stille. Eine Enduro. Der Fahrer stellte den Motor ab und nahm den Helm ab. Marcello! Er machte auch hier *bella figura* mit seinen Cross-Stiefeln und der Belstaff-Wachsjacke. Marcello setzte sich zu Baroli. Nicht ohne ihn vorher zu umarmen. Sie redeten. Als sich Wanderer zu ihnen an den Tisch setzten, standen sie auf und gingen auf die Almwiese unterhalb der Sonnenterrasse. Baroli gestikulierte heftig mit den Händen.

»Ich wüsste zu gern, was die beiden zu bereden haben«, sagte Dosi. »Sollen wir einschreiten?«

»Auf keinen Fall.«

»Wir könnten ihnen ein Angebot machen. Gebt uns Hummel, und wir vergessen das Ganze.«

»Ich glaub nicht, dass das so einfach ist.«

Jetzt gingen Baroli und Marcello zu dem Motorrad. Baroli klemmte sich auf die kurze Sitzbank hinter Marcello, der ihm einen Jet-Helm reichte.

Zankl wurde nervös. »Scheiße, wo fahren die hin?«

Marcello rollte den Wirtschaftsweg hinunter und ließ die Kupplung kommen. Röchelnd nahm der Motor seinen Betrieb auf. Kurz darauf war das Knattern des Zweitakters verklungen.

»Na super. Jetzt stehen wir da wie die Deppen. Was machen wir, Dosi?«

»Wir warten, bis Marcello zurückkommt.«

»So, und warum sollte er zurückkommen?«

»Weil er Baroli zurückbringt«, erklärte Dosi. »Der ist zu Fuß gekommen. Von oben. Sonst müsste er jetzt nicht nach unten. Vielleicht dealen sie was wegen seiner Familie aus. Und Marcello ist der Mittelsmann.«

»Das kann ewig dauern, bis die zurückkommen«, murrte Zankl.

Dosi sah auf die Uhr. »In zwei Stunden ist er wieder hier. Spätestens.«

»Wieso?«

»Marcello will doch noch mit seinen Kindern ins Kino.«

»Na, aber ganz sicher, Dosi.«

»Stand auch in seinem Handykalender. Um vier. Er ist ein Familienmensch.«

»Wenn du das sagst.«

Der Kellner brachte das Essen. Dosi haute rein. Zankl schien keinen rechten Appetit zu haben. Er löffelte unwillig seine Minestrone und sah sorgenvoll zum Himmel hoch. Wolken.

VIER AUGEN

Der Donner rollte. Marcello und Baroli kehrten tatsächlich zurück. Baroli stieg vom Motorrad, und Marcello verschwand wieder knatternd.

Baroli stieg bergan. Dosi und Hummel folgten ihm in gebührendem Abstand. Es begann zu nieseln.

»Scheiße«, lautete Zankls Kommentar zur Witterung.

Womit er ganz richtiglag. Definitiv die falschen Wetter- und Geländeverhältnisse für ihre Kleidung und vor allem für ihre glatten Schuhsohlen. Sie hatten Probleme, Baroli nicht aus den Augen zu verlieren. Auch weil jetzt dicke Wolken über den Bergkamm drückten. Kurz darauf standen sie im Nebel und konnten kaum die Hand vor Augen sehen. Schließlich entdeckten sie Barolis Fußspuren in einem Schneefeld. In ihren klatschnassen Schuhen folgten sie ihnen.

»Dosi, bleib stehen. Das hat keinen Sinn.«

Nichts. Keine Antwort. Zankl fluchte. Er wagte es nicht, laut zu rufen. Musste er auch nicht. Das tat Dosi schon selbst. Sie schrie gellend. Dann Stille.

»Dosi?«, rief Zankl.

Bajazzo bellte.

Keine Antwort von Dosi. Die Nebelsuppe war zum

Schneiden dick. In kleinen Schritten bewegte sich Zankl vorwärts. Ein falscher … Die Nebelbank riss kurz auf, und er sah, was passiert war: Dosi war einen steilen Abhang hinuntergerutscht und saß zehn Meter tiefer auf einem Felsen, wo sie sich den Knöchel rieb.

»Dosi, alles gut?«

»Geht schon.«

»Tut's weh?«

»Ja.«

»Kannst du auftreten?«

Sie versuchte es und verzog vor Schmerzen das Gesicht.

»Ist etwas passiert?«

Zankl erschrak und drehte sich um. Baroli!

»Kann ich helfen?«, fragte der jetzt.

Zankl war zu verdattert, als dass er gleich antworten konnte. Merkte Baroli nicht, wen er da vor sich hatte? Nein. Sie hatten sich in München ja nur ganz kurz gesehen. Wenn überhaupt.

Baroli sah missbilligend auf Zankls Halbschuhe.

Zankl zuckte entschuldigend mit den Achseln. Baroli stemmte sich mit seinen groben Bergstiefeln in den rutschigen Hang und stieg zu Dosi hinunter. Er reichte ihr die Hand, und gemeinsam schafften sie es nach oben. Wobei Dosi mehrmals ausrutschte.

»Danke, das ist sehr nett von Ihnen«, bedankte sie sich.

»Kommen Sie, ich stütze Sie. Bis zu meiner Hütte sind es nur ein paar Minuten.«

Dosi und Zankl wussten nicht, wie ihnen geschah. Das Ganze war komplett verwirrend. Was da gerade passierte, passte so gar nicht zu ihrem Bild von Baroli. Die beiden Männer nahmen Dosi in die Mitte.

Bald tauchte aus dem Nebel eine kleine Schutzhütte auf.

Dosi sank auf die Bank vor der Hütte, zog den Schuh aus und legte den Fuß hoch.

Es donnerte heftig. Dann Starkregen.

»Gerade noch rechtzeitig«, sagte Baroli. Er sperrte auf und ging in die Hütte.

Hummel schreckte hoch. Er hatte geschlafen.

»Keine Panik, Klaus. Ich bin's. Ich hab Besuch dabei.«

Hummel rieb sich die Augen.

Baroli drehte das Gaslicht höher.

Hummel erhob sich vom Bett. Ihm fielen fast die Augen heraus, als nun Zankl die Hütte betrat. Der legte schnell den Zeigefinger an die Lippen. Hummel nickte. Bajazzo verhielt sich vorbildlich. Tat, als hätte er den Mann noch nie gesehen.

Sie stellten sich mit Vornamen vor. Dann ging Zankl wieder hinaus.

Gleich darauf kam er mit Dosi herein. Hummel wunderte jetzt nichts mehr. Sie hatte sich bei Zankl eingehängt, hielt einen Schuh in der Hand und hüpfte auf einem Bein. Offenbar war sie verletzt. Auch sie stellte sich vor, als würden sie sich nicht kennen.

Baroli hantierte mit dem Gaskocher und machte Tee. Dann brachte er Dosi einen feuchten Umschlag für ihren Knöchel. Die Schwellung war deutlich zu sehen.

»Vermutlich eine Bänderdehnung«, sagte er. »Der Fuß braucht Ruhe.«

Dosi nickte betreten und warf Hummel einen Blick zu.

Sie tranken Tee und sprachen über das Wetter, die Berge.

»Es wird das Beste sein, ihr bleibt heute Nacht hier. Jetzt

kommen wir in die Dunkelheit, und der Regen hört so bald nicht auf. Ich bring euch morgen runter. Ich hab einen Geländewagen.«

»Das wäre toll«, meinte Dosi.

»Kein Thema, wir haben noch ein paar Decken.«

»Ihr macht hier Urlaub?«

Baroli lächelte. »Ja, sozusagen.«

»Ich wollte nicht neugierig sein.«

Baroli ging nicht näher darauf ein. Zankl brannte sichtlich darauf, mit Hummel zu sprechen, aber sie hockten so dicht aufeinander, dass ein Gespräch unter vier Augen nicht möglich war.

NICHTS GUTES

Mader war nervös. Jetzt hatte Zankls Frau schon zweimal angerufen. Zankl hatte doch heute Abend zurück sein wollen. Was auch für Doris und Bajazzo galt. Mader hatte es bei Dosi und Zankl auf dem Handy probiert. Erfolglos. Kein Empfang? Das ließ nichts Gutes ahnen. Er besprach sich mit Günther. Der wusste ebenfalls keinen Rat. Früher als sonst verließ Mader das Büro und ging heim. Er war unzufrieden mit sich. Er hätte nicht zustimmen sollen, dass seine beiden Mitarbeiter sich in eine so gefährliche Lage begaben. Ja klar, nach den Ereignissen in München, den Attentaten …

Zu Hause machte er sich ein Bier auf und setzte sich auf den Balkon. Sah in den dämmergrauen Abendhimmel. Er griff in die Brusttasche seines Hemdes, um einen Brühwürfel herauszuholen. Nein, ohne Bajazzo schmeckte der nicht. Bajazzo fehlte ihm. Warum hatte er ihn eigentlich mit

Doris und Zankl fahren lassen? Na ja, er hatte gedacht, dass Bajazzo ihnen vielleicht irgendwie behilflich sein könnte. Komische Idee. Wobei – wäre ja nicht das erste Mal.

STOCKFINSTER

Hummel wachte auf. Es war stockfinster und bitterkalt. Er hatte etwas gehört. Draußen. Klar, der Wind pfiff. Nein, da war noch was anderes. Steine, die gegen die Rückwand der Hütte fielen. Waren das die Vorboten einer Mure? Er stand auf und wollte Baroli antippen. Der war jedoch nicht in seinem Bett. Hummel lauschte. Hörte Dosi und Zankl in dem Stockbett an der anderen Wand leise schnarchen. Ein Grunzer von Bajazzo. Hummel streckte die Hände aus, um sich nicht den Kopf anzuschlagen. Er fand die Tür – sie war nicht abgesperrt – und öffnete sie. Sah hinaus in die Nacht. Es hatte aufgeklart. Mondlicht. Lange Schatten. Schneidende Kälte.

»Sergio?«

»Pst!«, zischte Baroli.

»Hast du auch was gehört?«

»Nur ein bisschen Geröll.«

»Warum sagst du nicht endlich, was wirklich los ist?«

»Meine Familie ist in großer Gefahr.«

»Das weiß ich. Auch wenn du bisher immer das Gegenteil behauptet hast. Steckst du in der Mafiageschichte selbst mit drin?«

»Nein. Aber das ist alles sehr komplex. Ich hab die unterschätzt. Es ist nur eine Frage der Zeit, bis die rauskriegen, wo wir sind. Ich kann niemand trauen.«

»Mir auch nicht?«

»Es ist besser, wenn du nicht zu viel weißt.«

»Ich trau dir jedenfalls nicht.«

»Das tut mir leid. Wirklich. Aber es geht um meine Familie. Morgen fahren wir nach Mailand. Dort werde ich die Daten übergeben. Und sie lassen meine Familie frei.«

»Und was ist mit mir?«

»Du kannst morgen auch gehen.«

»Und wie geht es dann weiter bei dir?«

»Staatsanwalt Rivelli gewährt mir und meiner Familie Polizeischutz.«

»Und du meinst wirklich, dass das alles klappt? Also, wenn du denen die Daten gibst?«

»Es muss klappen. Es wird klappen. Bei denen ist der Druck enorm hoch. Die Wirtschaftsbosse haben Angst um ihre Geschäfte.«

»Und wenn jemand erfährt, dass keine Zeit mehr bleibt, sich auf den Prozess vorzubereiten?«

»Davon wissen nur Rivelli und ich. Und du. Ich verlass mich auf dich. Komm, wir gehen wieder rein.«

GEGENLICHT

Am Morgen war Baroli weg.

»Meinst du, er hat gemerkt, dass wir Polizisten sind?«, fragte Zankl.

Hummel streckte sich. »Nein, er hätte was gesagt. Wo er jetzt wohl ist? Er wollte heute nach Mailand zu dem Staatsanwalt.«

»Vielleicht ist er nur kurz zum Zigarettenholen«, murmelte Dosi.

Die Tür flog auf. Zwei maskierte Männer stürmten in die Hütte. Mit MPs. Sie zerrten die drei Hüttenbewohner nach draußen. Einer der Männer ging wieder hinein und stellte die Hütte auf den Kopf. Fluchend kam er wieder heraus. »Wo ist er?«

Die Angesprochenen zuckten mit den Achseln.

»Heute Nacht war er noch da«, sagte Hummel.

Die Maskierten traten ein paar Meter zur Seite und redeten wild aufeinander ein. Auf italienisch. Dann wandten sie sich wieder an die Münchner. Der Rädelsführer hob die Waffe. »Ihr haltet das Maul! Und verschwindet! Sonst …« Die beiden machten den Abgang.

»Boh, echt!«, stöhnte Zankl. »Die Nummer wird mir zu heiß. Wir steigen jetzt den Berg runter und fahren heim. Ich bin raus. Ich hab Familie. Wir haben gesagt, wir finden Hummel. Das haben wir geschafft. Soll Baroli doch allein mit seiner Mafiascheiße klarkommen.«

»Erst mal müssen wir runterkommen«, meinte Dosi und deutete auf den verletzten Fuß. »Das Auto ist ja wohl weg. Dass wir das heute Nacht nicht gehört haben …«

»Das kriegen wir schon hin«, sagte Zankl. »Wir nehmen dich einfach in die Mitte.«

»Jetzt muss ich erst mal aufs Klo.« Dosi humpelte zum Klohäuschen. Öffnete die Tür – und erschrak. Auf dem Klobrett saß Baroli, völlig verängstigt. Dosi schüttelte den Kopf und schloss die Tür. Sah talwärts. Die beiden Maskierten verschwanden gerade hinter dem Grat. Dann öffnete sie die Klotür wieder. »Du kannst rauskommen, die Luft ist rein.«

»Ich hab euch gehört. Ihr kennt euch?«

»Wir sind Kollegen. Wir haben Hummel gesucht.«

»Ihr seid das also? Hat Marcello euch gesagt, wo ich bin?«

»Nein.«

»Wie habt ihr mich dann gefunden?«

»Das war Zufall.«

»Zufall?«

»Das ist jetzt nicht wichtig. Was wollten die Typen gerade?«

»Mich. Die Daten.«

Hummel war herangetreten. »Dann gib ihnen endlich das Zeug«, sagte er. »Das ist es alles nicht wert.«

»Doch. Es geht um meine Familie.«

»Ich denke, du hast einen Deal mit der Mafia vereinbart?«

»Es gibt nicht *die* Mafia. Weiß ich, wer die Typen schon wieder waren? In der Sache sind ganz unterschiedliche Gruppen aktiv. Ich hatte gestern ein letztes Gespräch. Die Zeit läuft. Ich muss nach Mailand.«

Hummel schüttelte genervt den Kopf. »Die Flucht, das Versteckspiel – vielleicht ist das alles nur eine Riesenshow von dir? Und du legst immer noch eine Schippe drauf. Da laufen dann hier noch zwei so fiese Ballermänner auf, die nicht mal ins Scheißhaus schauen. Ich hab's so was von dick …«

»Sie kennen doch Riccardi, den Journalisten?«, sagte Zankl zu Baroli.

»Ja, natürlich kenn ich Riccardi.«

»Wir waren gestern in seiner Wohnung, wo er vom Dach gestürzt ist. Wir haben die Videoaufnahme gesehen, wie Sie am 16. April mit dem Auto zu ihm aufs Gelände der Spedition kommen.«

»Ja, ich war bei ihm. Also, ich wollte zu ihm. Ich hab ihn gefunden. Tot.«

»Und dann bleiben Sie die ganze Nacht bei ihm? Es gibt nämlich kein Video, das zeigt, wie sie das Gelände wieder verlassen.«

»Ich hab die Daten gesucht und die ganze Wohnung auf den Kopf gestellt.«

»Und jetzt haben Sie die Sachen?«

»Ja.«

»Dann wäre ich jetzt ja echt neugierig, was das für Informationen sind. Was ist so wichtig, dass dafür Riccardi sterben musste.«

Baroli schnaufte tief durch. »Riccardi hatte eigentlich nur zum Mailänder Kaffeekrieg recherchiert. Aber die korrupten Abläufe im Lebensmittelgeschäft sind nur ein kleiner Ausschnitt weit komplexerer krimineller Strukturen. Die Unterlagen von Riccardi beinhalten Dokumente, Mails, Belege für Korruption in der Wirtschaft, Politik und auch bei der Polizei, sogar bei euren Leuten. Es geht auch um ein europaweites Informationssystem über aktuelle Ermittlungsstände zum Thema Bandenkriminalität.«

Zankl gab sich unbeeindruckt. »Aha. Aber vielleicht waren es ja Sie, der Riccardi vom Dach geschubst hat.«

»Warum hätte ich das tun sollen? Das ist doch Quatsch.«

»Ich will jetzt gehen«, sagte Hummel nur.

Baroli nickte. Er ging zum Schuppen hinüber und öffnete das Tor. Dort stand sein Geländewagen.

Kurz darauf schaukelten sie den steinigen Ziehweg bergab.

Auf halber Strecke zur Talstation piepten Zankls und Dosis Handys. Sie hatten wieder Empfang. Nachrichten von Mader und Zankls Frau. Und von Fränki. Zankl rief zuerst Mader zurück. Der war nicht in München, sondern bereits kurz vor Trient. Er habe es zu Hause nicht mehr ausgehalten. Sie verabredeten sich in Segonzano in der Bar Amoretti. Dort, wo sie Marcello zum ersten Mal getroffen hatten.

»Kann man Marcello eigentlich trauen?«, fragte Dosi, an Baroli gewandt.

»Marcello ist absolut vertrauenswürdig. Er hat die Hütte organisiert.«

Zankl überlegte laut. »Na ja, dass die beiden Typen vorhin die ach so geheime Hütte einfach so gefunden haben …«

Ein Hauch von Zweifel erschien auf Barolis Gesicht. Doch dann schüttelte er den Kopf. »Dann hätte Marcello mich schon viel früher verraten können.«

Baroli stellte den Wagen auf dem großen Parkplatz der Seilbahn ab. »Ich lass den Wagen hier. Zu auffällig. Nehmt ihr mich mit?«

Sie stiegen in Zankls Auto um und fuhren die enge Straße nach Segonzano hinab. Sahen nach einer Kurve Polizisten, die einen Unfallort sicherten. Ein verbogenes Motorrad, eingeklemmt unter der Leitplanke. Der Fahrer war nicht zu sehen. Gerade fuhr ein Leichenwagen davon.

»Ist das Marcellos Maschine?«, fragte Dosi unruhig.

»Kann sein«, sagt Baroli leise. »Ich bin mir nicht sicher. Aber wir fragen jetzt lieber nicht nach.«

Zankl war sich ziemlich sicher. Vom Gefühl her. Und das war gar nicht gut. Das alles hier überstieg bei Weitem ihre Ermittlerkenntnisse, ihre Risikobereitschaft. Es gab nur eine vernünftige Botschaft für sie: *Finger weg von dem Fall, und schnell nach Hause!*

Die Ansicht teilte auch Mader, als sie sich trafen.

Dosi und Bajazzo fuhren mit Mader weiter. Zankl und

Hummel mit Baroli. Sie nahmen einen Umweg über Mailand, um Baroli bei Staatsanwalt Rivelli abzuliefern. Unterwegs führte Baroli ein langes Telefonat. Danach war er ganz blass und sagte kein Wort.

»Schlechte Nachrichten?«, fragte Hummel.

»Ja. Sie sagen, dass sie das Interesse verloren haben. Sie wollen die Daten nicht mehr. Sie brauchen sie nicht mehr. Verdammte Scheiße!«

»Können wir was tun?«

»Nein. Danke.«

Schließlich erreichten sie Mailand. Hummel stieg mit Baroli aus.

»Was hast du jetzt vor?«, fragte Hummel. »Du sagst doch nicht aus, wenn sie deine Familie noch haben, oder?«

»Ich kann jetzt vor dem Prozess keinen Rückzieher mehr machen.«

»Jeder würde das verstehen.«

»Ich besprech mich mit dem Staatsanwalt. Mit Verbrechern kann man nicht verhandeln. So schlau bin ich allmählich.«

»Was passiert jetzt?«

»Wenn ich das wüsste. Vielleicht wollen sie mich.«

»Vielleicht wissen sie bereits, was in den Unterlagen steht. Weißt du noch mehr?«

»Mehr als was?«

»Als in den Unterlagen steht.«

»Zum Teufel, natürlich weiß ich mehr. Die Daten sind nicht alles. Ich kann Dinge aussagen, die zu neuen unangenehmen Fragen führen, zu weiteren Ermittlungen.«

»Und damit hast du ihnen gedroht?«

Baroli nickte bedrückt. »Das ist mein letzter Pfeil im Köcher. Ich habe versprochen, nichts auszusagen, was über die Aktenlage hinausgeht. Und ich werde mich daran halten.«

»Und was wird der Staatsanwalt dazu sagen?«

»Die Unterlagen, die er hat, genügen ihm für seine Zwecke.«

»Was wollten dann die Typen bei der Hütte heute noch?«

»Wie gesagt, es gibt unterschiedliche Interessengruppen mit unterschiedlichen Wissensständen …«

»Und die Entführer?«

»Melden sich wieder.«

Hummel nickte nachdenklich. »Was passiert, wenn es nicht klappt?«

»Es muss klappen.«

»Wenn deine Familie frei ist, packst du dann aus, also auch das, was über die Unterlagen hinausgeht?«

»Nein, ein Deal ist ein Deal.«

»Na dann – viel Glück!«, sagte Hummel und sah ihn eindringlich an. Dann drehte er sich um und ging. Ohne ein weiteres Wort.

Die Reise mit Zankl nach München verlief ohne Zwischenfälle. Kaum Konversation. Nicht einmal Musik. Beide waren sehr mit sich beschäftigt, vor allem Hummel. Das ist alles viel zu verwirrend, dachte er. Der tote Journalist – ein Fall für die italienischen Mordermittler. Der Mailänder Kaffeekrieg – ein Fall für den Mailänder Staatsanwalt. Die Entführung von Sergios Familie – nicht unser Aufgabenbereich. Hummel musste wieder an die Geschichte mit der Schießerei auf dem Autobahnparkplatz denken. Nur ein Fiebertraum? Aber so realistisch. Nein, Sergio hat mir das eingeimpft. Wollte er mich mundtot machen, mir Schuldgefühle eintrichtern? Mader hat nichts von zwei Toten auf einem Autobahnparkplatz gesagt. Das hätte man doch in den Nachrichten gebracht. Oder geht so was in der täglichen Flut von Nachrichten über Mord und Totschlag unter? Haben die Mafiosi schnell alle Spuren des Zwischenfalls beseitigt? Aber es waren doch Menschen auf dem Parkplatz. Zeugen. Ich muss das zu Hause recherchieren. Nein, ich hab niemand umgebracht! Sergio wollte mich nur zu seinem Komplizen machen. Er hat mir irgendwelche Sachen in die Getränke und ins Essen getan. Die mein Gehirn vernebelt haben. Er hat meinen desolaten Zustand als Projektionsfläche für seine Story genutzt. Bestimmt. Ich bin Polizist, ich ballere nicht einfach in der Gegend rum. Mit Sergio bin ich durch. Der große Enthüllungsautor Baroli ist ein kleiner mieser Papiertiger, sonst nichts. Nein, schlimmer, er ist ein Krimineller. Wie soll man sonst jemand nennen, der die Wahrheit verdreht und einen gegen seinen Willen festhält? Die letzten Tage – was für eine Kettenreaktion! Und alles nur, weil ich zum Wochenbeginn spontan in eine Kirche gegangen bin.

FUZZIS

Im Präsidium wählten sie den Hintereingang. Es war zwar Sonntag, aber sicher war sicher. Unvorbereitet wollten sie niemand Rapport über ihr Wochenende erstatten. Als sie in ihren verwaisten Büros eintrafen, checkte Mader noch schnell seine Dienstmails und las zu seiner Überraschung, dass Dr. Günther suspendiert worden war. Direkte Weisung aus dem Innenministerium. Angeblich habe er seine

Kompetenzen überschritten, indem er Leute ohne jede Absprache mit dem LKA und den italienischen Behörden mit Nachforschungen in Italien beauftragt habe. So stand es in der Mail von Günthers jetzigem Stellvertreter Dr. Janowski.

»Wir waren außerhalb der Dienstzeit in Italien«, beschwerte sich Dosi. »Und Günther hat es nicht angeordnet. Wir haben uns selbst dazu entschieden.«

»Wenn dich einer fragt, kannst du das ja sagen«, murmelte Zankl.

»Wahnsinn, dieser Bürokratenscheiß. Immerhin haben wir doch einen Kollegen heil zurückgebracht.«

»Erzähl denen das, Dosi. Wenn sie das überhaupt interessiert, die Fuzzis im Ministerium. Ja klar, wahrscheinlich hätte einer von uns die Reise bei den diesigen Behörden anmelden müssen.«

»Diesigen?«, sagte Dosi.

»Das Gegenteil von hiesigen. Also bei denen in Italien.«

»Sind wir auch suspendiert?«, fragte Hummel.

Mader schüttelte den Kopf. »Aber raus aus dem Fall. Anweisung von Günthers Vertreter.«

»Kennen Sie den?«, fragte Dosi.

»Dr. Hans Janowski. Ich hatte mal auf einer Fortbildung das zweifelhafte Vergnügen. Das ist ein stromlinienförmiger Spitzenbeamter.«

»Ist Günther doch auch«, meinte Dosi.

Mader grinste säuerlich. »Schlimmer geht immer.«

»Einmal nicht, und schon bist du raus aus der Führungsetage«, sinnierte Zankl. »So schnell kann's gehen.«

Hummel war sehr schweigsam.

»Was ist los, Hummel?«, fragte Dosi. »Du bist frei, zurück

in München. Zumindest du solltest dich doch des Lebens freuen.«

Bedrückt erzählte Hummel ihnen von seinem letzten Gespräch mit Baroli.

Dosi schnaufte auf. »Der Idiot pokert also immer noch.«

»Ich weiß nicht«, sagte Hummel. »Ich durchschau ihn einfach nicht. Am Ende macht er tatsächlich einen Deal mit den Entführern, so von wegen nur die Hälfte aussagen. Er bringt seine Familie in Sicherheit, und dann sagt er doch alles aus. Dem trau ich alles zu. Das klappt doch nie. Die lassen sich das nicht gefallen.«

»Ich würde an seiner Stelle gar nicht aussagen«, sagte Mader. »Also, wenn es um meine Familie ginge.«

Die anderen sahen ihn erstaunt an. Mader wunderte sich selbst über seine Aussage. Aber doch, er hat ja jetzt eine Familie. Immer noch ungewohnt.

»Wir gehen jetzt was essen«, sagte Mader. »Die Firma lädt ein.«

Die Fußgängerzone war für Sonntagabend erstaunlich belebt. Die Augustiner-Bierhalle hingegen weniger. Was den erschöpften Reisenden ganz recht war.

»Kommts ihr von einer Beerdigung?«, fragte die Bedienung angesichts der gedrückten Laune am Tisch. Niemand lachte. Hummel bestellte sich der Stimmung entsprechend ein dunkles Bier.

NUMBER OF THE BEAST

Nach dem Essen stieg Hummel in die S-Bahn zum Ostbahnhof. Der Drogeriemarkt im Untergeschoss des Bahnhofs hatte noch offen. Hummel huschte hinein, um Müsli und Milch fürs Frühstück zu kaufen. Und Kaffee. Er hatte nichts mehr zu Hause, soweit er sich erinnerte. Er war der letzte Kunde in dem Laden. An der Kasse fand er seinen Geldbeutel nicht. Mist, das hatte er in dem ganzen Trubel vergessen: Geldbeutel, Hausschlüssel, Handy und Waffe waren ja auf der Strecke geblieben. Im Geldbeutel war auch seine MVV-Karte. Na super, wenn man ihn gerade noch beim Schwarzfahren erwischt hätte. Verdammter Sergio! Die Sachen musste er ihm zurückgeben. Das Märchen mit der Schießerei auf dem Autobahnrastplatz kaufte er ihm nämlich immer noch nicht ab. In der Münztasche seiner Jeans fand Hummel noch einen klein gefalteten Zehneuroschein. Reichte gerade so. Plötzlich spürte er das Knie wieder. Wie als Erinnerung, dass er das ganze Theater in den letzten Tagen nicht nur geträumt hatte. Und ihm fiel ein, dass er Beate gar nicht Bescheid gegeben hatte, dass er wieder da war. O Mann, löste sich sein Hirn jetzt komplett auf? Wie blöd war das denn? Verschwand spurlos und meldete sich nicht zurück. Mann, Mann, Mann! Bestimmt hatte Beate sich Riesensorgen gemacht. Er würde sie gleich von zu Hause aus anrufen. Falls seine Nachbarin Frau Gfirtner da war und ihm seinen Zweitschlüssel aushändigen konnte.

Er hatte Glück. Frau Gfirtner war schon nach dem ersten Klingeln an der Sprechanlage und betätigte den Türöffner. Er ging in den ersten Stock hoch. Seine Nachbarin war schon im Schlafrock, also bestand kaum die Gefahr, dass sie ihn noch in ihre einsame Höhle bat. Oder gerade? Nein. Er nahm den Schlüssel entgegen, bedankte sich artig und ging zu seiner Wohnung hinunter. Sperrte auf, betrat die dunkle Wohnung. Drückte leise die Tür hinter sich zu und atmete tief durch. Endlich daheim. Es kam ihm vor, als wäre es eine Ewigkeit her, dass er das letzte Mal hier gewesen war. Das war, als er mit Sergio zum Hotel aufgebrochen war. So lange war das noch gar nicht her. Ein paar Tage nur. Endlich in Sicherheit. – *Ein Geräusch!* – Er wagte es nicht, das Licht anzuschalten. Schweißperlen ploppten auf seine Stirn. Wieder ein Geräusch. Ein Schaben? War da wer in der dunklen Wohnung? Außer ihm? Ein Licht. Eine rote Sechs blinkte im Flur. 666 – *number of the beast*. Unfug! Nur der Anrufbeantworter. Sechs Anrufe. Er stellte seine Einkäufe auf dem Boden ab und griff nach dem Telefon in der Ladestation. Er öffnete die Tür, trat ins Treppenhaus hinaus, zog leise die Tür zu und ging in den ersten Stock hoch. Das Minutenlicht erlosch.

»Na super«, murmelte er, als er merkte, dass er den Schlüssel wie immer auf das Tischchen von der Telefonanlage gelegt hatte. Da lag er gut. Er machte das Licht im Treppenhaus an und sah auf das Telefondisplay. Das Signal reichte. Und jetzt? Wen anrufen? Die Polizei? Nein, nicht die Polizei. Sie wollten ja erst morgen Bescheid geben, dass er zurück in München war. Wenn sie sich abgesprochen hatten, was genau sie über die letzten Tage in Italien berichten wollten. Beate – könnte er zu ihr nach Schwabing? Wahrscheinlich arbeitete sie noch. Nein, es war ja Sonntag – da hat die Blackbox Ruhetag.

Oder war er einfach ein bisschen paranoid durch den ganzen Stress? Hatte er sich das Geräusch am Ende nur eingebildet? Und wenn es so wäre – nach all den Erlebnissen der letzten Tage wollte er jetzt nicht allein in seiner Wohnung sein. Was er natürlich sowieso nicht konnte, seinen Zweitschlüssel hatte er ja gerade erfolgreich in der Wohnung platziert. Jetzt hatte nur noch Beate einen Schlüssel.

Das Licht im Treppenhaus ging wieder aus. Er spähte nach unten. War da ein Lichtschein unter seiner Wohnungstür? Ja, da war Licht! Verdammt, er hatte sich nicht getäuscht. Er wählte Beates Handynummer. Nichts. Er wartete, bis die Mailbox ansprang, dann flüsterte er: »Beate, hallo, ich bin's, Klaus, ich bin …«

»Klaus, wo bist du?«, meldete sich Beate.

»Beate, du ahnst nicht, was alles passiert ist.«

»Wo bist du jetzt?«

»Daheim.«

»Wie daheim?«

»Na, bei mir zu Hause.«

»Lüg mich nicht an.«

»Warum sollte ich dich anlügen, Beate?«

»Du verschwindest einfach, und jetzt lügst du mich an.«

»Ich lüg dich nicht an.«

»Also?«

»Ich bin daheim in der Orleansstraße.«

Es rumpelte in der Leitung. Das Gespräch wurde unterbrochen. »Beate …?«

Die Tür bei Frau Gfirtner öffnete sich. Im Gegenlicht konnte er durch den dünnen Stoff des Schlafrocks ihre dürren Beine sehen. Das Treppenhauslicht ging an.

»Herr Hummel, was machen Sie da?«

»Da, äh, also, da ist wer in meiner Wohnung.«

»Sind Sie sich sicher?«

Er nickte.

»Dann müssen Sie die Polizei rufen.«

Er nickte wieder dämlich und hielt das Telefon hoch.

Die Tür zu seiner Wohnung ging auf.

»Beate?«

Mader hatte sich am frühen Morgen mit Doris, Zankl und Hummel abgestimmt. Darüber, was sie mit ihren zwiespältigen Impressionen aus Italien anfingen, was sie davon weitergaben. Vorerst nichts, hatten sie beschlossen. Momentan waren sie ratlos, wer ihnen weiterhelfen könnte. Hummel hatte sich anschließend offiziell zurückgemeldet und war gleich von Dr. Janowski, dem Stellvertreter vom suspendierten Dr. Günther, zu einem Gesprächstermin gebeten worden.

Als Hummel glücklich neben Beate im Bett gelegen hatte, war er noch einmal im Kopf die vergangenen Tage durchgegangen, hatte genau überlegt, wie er eine Light-Version des Ganzen erzählen könnte. Die einfachste Version – Blackout – gefiel ihm am besten. So sagte er es dann auch dem Herrn in dem messerscharfen Armani-Anzug: Wegen den Nachwirkungen der Betäubung durch Baroli sei er nicht recht auskunftsfähig über seinen Aufenthalt in den vorausgegangenen Tagen. Baroli habe ihn betäubt, weil er befürchtete, dass er, Hummel, die Verhandlungen über die Freilassung von Barolis Familie und die Abstimmungen mit der Mailänder Staatsanwaltschaft gefährden könne.

»Warum hat er Sie anfänglich überhaupt mitgenommen?«, hakte Janowski nach.

»Das müssen Sie ihn selbst fragen.«

»Ich frage Sie.«

»Ich weiß es nicht. Vielleicht als Faustpfand.«

»Wofür?«

»Ja, das frag ich mich auch.«

Janowski stöhnte auf. »Und dann hat er Sie einfach wieder freigelassen?«

»So ist es. Baroli hat mich in Italien in den Zug gesetzt und nach München zurückgeschickt. Er ist nach Mailand gereist, um sich mit dem Staatsanwalt zu beraten. Das war's.«

»Ganz toll. Wunderbar. Noch was?«

»Nein, nicht dass ich wüsste.«

»Sie können gehen. Schnell, bitte!«

Dosi und Zankl durften auch noch antanzen. Sie berichteten fast gleichlautend über ihr völlig privates Wochenende in Italien. »Ganz tolles Wellness-Hotel«, schwärmte Dosi. Zankl sagte: »Ich hatte eine Wette verloren und musste sie einladen.«

Mader, der ebenfalls zum Rapport musste, hatte erklärt, dass er das ganze Wochenende im schönen München verbracht habe. Wo auch sonst?

Janowski hatte Mader angeblafft. »Wenn ich eins nicht abkann, dann ist es falsch verstandene Loyalität. Ich weiß genau, dass Dr. Günther von der Aktion in Italien wusste. Der ganze Pseudocorpsgeist macht mich krank. Wenn einer von Ihnen ohne meine explizite Anordnung im Fall Baroli weiterermittelt, wird er oder sie sofort suspendiert. Ist das klar? Es reicht ja schon, dass Dr. Günther pausieren muss, oder? Dieser Fall liegt beim LKA. Und das auch nur, falls es bei der Mafiageschichte tatsächlich Verbindungen nach Bayern gibt. Den Rest müssen unsere italienischen Kollegen schon selbst lösen. Und Sie kümmern sich jetzt gefälligst um das Tagesgeschäft. Ich kann mir nicht vorstellen, dass die Mörder in München auf der faulen Haut liegen, weil Ihre Leute lieber nach Bella Italia reisen!«

Depp, hatte Mader gedacht, als Dr. Janowski seinen Sermon beendet hatte, aber nur mit neutraler Miene genickt.

Nun kümmerte er sich um die Sache mit der angeblichen Schießerei auf einem Autobahnparkplatz in Österreich, von der ihm Hummel gestern noch erzählt hatte. Weil Internetrecherchen zu dem Thema nichts ergaben, hatte er Dr. Günther privat angerufen und ihn gebeten, seine internationalen Kontakte noch einmal spielen zu lassen. Ergebnis: ebenfalls negativ. Keine Hinweise zu einem solchen Vorfall. Gut so, dachte Mader und informierte Hummel.

In der Mittagspause fuhr Mader zur Uni, wo er in einem kleinen italienischen Lokal verabredet war.

Helene blickte von ihren Blättern auf. »Hallo, Karl-Maria. Wieder ohne Hund?«

»Der ist bei den Kollegen. Leitet die Ermittlungen. Was macht dein Kongress?«

»Kongresst vor sich hin.«

Der Kellner erschien sogleich. Sie bestellten. Mader merkte, dass Helene etwas auf dem Herzen hatte. »Sag's gleich, bevor das Essen kommt«, forderte er sie auf.

»Karl-Maria, ist der Tod von unserem Vater eigentlich aufgeklärt, also strafrechtlich verfolgt worden? Es beschäftigt mich.«

Mader schüttelte den Kopf. »Nein, strafrechtlich geklärt ist der Fall nicht.«

»Aber?«

»Ich weiß, wer es war.«

»Wie bitte?«

»Die Bankräuber und Geiselnehmer waren Arbeitskollegen von meinem Vater, also unserem. Die sind inzwischen alle verstorben. Bis auf einen. Von dem hab ich ja erst erfahren, dass Papa und deine Mutter ein Verhältnis hatten. Und so bin ich auf dich gekommen.«

»Was ist mit dem Mann jetzt?«

»Sitzt in Stadtamhof in Regensburg in einem Altersheim. Zählt die Tage.«

Das Essen kam. Sie aßen schweigend. Beim Kaffee erzählte er ihr noch einmal in allen Details, wie er die alte Geschichte aufgeklärt habe.

»Und du willst wirklich nichts unternehmen?«, sagte Helene schließlich. »Einer der Täter lebt noch und wird nicht bestraft?«

»Er ist genug gestraft. Ich hab ihm in die Augen gesehen. Er findet keine Ruhe. Und wem wäre geholfen, wenn er jetzt noch verurteilt würde und ins Gefängnis müsste? Seiner Familie? Meine Mutter ist tot. Deine Mutter ist tot. Ich selbst will es nicht. Gerechtigkeit ist etwas Abstraktes. Dem alten Mann den Prozess zu machen hilft mir nicht. Dir etwa?«

Sie schüttelte den Kopf. »Nein, mir auch nicht.«

»Es wäre auch nicht sicher, ob das Ganze überhaupt zum Prozess zugelassen würde. Es sieht ja eher nach Mangel an Beweisen aus. Die Auskunft von dem Mann war, dass es ein unglücklicher Unfall war.«

»Ein Unfall in Geiselhaft?«

»Helene, lassen wir den alten Mann einfach.«

Sie nickte nachdenklich. »Ich hab meinen Vater nie kennengelernt. Und einer von den Leuten, die seinen Tod verursacht haben, lebt noch. In der Stadt, in der ich lebe. Mit meiner Familie. Das ist so, ich weiß auch nicht … real?«

»Ich lebe auch noch.«

»Ja, das ist ein großes Geschenk.«

»Das bist du auch«, sagte Mader mit knallrotem Kopf.

»Hast du deiner Familie eigentlich inzwischen von mir erzählt? Und von unserem gemeinsamen Vater?«

»Nein, da hat sich noch nicht die richtige Gelegenheit aufgetan.«

»Du musst es ihnen nicht sagen.«

»Doch. Natürlich.«

»Weiß dein Mann Bescheid?«

»Nein. Aber ich mach es heute Abend.«

»Das muss nicht sein.«

»O doch.« Sie sah auf die Uhr. »Du, ich muss los.«

Mader zahlte, und sie gingen gemeinsam in Richtung Uni.

»Karl-Maria!«

Mader drehte sich um. War er gemeint? Jetzt sah er Dr. Gesine Fleischer. Er hatte sich noch nicht daran gewöhnt, dass sie jetzt per Du waren. Seit der letzten Fortbildung in Forensik, an der sie beide teilgenommen hatten.

»Gesine, grüß dich. Was machst du denn hier?«

»Ich wohne hier.«

»Ich mein, zu dieser Uhrzeit.«

»Ich hab heute Nachmittag frei. Und du?«

»Äh, das ist …«

»Helene«, stellte sich seine Halbschwester selbst vor. »Grüß Sie.«

»Gesine. Ich bin eine Kollegin von Karl-Maria.«

»Rechtsmedizin«, erklärte Mader.

»Schau morgen mal vorbei«, sagte Gesine zu ihm. »Ich hab da vielleicht was für dich.« Sie verabschiedete sich.

Als Gesine weg war, wiegte Helene den Kopf. »Attraktive Frau.«

»Zu jung für mich.«

Sie lachten. Mader war nicht ganz wohl. Was sich Gesine wohl gerade gedacht hatte? Wegen Helene. Rendezvous zur Mittagszeit? Egal. Er brachte seine Schwester zur Uni und nahm zurück ins Büro die U-Bahn.

Auf den letzten Metern Fußweg zum Präsidium fiel Mader ein Plakat auf, das für den Abend eine Veranstaltung bewarb. *Crime from the Grave. Große Krimilesung in der Trauerhilfe Miller.* Der Laden kam ihm bekannt vor. Oder? Klar, das war das Beerdigungsunternehmen, das damals den toten Fußballer aus der Allianz-Arena unter die Erde gebracht hatte. Ungute Typen, die sie auch mal zum Verhör im Präsidium gehabt hatten. Wegen dem anderen toten Fußballer. Der vom Olympiaturm gestürzt war. Die beiden Bestatter waren ganz zufällig am Fundort der Leiche gewesen. Das war ihnen damals komisch vorgekommen. Die machten jetzt Lesungen? Offenbar lief das Kerngeschäft nicht so rund.

Mader studierte das Plakat. *Veranstaltet von Monaco Crime – das besondere Festival* stand ganz unten. Monaco Crime – die Leute kannte er ebenfalls. Das Duo Mortale, die zwei penetranten Ladys, die das wunderbare Event im Circus Krone gestaltet hatten. Er schüttelte den Kopf und murmelte: »Da haben sich ja die Richtigen gefunden.«

III

When storm clouds gather round you
And heavy rains descend
Just remember that death is not the end

BOB DYLAN

SECHZIG

Sanfte Nachmittagssonne strömte durch die Oberlichte des Hinterhofstudios der Trauerhilfe Miller in Obergiesing. Legte einen goldenen Schleier auf die beiden Künstler, die dort am Werke waren. Der geile Andi, glühendster 1860-Fan aller Zeiten, blondierter Vokuhila, Statur groß und dünn – einen Hauch vogelscheuchig. Aber mit Chic. Sechzgerschal wie ein Seidentuch. »Sechzig ist eine Lebenseinstellung, keine Frage der Liga.« Das war Andis unzerstörbare Meinung. Und nicht nur seine. Neben dem geilen Andi, gerade vertieft in die Technik der Diodenschmuckleuchte *Fantasy 2000:* Diego – eins sechzig groß, eins sechzig breit, der zweitglühendste Sechzgerfan des Planeten. Andi betrachtete misstrauisch die beiden offenen, hochkant aufgestellten Sarghälften mit der perlmuttweiß schimmernden Satinausstattung, die Diego gerade mit der dekorativen Innenbeleuchtung upgradete.

Diego rieb sich zufrieden die Hände. »In jede Hälfte von dem *Eternity* kommt eins von den *Fantasys* rein, so mit wechselnden Farben, dazu ein bisschen Trockeneisnebel. Was meinst du, wie super das ausschaut. Das ist voll der geile Rahmen. Die zwei halben Särge links und rechts. Und in der Mitte das Rednerpult. Ich sag's dir: Voll das Debakel! Die Leute werden sich anschiffen, so geil schaut das aus.«

Andi kratzte sich am Kopf. Er war sich nicht mehr ganz sicher, ob das mit der Krimilesung im Beerdigungsinstitut wirklich eine so gute Idee war. Die Idee an sich schon, die war ja schließlich von ihm, aber Diegos Engagement war mal wieder etwas *over the top.* Im schlimmsten Fall fiel die Technik dann im entscheidenden Moment aus oder war unkontrollierbar. Alles schon da gewesen. Er musste an die Katastrophe bei der Rockerbestattung in Deggendorf denken. Absolutes Fiasko. Auslöser war ein kleiner technischer Defekt gewesen, und die Sargdeckelöffnungsmechanik hatte nicht ganz so funktioniert, wie sie sollte. Wobei, daran hatte es eigentlich nicht gelegen. Es war die am Deckel verhakte Lederjacke gewesen, die den toten Vizerockerboss Urga zum Hitlergruß veranlasste, als sich der Sargdeckel mittels Elektromotor öffnete. Mit schlimmen Folgen. Als die versammelte Rockertrauerschar Urgas letzten Gruß erwiderte, setzte ein eingeschleuster V-Mann das SEK in Bewegung. Am Ende hatte es acht tote Nazirocker und viele Schwerverletzte gegeben. Erschütternde Bilanz. Kein Wunder, dass der Clubpräsident Wotan hinterher rechtem Gedankengut abgeschworen hatte.

Tja, was soll's, a bisserl Schwund ist immer, dachte Andi. Und so eine schicksalhafte Verkettung unglücklicher Umstände gibt's ja nicht zweimal.

Heute hatten sie jedenfalls kein so hochriskantes Publikum. Fast schon intellektuell – Menschen, die Krimis lasen.

Institutschef Miller war von Andis Idee mit der Krimilesung schwer begeistert gewesen. »Das ist genau das, was die Branche braucht, frischen Wind«, hatte er getönt und ihnen einen langen Vortrag über den Niedergang des Trauergewerbes gehalten. »Sarg-Discount, Urnenbestattung, Trauerhaine, und was es sonst noch für Schmarrn gibt. Alles Ausreden, damit man den Aufwand und die Kosten für eine traditionelle Bestattung niedrig halten kann. Kein Wunder, dass die Branche aktuell kein allzu lebensfrohes Image hat, wenn sie wirtschaftlich so unter Druck steht. Jungs, das muss sich grundlegend ändern. Das eine zieht das andere runter. Wir müssen den Leuten wieder Lust auf eine ordentliche Bestattung machen.«

Die Gedanken trieben Miller schon länger um. Deswegen hatte er Andi und Diego kürzlich auch Anzüge aus einer Maßschneiderei spendiert. Nicht betroffenheitsgrau, nicht schwarz, sondern edles Mitternachtsblau. Und tatsächlich – die beiden sahen super aus, speziell der stark untersetzte Diego. Ja, er wirkte fast schon schlank. Es stimmte einfach – Kleider machen Leute. Auch wenn Diegos erste Reaktion bei der Anprobe war: »Jetzt kann ich ja nie mehr zunehmen!«

»Wer schön sein will, muss leiden«, hatte Andis lakonische Antwort gelautet. Er selbst gefiel sich ausgezeichnet in seinem neuen Anzug – endlich zumindest eine Ahnung von Schultern. Jetzt mussten sie nur noch etwas Schickes für Wotan aussuchen. Wotan, der ehemalige Boss vom Rockerclub Wotan Clan aus Deggendorf, den sie bei der vorweihnachtlichen Rockertrauerfeier und deren Nachwehen kennen- und schätzen gelernt hatten, hatte vor Kurzem bei Miller angeheuert. Diegos altes Sakko erfüllte vorerst seinen Zweck. Auch Wotan sollte *bella figura* machen – gerade bei seinem offensichtlichen Handicap als Rollstuhlpilot. Dort saß er nämlich seit dem fatalen Abend.

Ein Rocker als Trauerberater? Warum nicht. Da war Miller tolerant. Er hatte ihn nur gebeten, bei Kundenverkehr Handschuhe zu tragen, da Wotans Fingerrückentattoos F-U-C-K und H-E-L-L ihr seriöses Ambiente etwas konterkarierten. Mit seinen weißen Stoffhandschuhen kam sich Wotan ein bisschen vor wie Michael Jackson – nicht wirklich sein Geschmack als treuer Fan von Black Sabbath und der Gothic-Metal-Band Walhalla's Destiny. Aber wenn es dem Geschäft diente, waren Handschuhe schon okay für ihn. Er wollte sich bei Gelegenheit mal nach schwarzen Lederfingerlingen umsehen. Vielleicht mit ein paar eleganten Nieten?

Heute Abend hatte die Trauerhilfe Miller im Rahmen des Festivals von Monaco Crime die erste Gelegenheit, sich einem größeren Publikum als lebensfrohe Einrichtung zu präsentieren, in der sich Kreativität und Geist frei entfalten konnten. »Was passt da besser als eine Krimilesung!«, hatte sich Andi bei einem Treffen mit dem Veranstalterpärchen gebrüstet. »Tod ist unser beider Geschäft.«

Andi hatte sich in der Veranstaltungsbranche ein bisschen schlaugemacht und teilte seine Erkenntnisse gern noch einmal den Kollegen mit: »Wisst ihr, die Verlage lechzen nach geilen Locations für ihre Autoren. Und die Bestatterbranche ist bei Krimiautoren ja durchaus beliebt. Also thematisch. Da kommen jetzt bei uns eventtechnisch zwei gute Dinge zusammen. Bei den Kollegen von Servus-Bestattungen gab es letztes Jahr schon mal eine Lesung, die recht erfolgreich war. Und hätten die bei Servus etwas mehr

Pfeffer im Arsch, hätte das ein Riesenerfolg werden können. Aber so – Eintagsfliege. Ihr kennt ja die Warmduscher. So ein bisschen Esprit ist halt nicht deren Kragenweite. Das können wir besser.«

»Ja, wo wir sind, da ist Perfektion.«

»Genau, Diego. Was wir halt beachten müssen: Autoren, Publikum und Veranstalter haben zum Teil völlig falsche Vorstellungen von unserem Berufsstand. Die denken, Bestatter sind in speckige graue Anzüge gepresste verklemmte Psychotypen mit fettigen Haaren und schwammiger, weißer Haut. Das stimmt ja schon mal gar nicht.«

Wotan sah in die sonnenstudiogegerbten Gesichter seiner Kollegen und nickte bedächtig.

Andi fuhr fort. »Aber ein paar Vorurteile müssen wir natürlich auch bestätigen. Wir dürfen uns nicht nur als seriösen Handwerks- und Dienstleistungsbetrieb präsentieren, sondern müssen auch für eine grufty Note sorgen. Viele Leute stehen nun mal auf Vampire, Zombies, Grabräuber und den ganzen Scheiß. Also müssen wir auch den Fans solcher Abgründe ein Gefühl von Heimat geben. Insgesamt ein offenes Angebot, bei dem sich unterschiedliche Interessenten angesprochen fühlen. In einem edlen kulturellen Rahmen.«

»O mei, was du wieder erzählst«, sagte Diego. »Wir müssen halt das Haus rocken.«

Der eben hinzugetretene Institutschef Josef Miller unterstützte jedoch eher Andis subtile Marketingstrategie. »Ja. Es geht um Offenheit und Kultur. Es ist an der Zeit, dass wir uns von den aggressiven Werbestrategien der letzten Jahre verabschieden. *Trauerhilfe Miller ist ein echter Killer* – das war zu offensiv. Ein gediegener und zugleich emotionaler Abend mit einer Krimilesung im Institut öffnet unser Gewerbe auch für intellektuelle Feingeister, die mit wohligem Schauer Lesungen in Arrestzellen oder in der Pathologie besuchen. Warum sollte ein Beerdigungsinstitut schlechter sein als ein Sektionssaal? Die Leute wollen den Geruch des Echten. Denkt mal an den Superabend mit diesem Italiener im Circus Krone – das war Action pur. Mit Explosion und allem Drum und Dran. Das hat alle Erwartungen übertroffen. Da verwischen Fiktion und echte Action. Gänsehaut! Genau in die Richtung muss es auch bei uns gehen.«

Auch Andi und Diego erinnerten sich mit Begeisterung an den Abend im Circus Krone. Ja, das war sehr inspirierend gewesen. Und dieser Stand-up-Comedian als Support-Act – sehr lustig. Wie der über das Dekoplakat gefallen war. Und die Explosion mit anschließender Saalräumung – ganz großes Kino! Der Abend hatte ungeahnte kreative Energien bei ihnen freigesetzt. Bei Wotan hatte das allerdings nicht nur angenehme Emotionen geweckt. Ihn erinnerte das durchaus an die schicksalhafte Rockertrauerfeier für Urga in Deggendorf. Jeden Rollstuhlmeter dachte er daran, wie er durch den ungeplanten Schusswechsel schwer verletzt wurde.

»*True crime* ist ja gut und schön, aber *true death* hat noch mal eine ganz eigene Note«, meinte Andi. »Wir werden den Leuten eine Nacht bereiten, die sie so schnell nicht vergessen.«

»Die Nacht der knarzenden Särge«, sagte Wotan.

»Der leuchtenden Särge«, verbesserte Diego ihn und aktivierte die Diodenlampen. Der Satin in den Sarghälften schimmerte rot und dubios.

»Wenn sich jetzt zur richtigen Musik zwei Peitschenladys aus den Kisten schälen, tät mich das nicht wundern«, sagte Andi.

»Du schon wieder. Immer nur das eine im Kopf.«

»Woher denn, Diego. Du bist doch mein Augenstern.«

»Den Spruch kenn ich. Versprich mal nicht zu viel, Andi.«

»Diego, jetzt lass endlich die Finger von der Lichtorgel. Es gibt auch noch richtige Arbeit für uns. Wir müssen die Lady für den Waldfriedhof morgen fertig machen.«

»O mei, die Dicke?«

»Genau die.«

»Ich dachte, dass du die schon …«

»Eh klar. Die werd ich allein machen, du Hirni. Geteiltes Leid ist doppelter Spaß.«

»Hat eigentlich der Schreiner den *XXL-Eternity* schon geliefert?«

»Wie?«

»Ja, hab ich dir doch gesagt.«

»Nix hast du.«

»Also hast du die Bestellung vergessen?«

»Ja mei, wenn immer so viel los ist.«

»Mann, Andi, dein Gehirn wird langsam voll das Sieb.«

Andi kratzte sich nachdenklich am Kopf. »Und jetzt?«

»Na komm, die baatz ma in den *Standard-Eternity*.«

ELEFANTENFUSS

Dosi lag in der Badewanne. Hatte ein paar Teelichter auf den Wannenrand gestellt. Aus dem Wohnzimmer schmachtete Elvis. *Aloah from Hawaii*. Sie griff durch den Schaum zur Bierflasche auf dem Stuhl neben der Wanne. Nahm einen großen Schluck. Eiskalt. Geil, der Kontrast: heißes Wasser – kaltes Bier. Dosi liebte Kontraste. Musste an die letzten Tage denken. Irgendwie surreal. Marcello – seine quäkige Stimme. Jetzt war er tot. Sie hatten bei der italienischen Polizei wegen dem Unfall auf der Bergstraße nachgefragt. Ja, der Fahrer des verunglückten Motorrads sei Marcello Durelli. Die Erklärung war so einfach wie unbefriedigend: Unfall. War Marcello unaufmerksam gewesen? Sie hatte doch mit eigenen Augen gesehen, dass er ein guter Fahrer war. Die italienischen Kollegen hatten sich kooperativ gezeigt und versprochen, ihr noch den Abschlussbericht des Arztes zu schicken.

Auch die anderen Ereignisse – sehr dubios: das mit dem Koks in der Wohnung des Journalisten, die anschließende Polizeikontrolle, Barolis Berghütte, die zwei maskierten Männer, ihr Sturz im Nebel. Ihr Fuß tat immer noch weh. Außenbanddehnung. Bei der Heizung stand ihr Elefantenfuß. Das Plastikungetüm hatte ihr der Orthopäde verpasst. Acht Wochen Innendienst. Das halt ich nie durch, dachte sie. Wobei das im Moment nicht so schlimm war – von Outdoor hatte sie erst einmal die Nase voll. Sie lehnte sich zurück, versank im Schaum.

Es klingelte an der Wohnungstür.

»O Mann, Fränki! Du hast doch ’nen Schlüssel.«

Es klingelte noch einmal.

Sie fluchte, stieg aus der Wanne und räumte dabei ein paar Teelichter ab. Sie hüllte sich in den Bademantel, humpelte zur Tür, riss sie auf. Ein Blumenbote mit einem Riesenstrauß.

Ein Meer von flackernden Grablichtern. Der Andachtsraum der Trauerhilfe Miller wirkte so festlich wie lange nicht mehr. Fand auch Miller, der seinen Angestellten mit melancholischem Blick erklärte, dass die Angehörigen sich früher hier vor der eigentlichen Beerdigung noch persönlich von ihren geliebten Verstorbenen verabschiedet hätten. »Im intimen Ambiente unseres Andachtsraumes waren noch echte Emotionen möglich. Die Tränen sind literweise geflossen, und die Klagerufe der Trauernden haben die Scheiben der Oberlichte erzittern lassen. Taschentücher wurden durchnässt, Seelen gereinigt vom bitteren Salz der Trauer. Heute hingegen wollen die Leute ihren verstorbenen Angehörigen nur noch im offiziösen Rahmen der Aussegnungshalle kurz begegnen, bevor es hinab in die ewige Finsternis geht oder die Särge samt Inhalt ein Raub der Flammen werden. All diese Hektik im Umgang mit dem Tod ist echter Trauer unwürdig – und auch so unbefriedigend. Aber heute Abend werden wir das Institut als emotionalen Erlebnisraum ins Bewusstsein der Menschen zurückbringen.«

Diego, Andi und Wotan nickten einträchtig.

»Eure Gunst ist unser Sterben«, sagte Diego.

»Hä?«, meinte Andi.

»Steht im Wappen vom Circus Krone. Weißt schon: Der Kunde ist König. Das gilt auch für unser Gewerbe.«

Andi grinste. »Du hast es echt drauf, Diego.«

Die ersten Besucher, ein Damenlesekreis um die fünfundsechzig und ein paar weitere Senioren, hatten sich bereits lange vor Beginn der Veranstaltung auf der Straße versammelt und begehrten Einlass. Als der nun endlich erfolgte, stürmten die Senioren mit erstaunlicher Behändigkeit auf die Plätze in der ersten Reihe. Miller sah sich das rege Interesse zufrieden an. Speziell ältere Besucher waren willkommen. Kunden von morgen.

Der Andi ist schon ein Fuchs, dachte Miller. Das ist echt eine gute Idee, eine Investition in die Zukunft. Leider konnte er sich die Darbietung heute nicht selber ansehen, er hatte noch einen wichtigen Termin. Aber das war ja nur der Startschuss, der Auftakt für eine ganze Veranstaltungsserie. Miller sah auf die Uhr. Er musste los. Seine Mutter wartete.

Andi ermunterte die Gäste, das Glas Rotwein zu trinken, das im Eintrittspreis inkludiert sei. *Lacrima Christi*. Musste er nicht erst zweimal sagen. Der Raum war sofort vom fröhlichen Geschnatter der Besucher erfüllt. Andi hegte die Hoffnung, dass ihr Marketingkonzept aufging und die Besucher in die richtige Stimmung gerieten, sich Gedanken darüber zu machen, ob sie das Prozedere des eleganten Abschiednehmens nicht am besten selbst organisieren wollten. Damit das dann nicht die Verwandten auf den letzten Drücker erledigen mussten. Vorsorge war die beste Nachsorge. Auch unter finanziellen Gesichtspunkten eine interessante Option. Frühbucherrabatt. Wenn alles teurer wurde, war es doch nur klug, rechtzeitig die Konditionen für die letzte Reise festzuklopfen. Angesicht der allgegenwärtig hohen Teuerungsraten bei Konsumgütern und Dienstleistungen ein Spitzenangebot. Das alles stand in wohlgewählten Worten auf dem Faltblatt, das für die informationswilligen Gäste auf jedem Stuhl bereitlag und ihnen die Zeit bis zum Beginn der Veranstaltung verkürzen sollte.

Leicht nervös betrachtete Andi die Gruppe junger Erwachsener, die das Institut mit kalkweißem Gesicht und langem, schwarzem Mantel betraten – gehüllt in eine intensiv duftende Mottenkugelwolke. Die verbreiten echt Endzeitstimmung, dachte Andi. Doch dann grinste er geschäftstüchtig. Wenn die Gothic-Szene zukünftige Geschäftskunden für uns bereithält, dann tretet nur ein, ihr finsteren Gesellen! Vielleicht seid ihr Todessehnsüchtigen ja zu einer adäquaten Möblierung eurer Wohngruften zu motivieren? Bei Bedarf lässt sich sogar eine bequeme Boxspring-Matratze in den *Eternity de luxe* einbauen. Maßgeschneiderte Lösungen sind unsere Spezialität!

Für das normale Marketing rund um die Lesung, für Buchverkauf und Getränkeausschank, war Wotan zuständig. Früher wäre das eines Rockerchefs unwürdig gewesen, aber mit seinem heutigen Handicap sah er so einen Dienstleistungsjob durchaus als Herausforderung. Er haderte nicht mit seinem Rolli-Schicksal, sondern hatte die Freude am Erfüllen von Kundenwünschen entdeckt. »Darf's noch ein Gläschen Wein sein? Haben Sie schon ein Buch? Die Toiletten sind bei den Särgen hinten rechts …«

In einer ruhigen Minute ließ Wotan seinen Werdegang noch einmal vor seinem inneren Auge Revue passieren. Ja, es war viel passiert in letzter Zeit. Nach dem Ende vom Wotan Clan hatte er sich mit Andi und Diego zu einer Kooperation entschlossen. Das gemeinsame Eventbestattungsinstitut Ring my Hell in Deggendorf war jedoch nicht der Burner geworden, und seine Kompagnons hatten Sehnsucht nach München gehabt und schon bald den geordneten Rückzug angetreten. Und da war er einfach mitgegangen. Und hatte es nicht bereut. Miller hatte nicht gezögert, ihn anzustellen, zumal er unbedingt jemand für die Buchhaltung gebraucht hatte. Mit Zahlen kannte sich Wotan durch seine Erfahrungen in der Bandenkriminalität bestens aus. Eine Win-win-Situation für alle. Vom Restkapital seiner früheren Unternehmungen und dem Verkauf seines Hauses in Deggendorf hatte er sich ein kleines Erdgeschoss-Appartement in Obergiesing gekauft. Jetzt war er hier im Institut Buchhalter und nebenbei auch in Verkauf und Beratung tätig. In den Verkaufsgesprächen sorgte sein Rollstuhl für einen satten Vertrauensvorschuss beziehungsweise Mitleidsbonus, der sich für Miller in barer Münze auszahlte.

Miller war jedenfalls hochzufrieden mit den Zuwächsen im Hochpreisbereich, wenn auch die Gesamtumsätze weiterhin sehr unter Druck standen. Da kamen ihm die Marketinganstrengungen seiner Angestellten – das Erschließen neuer Käufergruppen durch Kultur – sehr entgegen. Wobei Kultur in seinen Augen angesichts des Gruselthrillers *Die kalten Zombiehände vom Ostfriedhof*, der heute Abend geboten wurde, relativ war. Die Story fand Miller schon sehr an den Haaren herbeigezogen. In dem Buch bekam es ein Münchner Kommissar namens Norbert Nagel mit einer Bande mordender Zombies zu tun. »*Schlimm schlimm Shady*, also echt!« war Millers spontanes Urteil gewesen, nachdem er die ersten Seiten des Buches gelesen hatte. Aber seine Leute, allen voran Wotan, hatten zu Rupert Eigner, dem Autor des Buchs, gleich einen guten Draht und waren überzeugt, dass das heute ein erfolgreicher Abend würde. Der Überzeugung schloss er sich gerne an.

Krimiautor Rupert Eigner war ein bisschen schüchtern, aber sehr nett. Und begeistert vom Austragungsort seiner heutigen Lesung, von dem *super spooky Arrangschement*, wie er es in elegantem Franko-Englisch nannte.

»Ja, das ist so geil, da ist es eigentlich wurscht, was du liest«, brachte Diego es etwas undiplomatisch auf den Punkt. Was dann doch ein bisschen an der Schriftstellerehre kratzte. Eigner pfiff sich backstage gleich einen doppelten Glenfiddich zur Beruhigung rein. Den hatte er in seiner Laptoptasche dabei. Wie eine große, offene Tüte Beefjerky, die auch außerhalb der Tasche ein strenges Fleischaroma entfaltete. Interessante Kombi mit den Desinfektionsmitteldüften hier im Institut, dachte Diego. Sehr fordernd. Gut, dass ich auch das bedacht habe. Er ging nach vorn, um ein bisschen Weihrauch zu entzünden.

Eigner blieb nervös im Backstage-Bereich zurück. Bislang lag sein Zuschauerrekord bei acht Personen. Heute war für achtzig Leute bestuhlt. Und es war voll! Eine Steigerung um das Zehnfache. Dementsprechend verspürte er auch ein deutlich höheres Lampenfieber als sonst. Er genehmigte sich gleich noch einen großen Schluck.

Die Bühne war vorbereitet. Die Standsarghälften links und rechts vom Lesepult waren noch unbeleuchtet. Der Weihrauchduft verlieh dem Ganzen eine sakrale Atmosphäre. DJ Andi sorgte für die passende musikalische Untermalung. Von einer CD ertönte leise der Soundtrack von *Das Omen*. Andi kräuselten sich die Nackenhaare. Auf seinem Kontrollgang entlang den Stuhlreihen sah er nur zufriedene Gesichter. Yeah, das ist *Costumer Satisfaction*, dachte er. So schade, dass der Boss heute Abend nicht da ist. Miller wäre sehr zufrieden mit unserer Präsentation des ältesten Gewerbes der Welt. Kann man das so sagen? Oder führt das zu Verwechslungen? Nein, kann man nicht sagen. Trotzdem – ein Gewerbe mit ganz langer Tradition. Er dichtete im Geiste: *Nur wer handelt, wer sich wandelt, bringt sie nach vorn, mit Vollgas, die Bestatter-Zunft, voll krass, in die Zukunft.* Andi war von seinem lyrischen Höhenflug ganz berauscht. Oder war es der Weihrauch, der ihn so high machte?

Auch Wotan war begeistert. Ja, die hatten es echt drauf, seine Kumpels Andi und Diego. Vielleicht könnten sie das mit den Lesungen ja noch größer aufziehen. Die ganz großen Bestsellerautoren kriegten dann ein Staatsbegräbnis mit Trauermarsch und Kondolenzbuch und allem Pipapo. Statt tränenreicher Trauerrede dann ein paar finstere Seiten aus dem neuesten Serienmörderkannibalen-Thriller. Ob sie den Stephen King anfragen könnten? Wobei der ja schon mal in München gewesen war. Oder wäre so ein Großevent zu dick aufgetragen? Warum nicht. Versuch macht klug. Aber Eile mit Weile. Für den Anfang war das hier schon mal ganz gut.

Als der Andachtsraum der Trauerhilfe Miller bis auf den letzten Platz gefüllt war, klappte Wotan die Geldkassette zu und rollte nach hinten in den Raum mit den Kühlfächern, wo Rupert Eigner auf seinen Auftritt wartete – inzwischen schon ein paar Glenfiddichs weiter.

Wie ein Profiroadie geleitete Diego den Autor mit einer kleinen Stabtaschenlampe durch den schummrigen Raum zum Rednerpult und knipste dort das dezente Leselicht an.

Andi ließ *Das Omen* verstummen.

»Einen schönen guten Abend«, kam es etwas verwaschen von der Bühne. »Ich bin Rupert Eigner.« Er lächelte unsicher. Keine Antwort. Doch, eine optische: Die Innenbeleuchtung der Standsärge flammte auf. Blutrot. Dann ein heiseres Zischen aus den Düsen der Nebelmaschine. Eine dichte Wolke Trockeneisnebel wurde in den Raum geblasen.

Begeistertes Raunen.

Nebel immer dichter, Zischen hörte nicht auf, erstes Gekicher. »Zefix!«, fluchte Diego und tastete sich zur Nebelmaschine vor, fand aber in dem Gewaber den Aus-Knopf nicht. Er bekam das Stromkabel zu fassen und riss daran. *Zong!* Die Lichter in den Sarghälften und die kleine Pultlampe erloschen, es roch verbrannt. Kurzschluss.

Publikum jetzt hoch aufmerksam.

Andi reichte dem Autor seine Taschenlampe. »Fang endlich an!«, zischte er Eigner durch den Nebel an.

»Es ist eine kristallklare Nacht …«

Gelächter.

»… als Inspektor Norbert Nagel den Friedhof durch die Ostpforte betritt. Nur der leise Wind in den Platanen und gelegentlich der Ruf eines Käuzchens.«

»Au!«

Riesengelächter.

Diego hatte sich an der offenbar defekten Steckdose einen Stromschlag geholt. Aber er blieb dran. Jetzt flammten die Lichter wieder auf. Super, Diego, dachte Andi.

Eigner fuhr fort. »Norbert Nagel lenkt seine Schritte den Hauptweg entlang und zählt die Reihen der Gräber. Dreizehn steht auf der vergilbten Visitenkarte des Beerdigungsinstituts. Sieben, acht, neun …«

Mit den Kopfhörern auf den Ohren hatte Andi den richtigen Track auf dem *Omen*-Soundtrack ausgesucht und auf Pause getippt. Er wartete gespannt auf das Lichtsignal von Diego für seinen Einsatz. Diegos Taschenlampe leuchtete auf. Andi fuhr die Musik hoch. Voll fett. Meinte er. Im Raum blieb es still. Der Sound war nur unter seinen Kopfhörern. Andi ließ sich in die Musik fallen. Laut. Majestätisch. Und dazu blinkten die Stimmungslichter in den Sarghälften im Rhythmus der Musik. Andi fand das alles sehr geil und ließ endlich seinen Blähungen freien Lauf. In dem Musikgetöse hört das ja keiner, dachte er, und der Weihrauchduft übertüncht die Abgase. Letzteres stimmte, Ersteres nicht. Die vom mittäglichen Bohneneintopf induzierten Knatterfürze knallten lautstark durch den stillen Raum.

Brüllendes Gelächter im Publikum.

»Eine Maschinengewehrsalve peitscht über den mitternächtlichen Friedhof«, versuchte Diego die Szene zu retten, erntete damit aber nur noch mehr Lachsalven. Wovon Andi so rein gar nichts mitkriegte. In seinen Ohren dröhnte *Das Omen*.

Jetzt bemerkte Andi, dass etwas nicht stimmte, und drehte sich um. Wobei er den Klinkenstecker aus dem Kopfhöreranschluss zog. Die Anlage brüllte los. Hektisch drehte er die Lautstärke auf null.

Jetzt war es ganz still. Autor sprachlos.

»Sag was!«, fuhr Diego ihn an. Eigner starrte fassungslos ins Publikum. Diego übernahm: »Nagel hat die Dreizehn erreicht. Vor seinem inneren Auge hat er Donner und Blitz gehört, äh, und gesehen, jetzt ist es an der Zeit, das Grab zu öffnen …« Diego verstummte, überlegte, wie es weitergehen könnte, schaute Hilfe suchend zum Autor. Sah das panische Glitzern in Eigners Augen. Diego griff in die Innentasche seines Sakkos und holte seinen Flachmann heraus. Reichte ihn dem Sprachlosen. Der nahm einen tiefen Schluck.

»Ich …« Mehr kam nicht. Rupert Eigner suchte Halt. Fand den halben Standsarg. Der stürzte um, Autor ebenfalls. Er fiel weich in die Satinpolsterung.

Atemlose Spannung im Publikum.

Der Autor lag im blutroten Licht ohnmächtig im Sarg. Tödliche Stille.

Diego setzte die Nebelmaschine wieder in Betrieb. Sie fauchte Nebelschwaden durch den Raum.

Diego nickte Andi zu. Der verstand sofort. Cool packten sie die freie Sarghälfte, machten die Kiste mit dem Autor zu und trugen sie feierlichen Schrittes durch den vernebelten Mittelgang nach draußen.

Im Saal: Stille, Staunen, Ehrfurcht, Entsetzen. Was für ein berührender Moment!

Dann erklang ein einzelnes Klatschen. Es kam von Wotan, der wieder einmal platt war, wie kaltblütig und professionell seine Freunde selbst die auswegloseste Situation meisterten. Die hatten echt Nerven. Jetzt klatschten auch andere. Es wurde ein donnernder Applaus.

Unerhört! Das war wirklich mal was anderes. Damenlesekränzchen wie Gruftifraktion waren sich einig: eine ganz neue Qualität der Unterhaltung – absolut final. Keine Lesung mehr im klassischen Sinne. Ein Hammer-Event. Dass

Eigners Textbeitrag kaum Anteil an der Lesung gehabt hatte – geschenkt. Viel wichtiger war sowieso, was zwischen den Zeilen stand. Emotion, Feeling – *wow!*

DIREKTMARKETING

»Boh, Jungs, ganz groß, echt geil!«, lobte Wotan die Kollegen, als sie nach der Lesung bei Zigaretten und Bier in der Teeküche zusammensaßen. »So lebendig. Und ein super Geschäft. Achtzig Leute und jeder fünfzehn Euro, da kommt ganz schön was zusammen.«

»Tja, die Kohle geht leider komplett an die Veranstalter«, erklärte Andi.

»Echt?«

»Ja, die Ladys von Monaco Crime kriegen den ganzen Eintritt. Also, ein bisschen was geben die vermutlich auch an den Autor ab.«

»Echt? Und wir? Was bekommen wir?«

»Den Werbeeffekt.«

»Jetzt nicht dein Ernst. Wir haben die ganze Action, also müssen wir auch den Hauptteil kriegen.«

»Leider nein.«

Wotan lachte auf. »Das wollen wir mal sehen. Ich hab die Kasse. Ich regle das. Wenn die die Kohle wollen, läuft das über mich.«

»Wenn du meinst, Wotan. Aber der da kriegt auch seinen Anteil.« Andi deutete zu dem Sarg, in dem Rupert Eigner selig schlummerte. Sie hatten den Deckel wieder abgenommen. Falls er Klaustronomie habe, hatte Diego erklärt. Oder Sauerstoff brauche.

»Mist, ich hab das mit dem Büchertisch vergessen«, sagte Wotan.

Diego winkte ab. »Das Buch hat doch keine Sau interessiert.«

Andi grinste. »Hauptsache, die Leute haben unsere Werbeflyer mitgenommen. *Yes, so goes Direktmarketing!* Schade, dass der Miller das nicht gesehen hat.«

Diego nickte. »Ja, der Miller ist immer nur hier, wenn etwas nicht klappt.«

»Ist noch Bier da?«, fragte Andi.

»Naa, Bier ist aus. Der Wein ist auch weg. Die Schluckspechte. Nur noch dem Rupert sein Glenfiddich.«

Andi hielt die Whiskyflasche prüfend gegen das Licht. »Also, des is nur noch a Stamperl.«

»Dann geh ma jetzt alle ins Sixty Lions«, beschloss Diego.

»Und was ist mit dem Rupert?«, fragte Wotan.

»Den weck ma am Heimweg auf. Der schläft bombenfest. Mei, das kommt von dem ewigen Schnapseln. Diese Künstler. Immer Buse Alkohol.«

»Du meinst Muse, Diego, gell?«

»Dann eben Muse, du Klugscheißer. Andi, du weißt schon, so was, was einen transpiriert. Als Künstler. Alk oder junge Ladys. Oder beides. Die haben doch immer so junge Dinger im Schlepptau. Der Schnaps und die Ladys sorgen dafür, dass du in der richtigen Stimmung bist, was Geniales zu krepieren. Und die Ladys flippen dann aus, weil du so genial bist. Und weil die Stimmung so gut ist, trinkst du noch einem Schnaps. Voll der Teufelskreislauf.«

»Also wie ein Frauenschwarm schaut unser Rupert nicht gerade aus.«

»Ja klar. Wenn du keine Muse am Start hast, dann kompostierst du das eben mit ein bisschen mehr Alk. Weißt du, Schnaps hat ja auch was mit Geist zu tun. Heißt ja schließlich Himbeergeist oder Holundergeist. Weil das voll in die Birne geht. Wie Rostschutzmittel. *Caramba* – und die Maschine da oben läuft wie geschmiert. Wenn du ordentlich betankt bist, dann klappt's auch mit der Transpiration. Außer du übertreibst es.«

»Mann, Diego, du laberst dir schon wieder voll den Wolf. Du glaubst wohl, wenn du nur genug säufst, kannst du auch so ein Buch schreiben?«

»Logisch, Andi. Aber so was von. Nach ein paar Kurzen flutscht des bloß so.«

»Na, dann mach mal. Muss halt was Ungewöhnliches sein.«

»Gibt's denn schon Bücher mit Bestattern?«

»Logisch. Da gibt's sogar eine ganze Fernsehserie.«

»Echt? Schade.«

»Tja, es gibt eigentlich schon alles.«

»Aber warum gibt es dann immer wieder neue Bücher?«

»Weil dasselbe immer anders erzählt wird. Liebe, Tod, Verbrechen – die großen drei. Wenn du Erfolg willst, musst du halt was Altes neu erzählen, aus einer ungewöhnlichen Perspektive.«

»Was meinst du damit?«

»Na ja, zum Beispiel aus der Vögelperspektive.«

»He, Andi, was Perverses?«

»Bist du blau, du Sexmonster? Diego, Perspektive! Blickwinkel. Vögel. Von oben. Oder wegen mir von unten. Froschperspektive.«

»Wurmperspektive.«

»Hä?«

»Na, aus der Sicht von einem Wurm, der sich gerade durch den morschen Sarg gearbeitet hat und jetzt zu den richtig guten Sachen kommt, also das weiße Fleisch von dem halb verwesten Leichnam …«

»Aus, Diego! Sofort!«

»Mann, Jungs, ihr macht mich echt fertig.« Wotan rollte zur Tür. »Ich will jetzt endlich ins Sixty Lions.«

DURCHSCHUSS

Mader hatte gut geschlafen. Hatte beim Frühstück an seine Halbschwester Helene gedacht. So eine schöne Frau. Na ja, er fände sie vermutlich auch schön, wenn sie wie die Glöcknerin von Notre-Dame aussähe und an der Supermarktkasse arbeitete. Nein, kein gutes Bild. Er dachte an die Frau im Edeka, die ihn immer so nett anlächelte, wenn er seine Brühwürfel kaufte. Helene – wie ihn seine Schwester wohl fand? Ihn, den Kauz jenseits der fünfzig, alleinstehend, Hochhauswohnung, Dackelbesitzer. Ach, könnte auch schlimmer sein. Ganz sicher. Wie der Typ im Erdgeschoss, der immer so fies nach Nikotin und Urin roch – der war ziemlich sonderbar. Und auch allein. Hoffentlich ihre einzige Gemeinsamkeit. Tja.

Mader stieg heute schon am Max-Weber-Platz aus der U-Bahn, um mit Bajazzo noch ein bisschen den sonnigen Münchner Morgen zu genießen. Zwischen den Hausfassaden an der Inneren Wiener Straße befand sich der Durchgang zu einem Hinterhof. *An der Kreppe* stand auf dem Straßenschild. Ein paar Stufen auf dem Kopfsteinpflaster den Hang hinunter, und er stand zwischen alten Handwerksgebäuden und geduckten Herbergshäusern aus dem 19. Jahrhundert. Hier hatten sie schon einmal zu tun gehabt. Der Fall mit dem in den Tod gestürzten Priester, der hier in einer Privatwohnung ein weltliches Doppelleben geführt hatte. In dem Haus, das ausgerechnet in dem Moment explodiert war, als sie dort geklingelt hatten. Gas. War knapp gewesen damals. Und in den Ruinen hatte dann eine verschmurkelte Frauenleiche in der Badewanne gelegen, bereits heftig angegriffen von Feuer und aggressiver Säure.

Die Fassade des einst zerstörten Hauses war jetzt toprenoviert. Über dem Klingelbord ohne Namen thronte ein Videobullauge. Hier wohnen keine armen Leute, dachte Mader. Aber bestimmt nur Zweitwohnung. Weil immer Starnberger See ist ja auch fad.

Bajazzo lief kläffend vor zum Wiener Platz und inspizierte dort die Marktstände. Mader kaufte sich in der kleinen französischen Bäckerei ein Croissant und wählte den Weg durch den Park. Ging runter zum Kabelsteg. Die Isar führte viel Wasser. Im Wehr hatten sich Äste und Baumstämme verkeilt, dazwischen hing ein zerrissenes Igluzelt. Hoffentlich ohne Bewohner, dachte Mader und setzte mampfend seinen Weg fort. Er sah auf die Uhr. Er hatte keine Eile. Weiter in Richtung Deutsches Museum. Er betrachtete beim Vater-Rhein-Brunnen die knorrigen Äste der Bäume, die sich weit über die Isar beugten und den flirrenden Wasserspiegel beinahe berührten.

Deutsches Museum, Patentamt, Gärtnerplatz, Viktualienmarkt. Und schließlich: Präsidium. Bevor er ins Büro ging, stattete er Gesine in ihrem Reich einen Besuch ab.

»Guten Morgen, Gesine. So, was hast du jetzt für mich?«

»Ich hab mir in einer ruhigen Minute die Röntgenaufnahmen aus der Notaufnahme vom Rechts der Isar angesehen.«

»Welche Röntgenaufnahmen?«

»Die Schussverletzungen von Barolis Leibwächtern. Beide Male glatter Wadendurchschuss.«

»Und?«

»Ist das nicht komisch?«

»Wie meinst du das?«

»Wir wissen von den Projektilen, dass sie aus einem Präzisionsgewehr stammen. Der Attentäter schießt auf die Beine. Unterer Bereich, Waden. Keine Gefahr, dass er die Schlagader trifft. Normalerweise zielen Auftragskiller auf den Oberkörper. Wenn nicht gar auf den Kopf. Und sie treffen mit ihren Präzisionswaffen.«

Mader sah sie erstaunt an. Ihm dämmerte, worauf sie hinauswollte. Er nickte. »Ja klar. Außerdem wäre Baroli das erste Ziel gewesen. Man fragt sich, warum nicht auch er getroffen wurde.«

»Genau das habe ich mich gefragt«, sagte Gesine.

Mader nickte wieder. »Darauf hätten wir schon früher mal kommen können. Gute Arbeit, Gesine.«

»Was macht ihr jetzt?«

»Ich weiß noch nicht. Es ist schwierig. Der Fall ist ans LKA gegangen. Organisierte Kriminalität. Vielleicht müssen die das sogar noch eine Etage höher reichen, ans BKA.«

»Wo sind die Bodyguards eigentlich jetzt?«

»Die sind verlegt worden. Nach Mailand. In ein Militärkrankenhaus. Die Geschichte stinkt. Aber die werden nix sagen. Die sind froh, am Leben zu sein. Vielleicht waren sie nur Bauernopfer. Die Jungs büßen stellvertretend für Baroli. Als Warnung – das nächste Mal treffen wir dich.«

Gesine schien nicht überzeugt zu sein. »Aber dann stellt sich doch die Frage: Warum so öffentlich? Weil der Täter Baroli von seiner großen Veranstaltung am Abend abhalten will? Da gäbe es wahrlich einfachere Methoden, ihn daran zu hindern.«

»Meinst du, dass die Bedrohung nur inszeniert ist?«

»Ja, vielleicht. Die Schusswunden sind jedenfalls relativ harmlos. Und auch die ganze Geschichte im Zirkus – so viel Publikum, so viele Unschuldige. Und nichts passiert. Habt ihr an dem Abend jemand festgenommen?«

»Nein.«

»Spuren an dem Sprengsatz?«

»Nichts Verwertbares. Es ist nur der kleinere Sprengsatz explodiert. Der größere unter der Bühne ist nicht losgegangen.«

»Absicht?«

»Ich weiß es nicht.« Er schüttelte den Kopf. »Ja, vielleicht haben die uns auch da verarscht.«

»Aber die Gefahr einer Panik?«, warf Gesine ein.

»Ganz ohne Risiko geht es halt nicht. Ja, wenn die Saalräumung nicht so vorbildlich gelaufen wäre, hätte es Probleme geben können. Waren ja immerhin gut zweitausend Leute da.«

»Was ist mit der Flucht in dem Taxi?«, sagte Gesine.

»Es war kein Taxi.«

»Ist doch egal. Und?«

»Hummel sagt, sie sind verfolgt worden. Ein schwarzer Golf. Er hat sich gewundert, warum sie den Golf nicht losgeworden sind. Vielleicht ist es ganz einfach: Baroli hatte noch ein zweites Handy dabei und sich peilen lassen.« Mader schüttelte wieder den Kopf. »Wenn das Ganze inszeniert ist, ist das doch ein absurder Aufwand, oder? Wofür? Mit welchem Ziel?« Er sah auf die Uhr. »Danke, Gesine, das war sehr hilfreich. Ich muss los.«

»Deine neue Bekanntschaft?«

»Leider nein. Nur mein Schreibtisch.«

KUNDENWUNSCH

Bestens gelaunt rollte Wotan in den McDonald's am Ostfriedhof. Er war etwas erstaunt über die unfröhlichen Gesichter der beiden Kollegen. Nicht gerade das blühende Leben. Na ja, war gestern auch spät geworden. Oder früh. Je nachdem.

»Vertragts ihr jetzt gar nix mehr?«, sagte er und packte seinen Doublecheeseburger aus. Er biss hinein, dass die Soße nur so spritzte.

»Wir ham den Rupert vergessen«, sagte Diego.

»Wen?«

»Na, den Dichter gestern.«

»Na, wer da gestern Abend dichter war ...?« Wotan überlegte kurz, dann prustete er los. Cheese und Beef und Gurke und Soße sprühte über Tisch und Anwesende. »Und? Was sagt der Rupert? Hat er gut geschlafen?«

»Durchaus«, sagte Andi. »Mann, so ein Schmarrn. Dass wir den Ruppi einfach vergessen haben. Mit blöden Konferenzen. Also, wir sind morgens rein und haben den Veranstaltungssaal hergerichtet – war 'ne Sauarbeit –, und kaum sind wir fertig, kommt der Miller mit einem Kunden.«

Wotan sah Andi erwartungsvoll an.

»Na ja, der Typ hatte einen *Eternity* bestellt. Also den *de luxe plus*.«

»Den haben wir ja nicht im Showroom«, erklärte Diego. »Der wird ja exakt nach Kundenwunsch gefertigt.«

Andi fuhr fort. »Der Miller führt den Kunden also in die Werkstatt und will ihm das gute Stück zeigen. Und da liegt der Rupert drin. Schnarcht selig.«

Wotan bekam einen Hustenanfall und verteilte den halb zerkauten Cheeseburger abermals großflächig auf Tisch und Personen.

»Das ist nicht lustig«, zischte Andi. »Weißt du, was so ein Sarg kostet?«

»Aber das ist doch wurscht, ob da schon mal einer Probe liegt. Das ist wie in einem Bettenhaus.«

»Hä?«

»Ja, mit den Matratzen. Da liegen die Leute doch auch immer drauf rum.«

»Aber die verkaufst du dann nicht mehr, Wotan.«

»Nein?«

»Nein.«

»Ach so. Also, wie geht's weiter?«

»Jedenfalls wollte der Kunde keinen Secondhandsarg. Der Miller war voll sauer. Das war eine Maßanfertigung. Miller wollte wissen, warum wir kein Ausstellungsstück für die Lesung genommen haben.«

»Und warum?«

»Ja mei, wir wollten uns halt von unserer besten Seite zeigen«, sagte Diego. »Der Miller hat's ja eigentlich vorher gesehen. Da hätt er ja ruhig was sagen können. Hinterher beschweren ist auch blöd.«

»Und der Rupert?«, fragte Wotan.

»Den gibt's gratis dazu, hat der Miller gesagt, wenn der Kunde den Sarg trotzdem nimmt.«

Wotan prustete wieder los.

Andi schüttelte den Kopf. »Der Kunde wollte einen jungfräulichen Sarg. Den kriegt er jetzt auch.«

»Und was ist mit dem alten?«

»Der wird dann unser Event-Sarg. Wir sollen den für unsere Shows nehmen. Aber nicht geschenkt. Wir stottern das Teil ab. Zum Einkaufspreis natürlich. Der Miller sagt, wir dürfen dafür den Eintritt von den Lesungen behalten. Du, drei, vier Shows wie gestern, und der Sarg hat sich amortisiert.«

»Amordi-was?«, fragte Diego.

»Amortisiert.«

»Und was heißt das?«

»Dass sich was rechnet.«

»Ha, lustig. Amordisiert. Das passt ja voll zu uns.«

»Ja, wir verdienen dann richtig Asche. Und dürfen die ganze Kohle einschieben.«

»Und der Miller?«, sagte Wotan. »So richtig großzügig kenn ich den bislang nicht. Was hat der davon?«

»Na, den ganzen Werbeeffekt. Neue Zielgruppen und so.«

»Wotan, hast du eigentlich schon mit den Veranstaltern von gestern gesprochen?«, fragte jetzt Diego.

Wotan grinste. »Alles easy, die von Monaco Crime haben echt Panik geschoben, wie ich vorhin bei denen ihrer Reihenhausvilla vorbeigerollt bin. Von wegen Duo Mortale. Das ist eher das Duo Anale – die haben sich voll in die Hose geschissen.«

»Was hast du denn gesagt?«

»Was werd ich denen schon gesagt haben, Diego? Dass sie am Arsch sind und es bald willkommen im Rolliclub heißen könnte, wenn sie lang wegen den Eintrittsgeldern rumstressen. Das hat sie überzeugt. Alles paletti. Wir behalten die Kohle. Die ganze. Allerdings sind sie jetzt an einer weiteren Zusammenarbeit mit uns nicht interessiert. Aber wozu auch? Das bisschen Werbung kriegen wir gerade noch allein hin.«

»Kein Thema. Da ist der Andi ganz groß drin. Gell, Andi?«

»Logisch, Diego. PR ist genau mein Brevier.«

BREITCORD

Mader hatte sich noch einmal mit Helene verabredet. Er hatte nicht viel Zeit und deswegen den Augustiner in der Fußgängerzone vorgeschlagen. Er fand Helene im historischen Muschelsaal. Sie war über eine Mappe mit Blättern gebeugt. Vor ihr ein Mineralwasser.

Sie umarmten sich.

»Und?«, sagte Mader. »Wie läuft's auf der Tagung?«

»Stockfad. Aber das ist eine Pflichtveranstaltung. Sehen und gesehen werden. Und bei dir?«

»Schwierig. Wir haben da einen sehr komplexen Fall. Ich war heute Vormittag bei Gesine, der Frau, die wir gestern auf der Straße getroffen haben. Sie ist Rechtsmedizinerin.«

»Sehr attraktiv, wie gesagt.«

»Sagt sie auch von dir.«

»Und? Hatte sie was Interessantes für dich?«

»Ja, tatsächlich. Was es aber auch nicht leichter macht.«

Ein Kellner trat zu ihnen. »Was darf ich Ihnen bringen?«

Sie gaben ihre Bestellung auf. Mader sah dem Kellner hinterher, wie er im wuseligen Saal verschwand.

»Du hast also Stress in der Arbeit?«, nahm Helene den Faden wieder auf.

»Ja, und ich hasse Stress in der Arbeit.«

»Ich meinte mit einem s.«

Er lächelte. »Na ja, Stress ist vielleicht das falsche Wort. Es passieren Sachen, die ich mir nicht erklären kann. Kürzlich war sogar ein Mitarbeiter von mir verschwunden.«

»Wie – verschwunden?«

Mader erzählte ihr die Geschichte. War ja kein Geheimnis, nachdem über die Anschlagsversuche auf Baroli in der Fußgängerzone und im Circus Krone in allen Zeitungen berichtet worden war.

»Ich hab Barolis aktuelles Buch sogar gelesen«, sagte Helene. »*Hartes Land* ist wirklich gut. Spannend wie ein Krimi.«

»Findest du es realistisch?«

»Soweit ich das beurteilen kann, ja. Es liest sich, als wäre er sehr genau über alles informiert. Reinhard kennt Baroli ein bisschen. Also mein Mann. Reinhard hat ihn mal interviewt, fürs *Fazit*. Das ist ein Wirtschaftsmagazin, für das er arbeitet.«

»Und was sagt dein Mann? Ist Baroli glaubwürdig?«

»Das musst du Reinhard selbst fragen. Hast du denn Zweifel daran?«

»In dem Fall passt vieles nicht zusammen, zum Beispiel …« Er hielt abrupt inne.

Sie winkte ab. »Keine Details.«

»Entschuldige …« Er lächelte. »Themawechsel – attraktive Männer auf dem Symposium?«

»Das wär ja mal was. Nein. Karierte Sakkos oder Breitcord in Beige. Und die Frauen in strengen Kostümen, mit blickdichten Strumpfhosen und Betonfrisur.«

»Und du musst da dabei sein?«

»Eigentlich interessiert mich das Thema. Ästhetik und Naturwissenschaften im 18. Jahrhundert. Eine Zeit des Umbruchs, der Entdeckungen und Erfindungen. Mich interessiert, wie die Leute in der Zeit damals gelebt haben, wie und was sie gedacht und geschrieben haben. Nächstes Jahr wird in München ein Lehrstuhl mit Fokus auf die Aufklärung frei. Ich dachte, ich schau mir das mal genauer an.«

»Echt?«

Sie lachte. »Nein, das mach ich nicht. Ich zieh nicht um. Die Kinder brauchen keine Pendlerin. Ich bin schon jetzt zu viel unterwegs. Du, am Wochenende kommst du zu uns. Ich hab's meiner Familie endlich erzählt. Die will dich kennenlernen. Da kannst du dann auch mit Reinhard sprechen. Komm einfach vorbei.«

»Meinst du wirklich?«

»Und wie ich das meine. Meine Töchter wollen unbedingt ihren Onkel von der Kripo sehen.«

»Du hast ihnen gesagt, wo ich arbeite?«

»Ja. Kriminalpolizist ist doch ein ehrenwerter Beruf – oder etwa nicht? Meine Mädels lieben Krimis.«

»Die Wirklichkeit sieht aber ganz anders aus.«

»Gut, wenn ihnen das mal einer sagt, der Ahnung hat. Wir freuen uns, wenn du kommst. Am Samstag musst du nicht arbeiten, oder?«

»Nein, muss ich nicht.«

»Dann freu ich mich. Roter-Brach-Weg, Nummer sieben.«

»Das kenn ich. Das ist in Prüfening, oder?«

»Genau. Samstag, drei Uhr.«

OUT OF STYLE

Diego stellte die leere Espressotasse auf das Tablett, mit dem er gerade von dem kleinen italienischen Lokal Adria neben der Trauerhilfe Kaffee geholt hatte, und schnaufte. »Also, der Kaffee war schon mal besser, oder?«

Andi zuckte mit den Achseln. »Ach, der war doch wie immer.«

»War er nicht. Viel rauer im Geschmack.«

»Passt doch zu dir.«

»Nein, ich bin eher der senile Typ.«

»Du und feinfühlig?«

»Ja, ich. Und ich mag guten Kaffee.«

»Ach komm, der war doch okay. Außerdem kann man über Geschmack nicht streiten.«

»Warum müssen die immer Sachen ändern?«

»Weil sich immer alles ändert.«

»Quatsch. Ich werd ja auch nicht plötzlich Bayernfan.«

»Wieso eigentlich nicht?«

»Spinnst du jetzt, Andi? Hast du 'nen Vogel oder was? Das geht überhaupt nicht. Niemals! Und was mach ich dann mit dem großen Löwentattoo auf dem Rücken? Nur mal als Beispiel.«

»Du, da kenn ich mich aus. Einfach weglasern. Oder du machst die Billigversion mit Batteriesäure.«

»Lass den Scheiß! Einmal Löwe, immer Löwe.« Diego fuhr mit dem kleinen Finger über den dunkelbraunen Film in seiner Espressotasse und schleckte den Finger ab. »Puh, der war früher echt besser. Bah, vielleicht kann man mit dem Kaffee sogar Tattoos wegmachen? Weißt du, Andi, der Francesco vom Adria hat mir erzählt, dass ihm sein Kaffeelieferant ein Angebot gemacht hat, das er nicht ablehnen konnte.«

»Wow, Diego. Das klingt gefährlich.«

»Hab ich auch gedacht. Aber meinst du, die Mafia hält sich mit ein paar Kaffeebohnen auf?«

»Na ja, verschätz dich mal nicht, Diego. Das ist ein Riesengeschäft. Ganz Italien trinkt Kaffee. Morgens, mittags, abends. Und die Deutschen auch. Sogar die Finnen ...«

»Jaja, schon gut. Vorher war der Kaffee beim Francesco jedenfalls besser.«

»Jaja, mein kleiner Gourmet. Nur keine Änderungen.«

»*Quality never goes out of style.* Weißt eh, Andi, Sechzig, Sechzig, Sechzig! – He, was 'n da los?« Diego deutete durch die schlierige Scheibe der Werkstatt auf den Parkplatz hinaus. Dort stand ein großer, schwarzer Lancia, aus dessen Fond gerade ein kleiner, glatzköpfiger Mann in dunklen Nadelstreifen ausstieg. »Cool, mit Fahrer. Will ich auch mal.«

»Klar, Diego, wenn du der Manager von Sechzig bist. Und die wieder Kohle haben. Ich geh mal nach vorn in den Showroom. Der Glatzkopf sieht nach *Barbarossa* aus. Wenn nicht gar *Eternity*. Vielleicht können wir ihm das gebrauchte Teil verschnalzen.«

»Ich denk, wir wollen den Sarg behalten?«

»Der Kunde ist König. Für die Lesungen tut's auch was Rustikales.«

»Also nach Verschnalzen schaut der Typ nicht aus.«

»Überlass das mal einem Meister im Marketing – mir.«

Andi betrat den Verkaufsraum. Diego hielt sich im Hintergrund und betrachtete die Szenerie von nebenan durch das Werkstattfenster. Der kleine Mann nahm interessiert die Parade der Särge ab.

»Suchen Sie etwas mit Destination?«, fragte Andi.

»Ja, den Chef. Sind Sie das?«

»Ich bin der Stellvertreter. Sie haben einen Trauerfall?«

»Nicht nur einen.«

»O Gott, das tut mir leid.«

»Der Tod ist mein Geschäft.«

»Aha?«

»Funerale Italiano, Milano.«

»Fun was?«

»Kein Fun. Funerale – Bestattungen. Wir sind Kollegen. Ein schönes Geschäft haben Sie hier. Läuft?«

»Wir können nicht klagen. Gestorben wird ja zum Glück immer. Leider ist der Trend zur Urne ungebrochen.«

»Ja, davon können wir in Italien ein Lied singen. Da ist Deutschland noch mustergültig. Hier zählen Erdbestattungen noch etwas. Haben Sie denn auch Särge im oberen Preissegment?«

»Natürlich. Das ist unsere Spezialität. Wenn ich Ihnen ein besonders schönes Exemplar unseres Flagschiffs *Eternity de luxe* zeigen darf …« Er führte ihn zu ihrem Spitzenmodell. »Topfertigung, alle Extras sind Handarbeit durch und durch. Besonders hervorzuheben sind die handgeschmiedeten Beschläge. Ganz was Feines. Innenausstattung fertigen wir individuell nach Kundenwunsch. Wir hatten sogar schon einmal Ziegenleber, äh, Ziegenleder.«

»Weißes Ziegenleder?«

»Exakt. Polsterung in Rosshaar. Ausgezeichnete Ökobilanz. In der Werkstatt haben wir noch ein Modell in Sonderausstattung. Fast ohne Aufpreis.«

Der kleine Mann lachte. »Du gefällst mir. Und du bist der Chef von dem Laden?«

»Der Stellvertreter – wie gesagt.«

»Gut, dann bestell deinem Chef einen schönen Gruß.« Er drückte Andi eine Visitenkarte in die Hand.

»Einen Gruß? Sonst nichts?«

»Sag ihm, dass ich den Laden kaufen will.«

»Aber …«

Der Mann legte den Zeigefinger auf die Lippen und drehte sich um.

Als sich Andi wieder fing, fuhr der schwarze Wagen schon vom Hof.

»Was war das?«, fragte Diego.

»Eine feindliche Übernahme.«

»Was wollte der?«

»Den Laden kaufen.«

Jetzt sah Andi auf die Visitenkarte und merkte, dass es nicht nur eine Visitenkarte war. Darunter verbarg sich ein zusammengefalteter Fünfhunderter.«

»He, Andi, das ist ja ein …«

»Schnauze, Diego.«

»Du nimmst Geld von fremden Leuten.«

»Ich tu gar nix.«

»Ja klar, das war nur so ein Versehen. Der hat ein paar Fünfhunderter in der Tasche, und da rutscht ihm zufällig einer …«

»Schnauze, Diego! Ich geb's zurück.«

»Also, das macht jetzt auch keinen Sinn. Wir teilen das, und gut ist. Und der Wotan kriegt auch seinen Anteil.«

ZUSTÄNDIG

Hummel stellte Dosi im Büro einen Kaffee hin.

»Danke. Mit meinem Klumpfuß verschütt ich ja alles.«

Er deutete auf ihren Monitor. »Was machst du da?«

»Der Bericht vom Arzt aus Italien zu Marcellos Unfall ist da. Ich hab ihn tatsächlich bekommen.«

»Und?«

»Ich wart noch auf die italienische Übersetzung. Mein Italienisch beschränkt sich auf Pizza, Pasta, prego und grazie, Vino und Amore.«

»Das ist schon mal nicht schlecht. Wer macht denn die Übersetzung?«

»Gesine.«

»Gesine kann Italienisch?«

»Du sagst das, als wär das eine Krankheit. Gesine war mal mit einem Italiener verheiratet.«

»Echt?«

»Ja, warum auch nicht. Sind doch fesche Burschen.«

»Nein, ich mein, mit Mitte dreißig schon verheiratet, also geschieden?«

»In welcher Welt lebst du eigentlich, Hummel?«

Hummel setzte sich an seinen Schreibtisch. Dort stapelten sich unerledigte Akten. Alles Fälle, die einmal ein scharfes Auge oder einen wachen Geist nötig hätten. Und Muße. Hatte er zurzeit alles nicht. Außerdem konnte er immer nur eine Sache auf einmal erledigen. Er betrachtete den Stapel. Ein paar Sachen waren bestimmt schon hinfällig. Nicht selten arbeitete Kommissar Zeit für sie. Oder dessen Bruder Kommissar Zufall. Alles schon da gewesen: ein Totgeglaubter feierte Wiederauferstehung, das schlechte Gewissen drängte einen sensiblen Mörder plötzlich zum Geständnis, oder eine Tatwaffe tauchte wieder auf, und das gleich noch mit perfekten DNA-Spuren. Hummel stöhnte. Letztlich alles nur billige Ausreden, um sich ja nicht mit den liegen gebliebenen Fällen zu beschäftigen.

Der aktuelle Fall war ganz anders als die Sachen, die sie sonst auf dem Tisch hatten. Genau genommen gab es nicht einmal eine Leiche. War das wirklich ihr Zuständigkeitsbereich? Laut Günthers Stellvertreter nicht. Trotzdem. Und Tote hatte es doch gegeben. In Italien waren zwei Menschen zu Tode gekommen – der Motorradpolizist und der Journalist vom *Profilo.* Zählte man die zwei Kaffeefabrikanten dazu, waren das sogar vier Tote. Ganz schön viele. Aber eben nicht hier, sondern in Italien.

Dosi unterbrach seine Gedanken. »Gesine sagt, dass an dem Bericht nichts Auffälliges ist. Innerlich verblutet. Nieren- und Leberriss, verursacht durch den heftigen Aufprall. Marcello ist mit einem Leitplankenpfosten kollidiert.«

»Aber was hat zu dem Unfall geführt? Ein Ölfleck? War ein Draht auf der Straße gespannt? Waren die Bremsen in Ordnung?«

»Im Bericht der Polizei steht was von vermutlich überhöhter Geschwindigkeit und Rollsplitt in der Kurve. Aber das glaub ich nicht. Ich hab gesehen, wie Marcello Motorrad fährt. Wie ein junger Gott.«

»Na, dann kommen wir da auch nicht weiter. Wo ist denn Zankl eigentlich?«

»Der wollte nur schnell Clarissa vom Kindergarten heimbringen.«

SENSIBILITÄT

Von wegen nur schnell. Eine blöde Geschichte: Zankl hatte Clarissa um zwei Uhr beim Kindergarten abgeholt, und die hatte sich auf dem Heimweg im heimischen Treppenhaus den Arm verletzt. Bei einer hitzigen Debatte über den tieferen Sinn des Zähneputzens nach dem Mittagessen im Kindergarten hatte sie sich kompromisslos gezeigt. Clarissa wollte sich im Eifer des Gefechts von seiner fürsorglichen Hand losreißen, während er ihre Hand weiterhin fest umklammert hielt. Plötzlich schrie sie wie am Spieß. Und warf sich auf den Boden und schrie noch viel mehr. Natürlich kam genau in dem Moment Conny mit Angelo vom Kinderarzt zurück und machte ihm im Treppenhaus eine Riesenszene, damit es auch ja alle Nachbarn mitbekamen. Zur Hölle! Zumindest hatte er noch verhindern können, dass Conny den Krankenwagen rief. Wie hätte das denn ausgesehen? Zumal Clarissa das Schreien dann doch eingestellt und es durch ein leises Weinen ersetzt hatte. Das ihm emotional aber den Rest gegeben hatte.

Jetzt saß er mit Clarissa in der Notaufnahme der Haunerschen Kinderklinik und hatte schon geraume Zeit am Empfang mit der Erfassung der persönlichen Daten verbracht. Das Erstgespräch mit der jungen Ärztin war äußerst seltsam verlaufen. Sie hatte ihn gefragt, ob so etwas öfter vorkomme, und misstrauisch Clarissas Arme auf blaue Flecken hin untersucht. Er war tief gekränkt gewesen. War er immer noch.

Nun warteten sie auf ihren Röntgentermin.

»Im besten Fall ist der Arm nur ausgerenkt«, hatte die Ärztin gesagt und hinzugefügt: »Es kommt immer wieder vor, dass Väter zu stark an den Armen ihrer Kinder ziehen. Häufig fehlt es da an der nötigen Sensibilität. Manchmal auch an Respekt.«

Er hatte sie einfach nur entsetzt angesehen. Was glaubte die denn? Er war schon kurz davor gewesen, zu explodieren und ihr mit aller Sensibilität und dem nötigen Respekt ins Gesicht zu schreien, dass er verdammt noch mal niemand sei, der sein Kind misshandle. Doch darauf hätte die Ärztin wahrscheinlich nur gewartet. Nein, das ist auch nicht fair, dachte er jetzt. Weiß ich denn, wie viele Kinder hier täglich hergebracht werden und welche Ausreden überforderte Eltern für die Verletzungen ihrer Kinder haben? Trotzdem – er fühlte sich zu Unrecht als Grobian verdächtigt.

»Wir kommen bestimmt gleich dran«, sagte er zu Clarissa.

»Hoffentlich nicht.«

»Du musst keine Angst haben.«

»Ich hab keine Angst. Ich möchte das Buch noch fertig anschauen.« Clarissa steckte die Nase wieder in das abgegriffene Bilderbuch mit den Abenteuern eines kleinen, dicken Igels. Die Stacheln des Igels waren rostrot. Unwillkürlich musste Zankl an Dosi denken und lachte.

»Herr Zankl!«, erklang jetzt die scharfe Stimme einer korpulenten Schwester, die ihn und Clarissa sozusagen mit Röntgenblick musterte. »Sie sind dran!«

Zankl nahm Clarissa an der Hand des gesunden Arms.

Das Ambiente des Röntgenraums schüchterte Zankl wie Clarissa gleichermaßen ein. Der große, weiße Stahlkasten, die schwenkbare Röntgenkamera.

»Wie bei Star Wars«, murmelte Zankl.

»Bei wem, Papa?«

»Wie in einem Science-Fiction.«

»Wo, Papa?«

»Ach, nix.«

Die muskulöse Schwester wandte sich Clarissa zu. »So, meine Süße, jetzt gib deinen Arm mal her«, sagte sie und drehte den Arm seiner Tochter auf die Plattform des Röntgenapparats. Das Knacken ging Zankl durch Mark und Bein.

»Öha«, meinte die Schwester.

O Gott, dachte Zankl. Jetzt ist es passiert! Sie hat Clarissa endgültig den Arm gebrochen. Und jeder wird glauben …

Clarissa sah die Röntgenschwester nur erstaunt an. Die schickte Zankl hinaus.

Kurz darauf durfte er wieder eintreten. Die behandelnde Ärztin zeigte ihm kurz darauf das Röntgenbild auf dem Monitor. »Alles gut, kein Bruch, der Arm ist nicht einmal ausgerenkt.«

Kein Wunder, wenn hier Metzgerinnen arbeiten, dachte Zankl, sagte aber nichts. Er war einfach froh, dass sie gleich wieder hier raus waren. Hatte die rabiate Schwester eigentlich gut hingekriegt. Wenn man mit einem gesunden Arm reinkam, würde sie ihn wahrscheinlich ausrenken oder brechen. Aber mit einem gesunden Arm kam man in der Regel ja nicht hierher. Insofern machte sie einen guten Job.

Miller stand dem Angebot des Italieners gar nicht einmal so ablehnend gegenüber, wie seine Mitarbeiter gedacht hatten. Was vielleicht daran lag, dass Andi ihm etwas von einer Kooperation erzählt hatte, die der italienische Bestattungsunternehmer anstrebe, eine deutsch-italienische Zusammenarbeit. Was angesichts der angespannten wirtschaftlichen Lage Millers imaginäre Registrierkasse in höchsten Tönen klingeln ließ.

»*Miller's International Services* – das klingt doch sehr vielversprechend«, jubelte Miller. »Da expandiern ma dann so richtig. Vielleicht so was wie Re-Sales. Raus aus dem Land und gleich wieder rein und doppelt so teuer. Von Bayern nach Italien und dann zurück nach Deutschland. Reimport – wie bei Autos. Aber nicht zum Steuersparen, damit es billiger wird, sondern zur Steigerung von Genuss- und Erlebnisfaktor, und damit vom Preis. Wir pimpen die Särge mit Dolce Vita und kassieren einen satten Aufschlag. Vielleicht geht sich da sogar was mit dem Vatikan aus, so mit Label: *Blessed in Italy.* Das wird richtig gut. Wisst ihr, Lederhosen mag ja nicht jeder, aber Italien findet selbst der Fischkopf gut.«

Das waren Millers Worte gewesen, nachdem er mit dem geheimnisvollen Glatzkopf telefonisch ein Geschäftsessen in der Osteria Centrale in der Schellingstraße vereinbart hatte. Ohne Andi und Diego. Und mit Wotan schon gar nicht. Denen fehlt es an Weltläufigkeit, die so ein internationales Business erfordert, dachte Miller jetzt, wo er ins Taxi stieg, und stapelte im Kopf schon die Bündel mit Banknoten. Er fuhr heute nicht selber, weil er sich zuvor im Internet noch die Speise- und Weinkarte des Lokals angesehen hatte. Exzellent! Sowcit er das mit seinen eher bescheidenen Gastrokenntnissen beurteilen konnte.

»Superschad, dass wir nicht dabei sind«, sagte Diego und sah dem Taxi hinterher. »Die Ostereia soll richtig gut sein. Die haben so frittierte Artischocken, hab ich gelesen. Ah, ich liebe Balla Italia.«

»Ja klar, ballaballa, mein kleiner Vegetarier.«

»Andi, des hat doch gar nix mit vegetarisch zu tun, wenn die gute Artischocken machen. Da kriegst du auch ein geiles Vitello Tomato oder ein ganz zartes Saltimbuktku. Wär schon ein feiner Schachzug gewesen, wenn der Miller uns mitgenommen hätt.«

»Mei, Diego, der Miller steht halt auf Vieraugenprinzip. Und schließlich müssen wir den Laden hier ja am Laufen halten.«

Diego schaute auf den leeren Parkplatz. »Also, so richtig läuft da nix im Moment. Außerdem denk ich, dass der Typ ihm den Laden abkaufen will, ja? Ich weiß nicht, ob das so gut war, wie du dem Miller die Geschichte erzählt hast.«

»Was hab ich ihm denn erzählt?«

»Na, dass der Typ einen Geschäftspartner sucht, dass der eine Komplikation eingehen will. Das stimmt doch gar nicht. Der will doch gar nicht komplizieren, der will doch einfach den ganzen Laden schlucken.«

»Ach komm. So was ist doch reine Verhandlungssache. Da steigt jeder doch erst mal mit seiner Maximalforderung ein, und nach ein paar Gläsern Wein näherst du dich an und kritzelst eine Vereinbarung auf eine Serviette.«

»Auf eine Stoffserviette?«

»Nein, auf eine Papierserviette. Schaust du keine Filme? Das ist dann der Vertrag.«

»In der Ostereia gibt es bestimmt keine Papierservietten.«

»Mann, Diego, du machst mich alle. Erstens heißt das *Oster-i-a* und nicht Ostereier. Und zweitens: Der Miller verkauft den Laden doch nicht einfach. Das würde seine Mama nie erlauben. Und schließlich: Überleg doch mal – so als Italiener kannst du nicht einfach herkommen und Leute beerdigen. Im deutschen Behördendschungel. Meinst du etwa, der kennt sich mit unseren Bestattungsbestimmungen aus? Davon hat der doch null Ahnung. Ohne uns kriegt der Italo hier keinen Fuß unter die Erde. Da sind wir die Profis.«

NERO

Dosi legte den Telefonhörer auf und drehte sich zu Hummel und Zankl um. »Die Kollegen von der Organisierten Kriminalität haben da was. In vielen italienischen Lokalen und Feinkostläden wechselt die Kaffeemarke.«

»Bei uns in der Cafeteria könnten die ruhig auch mal den Kaffee wechseln«, meinte Hummel.

»Viele steigen jetzt um von Batta Caffè auf Caffè Nero. Na, klingelt da was?«

»Der Mailänder Kaffeekrieg. Offenbar ist der jetzt sogar hier angekommen.«

»Interessiert uns das?«, fragte Zankl.

»Na ja, so generell – da geht es um viel Geld, da sind mehrere Leute in Italien gestorben, die Hersteller von Batta Caffè, dann der Journalist vom *Profilo*. Und vielleicht hat auch Marcellos Tod etwas damit zu tun.«

Hummel zuckte mit den Achseln. »In ein paar Tagen packt Baroli aus. Dann wird man sehen. Wir sind raus aus der Nummer. Bin gespannt, ob sein Deal klappt und man seine Familie freilässt. Ich glaub ja, er verzockt sich.«

»Was ist jetzt mit dem Kaffee?«, sagte Dosi. »Das wär doch interessant.«

Zankl winkte ab. »Das ist nicht unser Ressort, und in unserem Land passiert es nicht.«

»Doch, es passiert hier«, sagte Dosi. »Dieser Kaffeeproduzent drückt sein Produkt auch hier durch.«

»Ach komm«, sagte Zankl. »Siehst du hier in München etwa schon Mafiastrukturen, oder was?«

»Ja, die seh ich.«

»Ach was. Hauptsache, der Kaffee schmeckt.«

Dosi stöhnte auf. »Ja klar, Zankl. So einfach kann man es sich machen.«

»Dosi, das ist alles höchst komplex, diese Wirtschaftssachen. Wir sind hier bei der Mordkommission.«

»Kannst du nicht noch mal bei Carlo nachfragen? Ich will wissen, was da gerade abgeht.«

»Was soll das bringen?«

»Der ist doch Geschäftsmann. Der weiß bestimmt, was seine italienischen Kollegen so alles treiben. Geh doch mit ihm essen, mach ein bisschen Small Talk. Ganz spontan.«

»Weißt du, was essen gehen mit Carlo kostet? Der geht nicht mal schnell auf 'nen Leberkäs mit Ei.«

»Die Rechnung zeichnet Mader bestimmt ab. Ist ja ein Geschäftsessen.«

Zankl seufzte. »Na dann.«

»Hallo, Carlo, wie geht's?«, begrüßte Zankl seinen Freund, als er ihn an dem Fenstertisch der Osteria entdeckt hatte.

»Passt schon, Franco. Komm, setz dich.«

Zwei Tische weiter sagte ein Mann: »Ancora due, prego.«

Zankl sah zu dem Tisch. War irritiert. Den einen Typen kannte er doch, oder? Mit dem hatte er doch schon mal zu tun gehabt.

Carlo folgte Zankls Blick. »Bekannte?«

»Ja, jetzt weiß ich's. Dem einen gehört ein Beerdigungsinstitut. Du kennst nicht zufällig den anderen?«

»Woher sollte ich den kennen?«

»Er spricht italienisch.«

»Franco, wie viele Italiener gibt es in München? Und das hier ist ein italienisches Lokal. Hier sind öfter mal Italiener. Ziemlich oft. Ziemlich viele. Ja, ich kenne viele Italiener. Aber hier im Lokal kenne ich außer dir, dem Chef und dem Personal aktuell keinen. Der eine von den beiden ist Bestatter, sagst du?«

»Ja, der rechte. Der hat einen Laden am Ostfriedhof.«

»Ein Mann mit Geschmack jedenfalls. Was das Essen angeht. So, jetzt lass uns bestellen. Ich hab einen Bärenhunger.«

»Hau rein, du bist mein Gast.«

»Lass ich mir nicht zweimal sagen.«

Sie stießen mit einem Trebbiano d'Abruzzo an.

»Carlo, hast du irgendwas gehört, dass der Mailänder Kaffeekrieg jetzt auch nach Deutschland kommt? Viele Anbieter und Lokale wechseln derzeit zu Caffè Nero.«

»Ja, die expandieren sehr.«

»Wird da Druck ausgeübt?«

»Nein, welche Ware gelistet wird, entscheidet jeder Großhändler selbst. Und die Gastronomen suchen dann beim Großhändler aus, was sie ihren Gästen anbieten.«

»Wirklich? Da gibt's keinen Druck?«

»Druck klingt so negativ. Ich würde eher von Marketingmaßnahmen sprechen. Da geht es um Provisionen und Rabatte. Wie halt Marktwirtschaft so funktioniert.«

Zankl schnalzte mit der Zunge. »Ja, wahrscheinlich ist das so.«

»Franco, am Ende muss jeder selbst wissen, was er will. Und der einzelne Händler entscheidet. Wenn ihm der Kaffee nicht schmeckt, kauft er ihn nicht, sondern nimmt ein anderes Produkt. Denn wenn den Gästen der Kaffee nicht schmeckt, ist das schlecht fürs Geschäft. Wirtschaftliche Gefahr kommt in dem Bereich eh aus einer ganz anderen Richtung. Die eigentliche Bedrohung sind die amerikanischen Ketten, die sich überall in Europa breitmachen. In Italien noch nicht. Da gibt es noch Hunderttausende kleine Bars. Das ist eine uralte Kultur, die zerstört wird, wenn die Ketten mit ihren Pappbechern nach Italien kommen sollten.«

»Sind die nicht schon längst da?«

»Nein, da ist Italien anders als Deutschland. Italien ist da weitgehend ein weißer Fleck. Die Bars sind Kulturgut, Teil unserer italienischen Identität, Ausdruck unserer Individualität. Noch ist die Welt in Ordnung. Aber wie lange noch?«

Zankl nickte nachdenklich.

»Aber um auf deine Frage vorhin zurückzukommen«, sagte Carlo. »Es gibt keine Absprachen, niemand wird beim Kaffee-Einkauf unter Druck gesetzt. Weißt du, was die hier im Centrale für einen Kaffee haben?«

»Italienischen, schätz ich mal.«

»Fausto.«

»Aha.«

»Nicht Italien. Monaco. Untergiesing. Eine kleine Rösterei. Du siehst, jeder kann selbst entscheiden, welchen Kaffee er kauft und anbietet. Am besten, der Geschmack entscheidet.«

»Dann bin ich ja beruhigt. Sag mal, hast du irgendwas Neues aus Mailand gehört? Was macht der Prozess?«

»Baroli schlägt eine ziemliche Welle. Es gibt bereits Verhaftungen, Hausdurchsuchungen, Beschlagnahmen. Noch bevor der Prozess eigentlich losgeht. Die Mailänder Geschäftswelt ist nervös. Das ist nicht gut. Weißt du, was da für ein wirtschaftlicher Schaden entsteht? Weiß Baroli das?«

»He, Carlo, was redest du? Gesetz geht vor Profit. Auch wenn das altmodisch klingt.«

»Was, wenn sich der Staatsanwalt täuscht?«

»Wieso sollte der sich täuschen?«

»Wer weiß, ob Barolis Belege wirklich wasserdicht sind.«

»Das ist Sache der Gerichte. Oder weißt du mehr?«

»Nur dass da viel Unruhe herrscht. So, jetzt lass uns bestellen. Ich sterbe vor Hunger.«

Carlo winkte den Kellner an den Tisch. Zankl sah aus dem Fenster. Sah draußen die Autos vor der Ampel. Hörte das Röhren eines Sportwagens.

»Ey, Franco?«

»Entschuldigung. Ich nehm dasselbe wie du.«

Der Kellner verschwand. Carlo redete wie ein Wasserfall. Über die Kinder, die Familie, die Arbeit, sein neues Auto … Zankl hörte ihm nicht richtig zu. In seinem Kopf arbeitete es. Wasserdicht? Was sollte das heißen? Dass man Baroli aufs Glatteis geführt hatte? Zankl spülte die Zweifel mit einem großen Schluck Wein hinunter.

CANNELLONI

»Ui, was ist denn mit dem los?«, sagte Diego, nachdem der Chef mit Grabesmiene in seinem Büro verschwunden war.

»Scheiße drauf«, lautete Andis Blitzanalyse.

»Sollte man nicht nach gutem Essen. Sieht aus wie eine beleidigte Cannelloni.«

»Ja, der Herr Gourmet.«

»Das ist nicht gut, wenn man beim Essen Geschäfte macht. *Achtsam genießen* ist das Zauberwort.«

»Das sind zwei Wörter, Diego.«

»Im *Schöner Essen* steht ein großer Artikel dazu.«

»Ah, dein Lesezirkel. Sitzt du jetzt ständig beim Urologen im Wartezimmer?«

»Woher denn, Andispatzl. Ich hab seit letztem Monat ein Abo von *Schöner Essen*. Voll die geile Prämie. Ein Spiralschneider.«

»Ist das ein Folterinstrument?«

»Du schon wieder. Immer nur Sex im Kopf. Mit einem Spiralschneider kannst du Gemüsenudeln machen, aus Zucchini zum Beispiel.«

»Zucchini, du?«

»Ja, Zucchini – ich. Was dagegen?«

»Nein. He, erst Artischocke, jetzt Zucchini – von A bis Z. Voll das Fitnessprogramm. Hauptsache, du bist gut drauf. Der Chef ist es jedenfalls nicht.«

»Na ja, siehst du, das ist vielleicht so wie bei unsren Nachbarn. Wahrscheinlich hat denen der Lieferant auch irgendwas von internationaler Kombination vorgelabert, und am Ende müssen sie einfach den neuen Kaffee nehmen. Sonst ...« Diego hob wissend die Augenbrauen.

»Sonst was?«

»Passiert halt was.«

»Meinst du, der Italo-Bestatter hat dem Miller gedroht?«

»Du hast dich doch mit dem Typen unterhalten. Ist der gefährlich?«

Andi überlegte ein bisschen. »Kann schon sein.«

Miller erschien wieder im Verkaufsraum. Blick sorgenumwölkt. Aber klar bei Stimme. »Holts amal den Wotan!«

Gesagt, getan. Die drei waren gespannt, was der Chef ihnen mitzuteilen hatte. Kam jetzt ein Schwanengesang? Hörten sie die letzten Worte ihres Arbeitgebers? Teilte er ihnen mit, dass ihre Arbeitsplätze leider hinfällig geworden seien? Dass sie nur noch Treibgut am zugemüllten Strand der Globalisierung seien, die den kleinen Handwerks- und Dienstleistungsbetrieben wie dem ihren den Todesstoß versetze? Solch traurige Gedanken geisterten durch die Gehirnwindungen der drei Mitarbeiter der Trauerhilfe Miller.

Miller holte tief Luft, dann stieß er sie mit pointierten Worten wieder aus. »Expansion, Wettbewerb, Konzentration.« Pause. Irritierte Blicke. Er fuhr fort. »Die Zeichen der Zeit stehen auf Veränderung. Auch in der altehrwürdigen Bestattungsindustrie. Wir sind gezwungen zu handeln.«

»Du willst verkaufen?«, platzte es aus Diego heraus.

»Nur über meine Leiche! Die Trauerhilfe Miller ist mein Lebenswerk. Das ist ein Familienbetrieb und wird immer ein Familienbetrieb bleiben. Wir dürfen nicht zum Totengräber unseres eigenen Berufs werden, wir dürfen uns nicht dem billigen Massengeschmack beugen. Unsere Stärken sind Handwerk, Tradition und individuelle Betreuung. Dafür steht die Trauerhilfe Miller. Und für dieses Geschäftsmodell brauche ich eure Unterstützung. Und eure Loyalität. Wir verkaufen nicht an die Konkurrenz. Niemals! Wir werden diesen gesichtslosen Massenabfertigungsbetrieben, denen es nur um Gewinnmaximierung geht, die Stirn bieten.«

Allgemeiner Jubel.

»Und wenn der Typ Stress macht?«, sagte Diego, als der Jubel verebbt war.

»Was meinst du mit Stress?«, fragte Miller.

»Na ja, der ist ja Italiener. Vielleicht hat er Verbindungen. So von wegen Mafia.«

Miller lachte dröhnend. »So weit kommt's noch. Wir sind ja nicht in Neapel oder in Catania. Das hier, das ist immer noch München.«

ABGESPEICHERT

Samstag. Zeit für Muße. Und Familie. Letzteres galt eigentlich nur für Zankl, dem einzigen klassischen Familyman im Team. Muße fand er momentan aber eher am Arbeitsplatz. Seine Samstage waren von Einkäufen, Mithilfe beim Putzen und Aufräumen und steten Wiederholungen bei der Kleinkindpflege geprägt. Windeln wechseln, eincremen, umziehen, auch sich selbst, wenn ihn Angelo mal wieder vollgesabbert oder angebiselt hatte, und dann die schwerste Übung: Angelo in den Schlaf schunkeln. Zankl litt schon am Restless-Arm-Syndrom. Füttern war zum Glück noch allein Connys Job. Aber Clarissa wollte auch ständig was mit ihm unternehmen. Wenigstens konnte er dann auf dem Spielplatz in Ruhe sein *Kicker*-Heft lesen. Zur Sportschau kam er schon lange nicht mehr. Zankl empfand die Samstage als ewig gleichlaufenden Loop, in dem er sich mal besser und mal weniger gut einfügte.

Dosi und Hummel arbeiteten am Wochenende an ihren jeweiligen Beziehungen: spazieren, gemeinsam ins Stadion gehen, im Café sitzen, Dinge tun, die man gerne tat und unter der Woche nicht schaffte.

Mader waren Wochenenden bisher immer egal gewesen. Zumindest seit Leonore seine Exfrau war. Keine familiären Verpflichtungen, einfach Samstag und Sonntag ohne Arbeit verstreichen lassen, mit Bajazzo durch München streifen. Würde das jetzt anders werden? Vielleicht. Heute war er in einer wichtigen Familienangelegenheit unterwegs. In Regensburg-Prüfening stieg er nervös aus dem Zug. Hier war er lange nicht mehr gewesen. Genau hier. Er sah vom Bahnhofsvorplatz zum Schlossberg hinüber. Hieß der wirklich so? Hinter den Mauern verbarg sich das Kloster St. Emmeram. Also Klosterberg? Aber das Schloss Prüfening gab es hier ebenfalls. Egal wie der Berg hieß, Mader konnte sich gut erinnern, wie sie hier als Kinder im Winter gerodelt hatten. Wenn der Weg vereist gewesen war, sogar bis ganz unten in die dornigen Büsche. Er, Hubert und Peter. Die beiden fielen ihm jetzt erstmals seit vielen Jahren wieder ein, seit Jahrzehnten. Warum erst jetzt? Sie waren als Kinder unzertrennlich gewesen. Ob seine alten Freunde noch in Prüfening wohnten?

Bajazzo zerrte an der Leine.

»Gleich, Bajazzo, wir sind zu früh.«

Bajazzo bellte und zog.

»Jaja. Wir drehen noch eine Runde.«

Mader steuerte die verwitterten Mauern an, die den Park des Klosters umgaben. Dort ließ er Bajazzo von der Leine. Der Dackel tobte den Weg hoch, entdeckte ein Kaninchen und jagte ihm hinterher durchs Unterholz.

Mader sah am Wegesrand ein Kruzifix. Erinnerte sich. Er berührte den Holzpfosten und ging um das Kreuz herum. Betrachtete aufmerksam die Rückseite. Jetzt sah er es. HKP. Hubert – Karl – Peter. Ins dunkle Holz geritzt. Damals frisch und hell, jetzt waren die Buchstaben schwarz. HKP – ihr Zeichen. So lange her. Sie waren unbeschwert und glücklich gewesen. Drei Musketiere. Freunde für immer. Dachten sie damals.

Bajazzo kam zu ihm zurück. Sein Fell war struppig. Dornige Ästchen steckten darin.

»Na, ist das Kaninchen entwischt?«

Bajazzo bellte.

»Wie? Auf einmal weg?«

Bajazzo bellte.

»Ja, sind alle gleich, die Kaninchen.« Mader sah auf die Uhr. »Okay, dann lernen wir jetzt mal Helenes Familie kennen. Mal sehen, ob ihre Töchter Hunde mögen. Bestimmt, oder?«

Bajazzo bellte.

Als sie das Haus am Roten-Brach-Weg kurz hinter der Bahnunterführung erreichten, wunderte Mader sich. Das hatte er sich anders vorgestellt. Er musste lachen. Über sein Vorurteil, dass eine Professorin standesgemäß lebe. Das hier war eine Doppelhaushälfte, die schon bessere Zeiten gesehen hatte und der ein neuer Anstrich nicht schaden würde.

Garten verwildert. Mitten auf dem struppigen Rasen ein Citroën 2CV, eine Entenleiche, die fröhlich vor sich hin rostete. Jetzt sah er die Hühner in der Rostlaube und den Maschendraht vor den Fenstern. Ein Hühnerstall! Bajazzo schoss in den Garten und jagte die restlichen Hühner in die Ente. Lautes Bellen und Gackern. Federn flogen.

»Hallo, Karl«, begrüßte ihn Helene.

»Hallo, Helene.« Mader entschuldigte sich mit einem Achselzucken für seinen ungestümen Hund.

Helene lachte. »Die sind das gewohnt. Bomba macht das auch immer.«

Schon stürmte hinter ihr ein Boxer aus der Haustür. Bajazzo ergriff die Flucht und versteckte sich in der Hecke. Erfolglos. Lautes Bellen im Duett.

»Die werden sich schon anfreunden«, sagte Helene. »Komm rein!«

Drinnen herrscht fröhliches Chaos: eine überbordende Garderobe, in der bunte Sportklamotten einen scharfen Duft entfalteten, an die Wand waren zwei zerbrochene Hockeyschläger genagelt, irgendwo dudelte B3.

»Wo sind deine Töchter?«

»Noch beim Hockey. Kommen aber bald.«

Ein Mann steckte den Kopf aus der Küche. »Hallo, ich bin Reinhard. Ich bin gleich bei euch.«

Helene führte Mader ins Wohnzimmer. Alles voll mit Büchern, Zeitschriften und Papieren. Helene räumte ihren Laptop vom Esstisch.

Reinhard brachte ein großes Tablett mit Tassen, Tellern, Kaffee und einem Gugelhupf herein. Der Kaffee schwappte aus der großen Espressokanne und zischte auf dem heißen Metall. Reinhard stellte das Tablett ab und verteilte das Geschirr. Dann schüttelte er Mader die Hand. »Hab schon viel von dir gehört.«

»Ebenfalls.« Was nicht so ganz stimmte. Mader grinste unbeholfen. Reinhard wirkte wie ein Student Ende zwanzig. Klar, ein paar graue Haare, aber insgesamt mit seiner verwuschelten Frisur, dem grauen T-Shirt und den alten Jeans recht jugendlich. Einen Wirtschaftsjournalisten hatte er sich anders vorgestellt – eher mit Anzug? Na ja, zu Hause wohl kaum. War Reinhard jünger als Helene? Warum auch nicht.

Maders Angst, dass die Konversation eckig werden könnte, verpuffte sofort. Reinhard redete munter über Politik und Wirtschaft, über Bücher und Kino. Mader bekannte sich zu seiner eigenen Überraschung auch gleich zu seiner Vorliebe für französische Filme im Allgemeinen und für Catherine Deneuve im Besonderen. Bis die Töchter lautstark ins Wohnzimmer platzten. Sie waren ihrer Mutter wie aus dem Gesicht geschnitten und hielten sich nicht lange mit Formalitäten auf. Nach einer kurzen Begrüßung verschwanden sie mit großen Kuchenstücken nach oben.

»So sind sie«, sagte Helene und machte keine Anstalten, mehr über ihre Töchter zu erzählen.

Mader atmete durch. Seine Angst, dass die Begegnung mit dem Onkel peinlich werden könnte, war unbegründet gewesen. Hier war alles wunderbar normal, ein bisschen chaotisch, hell und freundlich. Ob er die mitgebrachten CDs von Beyoncé und Rihanna, die ihm Gesine empfohlen hatte, später noch überreichen sollte, wusste er nicht. Konnte man ja so was von danebenliegen.

Als Mader und Helene auf die Terrasse hinaustraten, lagen Bajazzo und Bomba einträchtig nebeneinander auf den sonnenwarmen Waschbetonplatten.

»Geht doch«, meinte Helene und nahm einen tiefen Zug aus ihrer Zigarette.

Ja, geht doch, dachte Mader und sah in den Himmel. Derselbe Himmel, unter dem ich als Kind gespielt hab. – Was für ein Kitschgedanke! Natürlich ist es derselbe Himmel. Aber irgendwie doch ein Gefühl von Heimat und Kindheit. Regensburg – der Baggersee in Prüfening, die Donau, das verwilderte Hochufer, das Flussschwimmbad bei der Pfaffensteiner Brücke, der Volksfestplatz, die Kammerlichtspiele und die Bruce-Lee-Filme. Und das Gloria-Filmtheater und mein erster Film mit Catherine. Kurz dachte er an seine peinliche Affäre mit Monika in seinem letzten Jahr hier. Seine Regensburger Jugendliebe hatte ihn schamlos ausgenutzt. Das Schöne und das Hässliche liegen oft nah beieinander. Nein, hoffentlich nicht.

Helene lächelte ihn an. »Woran denkst du?«

»Ich bin hier aufgewachsen. Irgendwie, ich weiß auch nicht … Doch, alles ist da drinnen abgespeichert.« Er tippte sich an die Stirn.

Jetzt trat Reinhard zu ihnen heraus und zündete sich ebenfalls eine Zigarette an. Helene ging hinein, um nachzusehen, was die Mädchen machten. Reinhard sprach Mader auf Baroli an.

»Helene hat dir erzählt, dass ich mit ihm zu tun hab?«, fragte Mader.

»Ja. Stimmen die Geschichten in der Zeitung denn? Dass auf ihn geschossen wurde?«

Mader berichtete in knappen Worten, was in der Fußgängerzone und im Zirkus alles passiert war. Dann fragte er Reinhard, was er von Baroli halte.

»Erstklassige Quellen, profunde Hintergrundinfos, hervorragender Stil. Wer sich mit der Mafia und ihren Strukturen beschäftigt, kommt an Baroli nicht vorbei.«

»Aber?«, sagte Mader.

»Ich weiß nicht. Stell dir vor, du triffst jemanden zum Interview und bekommst lauter erstklassige Antworten. Alles genauestens durchdacht, pointiert, wasserdicht.«

»Was meinst du damit?«

»Als würdest du mit einem Politiker sprechen.«

»Und?«

»Sind Politiker glaubwürdig?«

»Nein.«

»Baroli macht perfekt Werbung in eigener Sache.«

»Wenn es der Wahrheit dient.«

»Das ist genau der Punkt. Die Wahrheit.«

»Das mit dem Meineid weißt du?«, fragte Mader.

»Ja, ich hab ihn damals im Interview explizit drauf angesprochen.«

»Und was sagt er?«

»Das übliche Gerede von Jugendsünden, dazugelernt, geläutert. Du darfst über die Details deiner Ermittlung nicht sprechen, oder?«

»Nicht bei laufenden Verfahren. Streng genommen ist es auch nicht mehr unsere Ermittlung. Das LKA hat übernommen.« Er sah Reinhard nachdenklich an. »Wirst du jetzt anfangen, zu Baroli zu recherchieren?«

»Das wäre reizvoll. Aber nein. Ich bin kein Kriminalreporter. Meine Ressorts sind Wirtschaft und Finanzen. Hier in Deutschland. Ich mach dir einen Scan von unserem Interview im *Fazit* und mail es dir.«

»Das wäre super. Sag mal, einen Emanuele Riccardi kennst du nicht, oder? Journalist beim *Profilo*.«

»Nein. Was ist mit dem?«

»Enthüllungsjournalist. Wirtschaftsthemen. Er ist tot. Mitte April gestorben. Von seiner Dachterrasse gestürzt.«

»Aha. Fremdverschulden?«

»Ungeklärt.«

»Was glaubst du? Mord?«

»Möglich. Aber es gibt nichts Verlässliches. Vielleicht kannst du dich ja mal zu ihm umhören. Riccardi hatte vor allem zu dem sogenannten Mailänder Kaffeekrieg recherchiert. Sagt dir das was?«

Reinhard nickte. »Scharfer Verdrängungswettbewerb. Ist Baroli ebenfalls an der Geschichte dran?«

»Ja. Zusammen mit diesem Riccardi.«

»Und? Was glaubst du?«

»Na ja. Vater und Sohn von der Kaffeefabrik Batta Caffè sind ums Leben gekommen, Riccardi ist von der Dachterrasse gestürzt, auf Baroli gab es in München ein Attentat. Könnte gut sein, dass das alles zusammenhängt. Und? Würdest du dich mal umhören?«

»Ja, mach ich.« Reinhard lächelte. »Jetzt hast du doch über euren Fall gesprochen.«

»Wie gesagt, es ist nicht unser Fall. Was in München passiert ist, liegt beim LKA. Was in Italien passiert ist, das ist Sache der italienischen Behörden.«

Reinhard nickte nachdenklich. Mader spürte es: Er hatte Reinhards journalistische Neugier geweckt. Die Wirtschaftspolitik in Oberitalien und ihre mafiösen Strukturen hatten bestimmt auch Auswirkungen auf den deutschen Markt. Ganz wohl fühlte sich Mader allerdings nicht, wenn sich jetzt Berufliches mit Privatem vermischte.

Wotan rollte in die Teeküche. »He, Leute, was is 'n mit dem Miller los? Erst die ganze Motivationskiste, und jetzt ist er schon wieder so scheiße drauf? Wegen der Oma vorhin?«

Diego schüttelte den Kopf. »Nein, die Oma war doch voll super.«

Andi stöhnte. »Voll super? Dass du die ganzen Blumen umräumst?«

»Ach komm, Andi. Das kann doch jedem mal passieren. Außerdem war's gut für die Stimmung.«

»Ja, alle haben gelacht«, sagte Andi.

»Eben. Du musst dem Tod den Stachel nehmen.«

»Ah, der Herr Diego, der Poet.«

»Logisch. Jedenfalls waren s' dann alle besser drauf in der Aussegnungshalle.«

»Nur der Miller nicht«, meldete sich Wotan wieder zu Wort. »Pst!« Er deutete zur Tür.

Miller durchmaß mit großen Schritten die Halle, warf einen müden Blick auf den bleichen Körper auf der Arbeitsplatte und betrat die Teeküche. Er hielt ihnen wortlos den Ausdruck einer Mail hin. Neugierig betrachteten sie das Blatt. Absender: *info@fun.it*.

»Was heißt das – Fun-It?«, sagte Diego. »Spaß in Italien?«

»Funerale Italiano«, erklärte Andi. »So was wie Italo-Bestattungen.«

»Uh, mach mir die Rigatoni.«

»Später vielleicht, Diego«, sagte Miller. »Jedenfalls ist das die Firma von dem Glatzkopf.«

Sie vertieften sich in den Text der Mail.

Sehr geehrter Herr Miller,
mit großem Erstaunen habe ich erfahren, dass Sie unser großzügiges Angebot zur Geschäftsübernahme bzw. die Eingliederung Ihres Instituts in unser europaweit agierendes Unternehmen *Fun-It* nicht in Erwägung ziehen. Anders übrigens als ihre Münchner Kollegen bzw. Konkurrenten. Wenn Sie bis zum Letzten dieses Monats nicht ebenfalls zustimmen, werden wir weitere Schritte vorbereiten. Wir würden es außerordentlich begrüßen, auch Ihr kleines Unternehmen im Schoß der großen *Funebre-Italiano*-Familie aufnehmen zu dürfen.

Mit herzlichen Grüßen, Fabricio Cuore

»Cuore heißt Herz«, sagte Diego.

»Sehr süß, Diego. Und?«

»Was – und, Andi? Ist doch ganz freundlich. Hat's halt versucht.«

»Das ist eine verdammte Drohung!«, stieß Miller hervor. »Ich hab dem zurückgemailt, dass er sich seine italienischen Särge sonst wohin schieben kann, am besten in seinen italienischen Poposito, der Riesenarsch.«

»Echt?«, sagte Wotan.

»Echt.«

»Stark!«

»Nein, das ist nicht stark. Das war ein ganz schwacher Moment. Das ist doch ein Typ mit Verbindungen.«

»Du meinst Mafia, Chef?«

»Ich mein Mafia, Diego.«

»Aber du hast doch gesagt, München ist nicht Neapel.«

»Nein, München ist nicht Neapel. Und auch nicht Catania. Aber die Scheißmafia ist trotzdem hier.«

Diego nickte. »Dann musst du aufpassen, dass dir nicht plötzlich was zustößt. Also, wir passen natürlich auch auf dich auf, aber wir sind ja nicht immer bei dir.«

»Sollen wir nicht lieber zur Polizei gehen?«, sagte Andi.

»Damit die unseren Laden unter die Lupe nehmen?« Miller schüttelte heftig den Kopf. »Auf keinen Fall!«

»Haben wir denn was zu verbergen?«, fragte Wotan.

Andi grinste schief. »Na ja, der *Eternity de luxe* aus echter deutscher Eiche ist nicht zu allen Teilen aus echter deutscher Eiche, also eigentlich gar nicht. Eiche sind nur die Füße. Der Rest ist Kiefer und Pressspan, ein bisschen Furnier. Nur so als Beispiel.«

Wotan lachte. »Aber das schnallt die Polizei doch nicht.«

Diego schüttelte den Kopf. »Es ist nicht gut, wenn die Cops hier ein und aus gehen. Unser Geschäft ist Direktion. Immer unter dem Sonar bleiben – das sind unsere Devisen.«

Miller kratzte sich am Kopf, dann nickte er. »Wir müssen wachsam sein. Dann passiert schon nix. Ich hör mich mal bei der Konkurrenz um, ob die tatsächlich auch so ein Angebot bekommen haben, und falls ja, ob die sich wirklich darauf einlassen.«

Als Miller gegangen war, meinte Andi: »Okay, jetzt mach ma den Heini hier noch fertig und bringen ihn zum Friedhof rüber zum Aufbahren. Und dann geh ma auf 'n Bier.«

FLIESSEND

Hummel saß in der Blackbox und sah Beate beim Arbeiten zu. Nein, sie arbeitete nicht. Sie tanzte. Vom Tresen durch die Tische. Ihre nackten Arme schwangen, schimmerten golden im Kneipenlicht. Alles eine fließende Bewegung. Ihre Kneipe – sein Ort: die Musik von Marvin Gaye und Diana Ross, die alten Konzertplakate, die schwarz lackierten Tischplatten mit den eingekratzten Namen, Liebesschwüren und Bildern. Schon ein ganz eigener Mikrokosmos, nein, ein Universum. Hier hatte er Beate das erste Mal gesehen. Das war jetzt bestimmt zehn Jahre her. Und es hatte fünf Jahre gedauert, bis sie ein Paar wurden und dann wieder nicht und dann doch wieder und so weiter. Ein ewiges Hin und Her und Auf und Ab. Die Trennung im letzten Jahr war das Schlimmste gewesen. Er hatte gelitten wie ein Hund. Und dann war da Karla mit ihrem Sohn Paul gewesen, und er hatte plötzlich eine Kleinfamilie gehabt. Kurz hatte er gedacht, dass das ginge. Aber nur kurz. Es hatte nicht genug Substanz gehabt, keinen echten Tiefgang. Man muss auch in die Seele des anderen schauen wollen, dachte er. Nicht so psycho – *ich will jetzt alles wissen von dir!* –, sondern einfach einen Blick in die Tiefe des anderen wagen wollen. Seele wie *Soul* – Bass, Gitarre, ein straighter Beat und eine tiefe, warme Stimme, vielleicht ein bisschen brüchig. Wie ein Song von Bobby Womack. Ja, sich in die Augen sehen und dazu der Sound von *110th Street*. Den Kern sehen, spüren, ganz tief. Bei Karla hatte er nie den Wunsch gehabt, mehr zu erfahren. Sie war so klar, geradeaus, ohne Zweifel gewesen. Beate hingegen – bis heute ein einziges Rätsel. O *Beate!*

»Na, alles klar bei dir?«
Hummel sah auf. Plumpste in Beates Augen. Sagte nichts.
»In einer halben Stunde mach ich Schluss.«
»Mit mir?«
»Idiot.« Sie küsste ihn.

BEST OFFER

Das Telefon klingelte im Dunkeln. Mader war im Wohnzimmersessel eingeschlafen. Beim Aufstehen schlug er sich das Schienbein am Couchtisch an. Als er das Telefon von der Anrichte nehmen wollte, stürzte er. Bajazzo bellte.
»Hallo?«, kam es aus dem Gerät.
Mader fluchte und tastete nach dem Hörer. »Chja?«
»Ich bin's, Reinhard.«
»Reinhard?«
»Der Mann von Helene.«
»Oh, hallo.«
»Alles gut bei dir, Karl?«
»Alles bestens.«
»Wirklich?«
»Bin nur gestolpert.«
»Entschuldige die späte Störung.«
»Ist was mit Helene?«
»Ich hoffe nicht. Sie ist mit ein paar Freundinnen aus. Ich ruf wegen Riccardi an. Also wegen seinen Recherchen. Unserer Redaktion ist prompt Material zum Mailänder Kaffeekrieg angeboten worden. Preisabsprachen, Schmiergelder im Großhandel, das Umgehen von Zollgesetzen und vieles mehr. Bis hin zu Kinderarbeit. Das volle Programm. Es geht

um Betrug im dreistelligen Millionenbereich. Das wäre eine Superstory für *Fazit*. Ich schätze mal, dass Riccardis Nachforschungen die Grundlage für die Informationen sind.«

»Warum bietet jemand das euch an, also einer deutschen Zeitschrift?«

»Wir werden nicht die Einzigen sein. Auch hier in Deutschland nicht.«

»Und? Kauft ihr die Informationen?«

»Wir sind uns noch nicht sicher. Die ersten Dokumente sind sehr vielversprechend. Der Anbieter will eine Viertelmillion. Cash. Unser Verleger lässt sich noch durch den Kopf gehen, ob es das wert ist.«

»Ist Baroli der Anbieter?«

»Hab ich auch schon überlegt. Aber das ergäbe keinen Sinn. Dann könnte er sich seinen großen Auftritt vor Gericht sparen. Und sein nächstes Buch auch. Und seine Familie ist ja weiterhin nicht in Freiheit, oder?«

»Das wüssten wir vermutlich. Warum glaubst du, dass ausgerechnet euch das Material angeboten wird?«

»Weil wir eine der führenden Wirtschaftszeitschriften sind. Und weil es Verwicklungen mit deutschen Lebensmittelkonzernen gibt. Aber wie gesagt, ich vermute mal, dass Redakteure beim *Spiegel, Stern* oder *Focus* dieselbe Mail bekommen haben.«

»Könnt ihr die Mail zurückverfolgen?«

»He, wir sind nicht die NSA. Aber ihr könnt so was, oder?«

»Nicht unbedingt. Wenn der Anbieter schlau ist, weiß er, wie man die IP-Adresse verschleiert. Ich tippe mal, dass das Angebot aus Italien kommt.«

»Vermutlich. Karl, auch wenn anderen das Material angeboten wird, der Unterschied ist, dass wir beide schon die genaueren Hintergründe kennen. Wir wissen bereits, dass der Journalist Riccardi wahrscheinlich wegen den Daten in den Tod gestürzt wurde, dass Barolis Familie entführt ist, dass Baroli aktuell im Zeugenschutz ist … Das können die anderen Redaktionen nicht im ganzen Umfang wissen. Wir haben einen Informationsvorsprung.«

»Die Polizei hat einen Informationsvorsprung.«

»Du weißt, wie ich's meine.«

»Du hast deinem Verleger doch nichts von dem erzählt, was ich dir gesagt hab?«

»Natürlich nicht.«

»Habt ihr so was häufiger, solche Angebote?«

»Gelegentlich.«

»Auch mit Konkurrenz?«

»Auch das.«

»Und dann bieten die Verlage gegeneinander?«

»Wenn wir die Informationen wirklich haben wollen, machen wir ein *best offer*.«

»Was ist das?«

»Ein sehr gutes Angebot, und die anderen sind raus. Also zum Beispiel eine halbe statt einer Viertelmillion.«

»Und der Anbieter will das Geld cash?«

»Er, sie – ja.«

»Ist das üblich?«

»Na ja, keine Kontobewegungen, keine digitalen Spuren.«

»Also eine Übergabe.«

»Ja, vermutlich.«

»Mach das Angebot.«

»Eine halbe Million haben wir nicht einfach so.«

»Natürlich nicht. Wir locken den Anbieter nach Deutschland, und dann nehmen wir ihn fest. Das ist kein ausgebuffter Profi. Ein Profi würde sich das Geld auf irgendein Offshore-Konto überweisen lassen.«

»Du meinst, ein Laie?«

»Ja, vielleicht ein Trittbrettfahrer.«

»Und du nimmst ihn dann fest?«

»Ich weiß nicht …« Mader überlegte. »Ich bin bei der Mordkommission. Hm. Aber, ja, wir sollten das probieren.«

Reinhard sagte nichts.

»Bist du noch dran?«, fragte Mader.

»Ja, ich überlege … Und mein Chef, was sag ich dem?«

»Um den geht's hier nicht.«

»Falls der Typ die Daten hat, bekommen wir sie dann auch?«

»Reinhard, das kann ich dir nicht garantieren. Aber du bist bei der Übergabe dabei.«

»Okay, ich mach's. Ich vereinbare mit dem Typen einen Übergabeort.«

»In Bayern bitte.«

»Ich versuch mein Bestes.«

Mader legte nachdenklich auf. Die Geschichte war noch nicht zu Ende. Und sie passierte ganz klar außerhalb seiner Kompetenzen. Dass ausgerechnet Reinhards Zeitschrift die Sachen angeboten wurden? Erstaunlich.

ABRAHAM

Als die Bestatterjungs das Sixty Lions um zwei Uhr nachts verließen, sahen sie den Feuerschein am Himmel. Und das Flimmern der Blaulichter.

»Das ist beim Friedhof«, sagte Diego.

»In der Straße vorm Friedhof«, präzisierte Andi. »Scheiße! Unser Laden!«

Schon waren sie im Laufschritt beziehungsweise im Rollschritt unterwegs. Wotan setzte sich mit seinem Gefährt an die Spitze.

Es war genau so, wie Andi befürchtet hatte. Die Trauerhilfe Miller brannte lichterloh. Die Feuerwehr löschte, was das Zeug hielt. Unter den Schaulustigen auch Miller selbst, Tränen im geröteten Gesicht.

»Das verdammte, miese Schwein!«, zischte er statt einer Begrüßung.

»Meinst du, das war der Italiener?«, sagte Andi.

»Wer denn sonst? Das wird der mir büßen.«

Jetzt sahen sie, wie ein Rettungstrupp in das weitgehend zerstörte Gebäude eindrang.

»Haben wir gerade irgendwelche Leichen in Arbeit?« Miller schnuffelte.

Andi schüttelte den Kopf. »Nein, ist gerade alles ausgeliefert. Und der Brauereibesitzer kommt erst morgen.«

»Wenigstens das.«

Diego gluckste. »Ja, das wär blöd. Feuerbestattung, und du hast Erdbestattung gebucht.«

»Sehr witzig.« Miller deutete zu den Feuerwehrleuten. »Und was ist das? Oder besser: Wer ist das?«

Die Rettungsleute brachten gerade jemand auf einer Trage aus dem brennenden Gebäude. Sah nicht gut aus, ein bisschen wie ein geschmolzener Schokoweihnachtsmann oder eine verkohlte Voodoo-Puppe in Groß.

»Ach du Scheiße!«, murmelte Wotan.

»Weißt du, wer das ist?«, fragte Miller.

»Könnte der Rupert sein.«

»Wer?«

»Na, der Autor, der bei uns gelesen hat.«

»Was macht denn der immer noch bei uns, Wotan? Ich hab doch klar und deutlich gesagt, dass sich das nicht wiederholen darf.«

»Na ja, der Ruppi hat gesagt, dass das mit dem Sarg eine ganz neue Erfahrung für ihn war. Also, er hatte ja Schlafstörungen, so ganz schlimm. Aber in dem *Eternity* hat er gepennt wie in Abrahams Schoß.«

»Und dann schläft er hier? Bei uns?«

»Ich wollte ihm ja einen Sarg verkaufen, also für zu Hause. Aber er hat gemeint, das ist nicht dasselbe wie bei uns im Institut.«

»Na super, Wotan«, meinte Andi. »Du verdienst dir jetzt also was dazu?«

»Ich nehm doch kein Geld und geb euch dann nichts ab! Der Rupert hat gesagt, dass er dafür weiter Lesungen bei uns macht. Ohne Honorar.«

»Na toll!« Miller stöhnte. »Und mich fragt keiner.«

»Aber Chef, wir sind doch noch in der Testphase.«

»Und die ist jetzt vorbei. Für immer, wie es aussieht.«

»Schade eigentlich«, fand Diego. »Auch wegen dem Rupert. Das war echt ein netter Typ. Der wird doch nicht etwa geraucht haben im Sarg?«

Wotan schüttelte den Kopf. »Nein, der Rupert hat nicht geraucht. Also generell nicht. Nur getrunken. Und nix von dem billigen Zeug. Wohldosiert natürlich nur. War ja eher so der Nachdenker. Der steckt uns nicht aus Versehen den Laden in Brand.«

»Vielleicht schafft er ja jetzt den Durchbruch«, murmelte Andi.

Diego sah ihn irritiert an. »Hä, wie meinst du das?«

»Man sagt doch immer, dass Schriftsteller erst nach ihrem Tod berühmt werden.«

»Na dann haben seine Erben ja vielleicht noch was von dem Herrn Bestsellerautor«, sagte Miller. »Wotan, du kommst jetzt mit und erklärst den Polizisten das mit dem Dichter. Und ihr zwei haltet euch im Hintergrund. Ist schon genug passiert heute.«

Als Miller mit Wotan abgezogen war, sagte Andi: »Diego, der Miller redet grad so, als könnten wir was dafür.«

»Woher denn? Wo wir sind, da ist Perfektion.«

»Genau. Aber den Wotan haben wir unterschätzt. Der ist voll der Geschäftsmann. Und hat ein Herz für Dichter. Wer hätte das gedacht!«

»Sag ich ja immer. Harte Schale, weicher Keks.«

DRACULA

Als Hummel am Montag um zehn Uhr im Büro auflief, waren Dosi und Zankl schon schwer beschäftigt.

Zankl winkte mit einem Schnellhefter. »Ich hab ein bisschen Sonntagsarbeit gemacht.«

»Um der Familienidylle zu entkommen?«

»Der Mix macht's. So ein ganzer Sonntag zu Hause ist nicht immer einfach.«

»Und? Was hast du?«

»Mal was ganz anderes. Brandstiftung mit Todesfolge. So sieht's im Moment jedenfalls aus. Bei unserem Lieblingsbestatter.«

»Und wer wäre unser Lieblingsbestatter?«

»Die Trauerhilfe Miller. Das sind die mit den Fußballbestattungen. Du erinnerst dich? Der Tote in der Allianz-Arena. Und das Interessante daran ist: Ich hab den Chef von dem Laden erst kürzlich gesehen. Mittags in der Osteria Centrale.«

»Oh, du musst es ja dick haben.«

»Geschäftsessen mit Carlo. Leider ohne großen Erkenntnisgewinn. Ich wollte ihm noch mal auf den Zahn fühlen, ob die Mafia auch bei uns in München operiert.«

»Natürlich tut sie das.«

»Ja, schon klar, Hummel. Aber ein bisschen genauer wollte ich es schon wissen. Ob diese Kaffeegeschichte von Baroli auch bei uns ein Thema ist. Carlo sagt, dass hier bei den Händlern kein Druck ausgeübt wird. Jedenfalls war in dem Lokal der Miller mit irgendeinem schicken Italiener. Hat ausgesehen wie ein Geschäftsmann. Und jetzt behauptet der Miller, dass genau dieser Typ seinen Laden angezündet hat. Ein gewisser Fabricio Cuore, dem ein großes italienisches Bestattungsunternehmen gehören soll – Funerale Italiano.«

»Lass mich raten. Die wollen expandieren?«

»Genau. Und Miller soll verkaufen. Will aber nicht. Und jetzt behauptet er eben, dass dieser Cuore ihm den Laden abgefackelt hat. Also nicht er selbst, aber dass er bestimmt den Auftrag dazu erteilt hat.«

»Aha. Arbeiten denn in dem Laden noch unsere zwei Armleuchter, die damals die Leiche am Olympiaturm gefleddert haben?«

»Ja. Die sind immer noch fröhlich dabei. Die beiden sorgen immer noch auf interessante Art und Weise für eine eindrucksvolle letzte Reise. Die bieten Eventbestattungen an. Und jetzt gab es ein Pyrotechnikevent in dem Laden. Samt Personenschaden. Tödlich.«

»Andi oder Diego?«

»Mitarbeiter und Chef sind putzmunter. Aber in einem der Särge lag einer.«

»Eine Leiche?«, fragte Hummel.

»Jetzt schon.«

»Wie, keine Leiche? Also vor dem Brand?«

»Nein. Offenbar vermieten die auch Särge zum Schlafen an irgendwelche Gruftis.«

Hummel schnaufte auf. »Boh! Echt? Ist das erlaubt?«

»Weiß nicht. Na ja, solange du auf die Mieteinnahmen deine Steuern zahlst. Haha. War angeblich ein Gegengeschäft. Der Typ, der in dem Sarg gepennt hat, war übrigens ein Kollege von dir, Hummel.«

»Ein Polizist?«

»Nein, ein unbekannter Buchautor.«

»Na danke, Zankl. Und warum hat der Typ da gepennt?«

»Der hatte Schlafstörungen. Außer wenn er bei denen in einem Sarg lag. So draculamäßig. Die haben ihn jedenfalls da schlafen lassen. Als Gegenleistung sollte der Autor kostenlos Lesungen im Institut abhalten. Eigentlich eine coole Geschäftsidee. Aber das wird jetzt nichts mehr. Und der Chef von dem Laden wusste angeblich nicht, dass der Mann da pennt. Jedenfalls verdächtigt er wegen dem Brand diesen Fabricio Cuore von Funerale Italiano.«

»Der Name klingt wie ein schlechter Witz.«

»Aber es gibt den Typen. Der Miller sagt, er war mit ihm in der Osteria, was ich mit meiner Beobachtung ja bestätigen kann, wenn's tatsächlich der Italiener war. Das Unternehmen gibt es auch, mit Sitz in Mailand. Den geheimnisvollen Herrn Cuore kennt dort allerdings niemand. Seine Mailadresse führt ins digitale Nirwana. Die Kollegen haben das bereits überprüft.«

»Und was machen wir jetzt?«

»Aktuell nichts. Wir warten die brandtechnische Untersuchung ab. Vielleicht ist es ja auch einfach nur ein versuchter Versicherungsbetrug vom Miller. Für eine Totalrenovierung. Und der tote Buchautor war nur ein Unfall. Miller behauptet ja, dass er von dem Schlafgast nichts wusste. Sein Alibi und das seiner Mitarbeiter sind alle wasserdicht. Der Chef war bei seiner Mama. Und unsere beiden Lieblinge waren mit ihrem neuen Kollegen beim Saufen.«

Dosi hatte die ganze Zeit nur still dagesessen und versucht, ihr Kopfweh in den Griff zu kriegen. Was ihr nicht gelang. Sie sollte am Sonntag nicht bis ultimo ausgehen. Sonst Nebel am Montag. Wenigstens hatte sie beim Kickern gegen Fränki gewonnen – und das mit einem kaputten Fuß. Jetzt klinkte sie sich doch noch in das Gespräch ein.

»Die Kollegen vom Organisierten Verbrechen sollen sich mal wegen der italienischen Bestattungsfirma umhören. Also bei den Münchner Bestattern. Ob da noch andere unter Druck gesetzt wurden. Langsam hab ich schon den Eindruck, dass sich das mit den Mafiageschichten häuft. Als ob das ewige Gerede über die Mafia die erst hierherlockt. So Selffulfilling Prophecy.«

»He, he, he«, meinte Zankl. »Wo hast 'n das her? Red ma jetzt Business English, Miss Europol?«

»Yes, international ist das definitiv: Baroli, der Hype um sein Buch, der Mailänder Kaffeekrieg mit seinen zwei Toten, der plötzliche Wechsel der Kaffeemarken in vielen italienischen Lokalen in München, und jetzt auch noch ein italienisches Bestattungsunternehmen, das auf den deutschen Markt drängt.«

»Ja, vielleicht hängt das tatsächlich alles zusammen«, sagte Hummel. »Neue Exportideen, neue Absatzwege, Expansion, Verdrängung. Eventuell ist München das Testlabor für die Exportchancen italienischer Produkte.«

Zankl stöhnte auf. »Hummel, du glaubst also auch, dass die Mafia hier die Strippen zieht?«

»Nicht zwingend. Vielleicht auch nur *Die Freunde Italiens*.«

»Vorsicht, dünnes Eis! Das ist ein Kulturverein, in dem neben Carlo auch unser lieber Dr. Günther Mitglied ist.«

»Der mit seiner rosa Italienbrille«, murmelte Dosi. »Der würde einen Mafiosi nicht erkennen, wenn er neben einem steht.«

ÜBERGANGSWEISE

Miller stand im Innenhof der Trauerhilfe Miller, oder besser gesagt: inmitten der traurigen Überreste des einst stattlichen Familienunternehmens. Neben ihm am Gehstock seine neunzigjährige Mutter. In ihrem zerknitterten Faltengesicht leuchteten zwei hellblaue Augen – hellwach. Sie kickte mit ihrem Gehstock einen unförmigen Klumpen aus Schmorplastik über den Hof. Verbranntes Holz und verkokelter Kunststoff sorgten immer noch für einen scharfen Duft. Der Dachstuhl der Ruine fehlte fast völlig. Nur ein paar poröse Dachbalken stachen schwarz in den weißen Frühlingshimmel über Giesing.

Miller hatte ganz feuchte Augen. »Dreck!«

»Mei, nach'm Krieg hat alles so ausgschaut«, sagte seine Mutter trocken.

»Wir sind nicht im Krieg, Mama.«

»Natürlich sind wir im Krieg, Bub. Wir kämpfen gegen den Verfall der Sitten, gegen den Niedergang der Trauerkultur, gegen die Konkurrenz. Und gegen so einen Italienerwichtel geben wir noch lange nicht klein bei, oder?«

»Mama, das ist kein Wichtel, das ist ein Mann mit guten Verbindungen.«

»Dein Vater hätte sich so was nicht bieten lassen.«

»Aber nur, wenn er sich Mut angetrunken hätte.«

»Wie redest denn du über deinen Vater? Der hat sich nix bieten lassen.«

»Ja klar. Weil er allerweil besoffen war.«

Jetzt standen der alten Dame die Tränen in den Augen.

»Entschuldige Mama.« Er legte ihr den Arm um die schmalen Schultern. »Der Betrieb war dem Papa so wichtig, das weiß ich doch. Wir geben nicht auf.«

»Nein, wir geben nicht auf!«

»Aber das wird ein paar Monate dauern, bis das wieder hergerichtet ist. Und bis die Versicherung zahlt. Wenn sie zahlt.«

»Ruf den Onkel Franz an.«

»Wieso den Franz? Damit der alles plattmacht?«

»Auch. Aber der Franz hat doch immer ein paar Objekte, die nicht gleich abgerissen werden. Ihr könnts bestimmt irgendwo übergangsweise rein.«

»Das wär gut. Wir haben diesen Monat noch eine ganze Reihe von Aufträgen. Der Rahmenvertrag mit dem St.-Alfons-Heim ist jetzt endlich unter der Erde, äh, unter Dach und Fach. Bei denen im Altersheim ist ja immer voll die Fluktuation. *Zimmer frei, Sarg herbei!*«

»Obacht, Bub!«

»Mama, so ist es doch.«

»Ja, so ist es.«

SILBERSCHWARZ

Der Mond stand hoch am Firmament. Die Umrisse der Berge zeigten scharfe Kante zum Silberschwarz des Himmels. Reinhard hatte die Übergabe vereinbart. Bayern war es nicht geworden. Österreich. Brenner-Bundesstraße. Die letzten Meter vor der Grenze zu Südtirol. Hier konnte Mader jedenfalls niemand festnehmen. Egal, jetzt waren sie vor Ort. Warteten gespannt, was passieren würde. Ob was passierte. Momentan sah es noch nicht danach aus. Auf der alten Passstraße waren nur selten Autos zu hören oder Scheinwerferpaare zu sehen. Leiser Hall von der Brenner-Autobahn, die sich auf hohen Betonstelzen durch die Berglandschaft schob. Die Luft war schneidend kalt.

Reinhard sah den Wolken nach, die er beim Atmen und Rauchen ausstieß. Er hatte den Jackenkragen hochgeschlagen, die rechte Hand in der Hosentasche vergraben, die linke wölbte sich um die Zigarette, damit sie im kalten Nachtwind nicht ausging. Als Journalist hatte er schon viel erlebt, aber das hier war neu für ihn. *Jetzt kommt ein Wagen aus dem Schwarz, die Lichter blenden, die Türen gehen auf, nur der Umriss eines großen Mannes ist im Gegenlicht zu sehen. Er geht mit dem Geldkoffer auf den Mann zu. Plötzlich …!* Nein, nichts. Alles Kino. Kein Auto. Reinhard warf die Kippe in die Nacht und setzte sich zu Mader in den Wagen.

Mader hatte die Lehne ein wenig zurückgestellt und lauschte der CD, der Stimme von Yves Montand.

»Du stehst auf das alte französische Zeug?«, sagte Reinhard.

»Nicht alt – zeitlos. Was hörst du denn so?«

»Hip-Hop, ein bisschen R & B.«

»Soul auch?«

»Manchmal.«

»Das ist Hummels Lieblingsmusik. Er hat die ganze Wohnung voll mit Platten und CDs.«

»Das ist der, den sie entführt haben?«

»Hatten.« Mader sah auf die Cockpituhr. Sie zeigte drei Uhr an. »Jetzt müsste er eigentlich kommen. Es geht doch um einen Mann?«

»Ich weiß es nicht.«

Sie warteten zehn Minuten.

Nichts passierte.

»Vielleicht war das Ganze nur eine Finte?«, meinte Reinhard schließlich.

»Glaub ich nicht. Warum?«

Jetzt schlängelte sich ein Scheinwerferpaar durch den Bergwald.

»Bisschen schnell«, bemerkte Reinhard.

Mader nickte und konzentrierte sich auf das Lichterpaar. »Zu schnell«, murmelte er.

Er ließ die Scheibe herunter. Sie hörten deutlich, wie ein Motor aufjaulte, ein Getriebe widerspenstig ratterte – Motorbremse. Machte man im Rennsport. Oder wenn die Bremsen nicht funktionierten. Reifen quietschten durch die Nacht. Immer wieder tauchten Scheinwerfer im Bergwald auf und ab. Jetzt beschrieben die Lichtpunkte einen weiten Bogen durch die Luft. Äste splitterten. Metall, Glas, Kunststoff barsten. Das Auto landete mit stumpfem Knall irgendwo im steilen Bergwald.

»Scheiße!«, entfuhr es Reinhard.

Mader griff zum Handy und rief die Rettung. Dann stieg er aus. »Komm, vielleicht können wir noch helfen.«

Sie staksten durchs Unterholz und kamen bis auf wenige Meter an den Unglücksort heran. Mader hielt Reinhard auf einmal zurück und drückte ihn zu Boden. Und im nächsten Augenblick gab es eine Verpuffung. Eine Hitzewelle schoss durch die Nacht.

Sie hoben den Kopf. Sahen, dass sie nichts mehr tun konnten. Das Unterholz stand in Flammen. Es roch nach verbrannten Nadeln. Und bitter nach geschmolzenem Kunststoff.

»Komm, wir hauen ab«, sagte Reinhard.

»Nein, wir müssen auf die Rettung warten.«

»Wir können hier nichts mehr machen.«

»Die haben meine Handynummer und werden bestimmt fragen, warum wir nicht geblieben sind. Unterlassene Hilfeleistung …«

Sie sahen zu dem Wrack. Die Flammen waren schon kleiner. Es stank nach verbranntem Fleisch, nach verkokelten Haaren. Reinhard stolperte ein paar Schritte zurück und übergab sich. Mader ging näher an das Auto heran und hielt sich die Nase zu. Der Gestank war unerträglich. Er prägte sich das italienische Nummernschild ein.

»Boh, so ganz dasselbe ist das nicht«, sagte Diego enttäuscht, als sie die leere Halle betraten.

»Ach, ich find's cool«, meinte Andi. »So übergangsmäßig. Die Leute stehen doch auf diesen Fabriklook. Vor allem Besserverdiener. Die Sehnsucht nach dem anderen. Alles nicht so geschleckt, ein bisschen improvisiert.«

Wotan düste wie ein kleines Kind in seinem Rolli mit Vollgas durch die Halle und zog eine beachtliche Staubfahne hinter sich her.

»Müsste man mal fegen«, fand Diego.

»Hat der Miller auch gesagt. Heute Nachmittag kommen die Särge, bis dahin muss alles picobello sein.«

»Das schaffen wir nie.«

»Ich hab beim Studiservice angerufen. Um zehn Uhr schicken die uns zehn Leute. Die erledigen das.«

»Sehr gut, Andi. Du hast es echt drauf.«

»War Millers Idee. Wir müssen aber auch arbeiten. Wir sollen so lange den Kühlraum klarmachen.«

Diego gluckste. »Weißt du, was das vorher war?«

»Ein Großmarkt.«

»Ja, aber hier hinten, der gekachelte Bereich?«

»Woher soll ich das wissen.«

»Eine Metzgerei mit eigener Schlachtung.«

»Aha.«

»Für Großabnehmer und Gastronomie. Huber's Fleischmanufaktur.«

»He, he.«

»Klingt besser, als es war. Eher so Fleischfabrik. Das waren die mit dem großen Abfallskandal vor ein paar Jahren.

Zackzackzack, Huber's feines Rinderhack. Ich sag's dir – was da alles drin war!«

»Aha.«

»*Vom Guten nur das Feine, Huber's halbe Partyschweine.*«

»Auch schön.«

»*Huber's Leberkäs voll krass – machst du dir die Hose nass.*«

»Das hast du jetzt erfunden, Diego.«

»Naa, der Schuhbeck.«

»Ach komm.«

»Das haben wir immer gesagt.«

»Wer wir?«

»Na, die Kollegen und ich.«

»Du hast mal hier gearbeitet?«

»Klar, hab ich das nie erzählt?«

»Du als Metzger?«

»Metzger, das wär jetzt zu viel gesagt. Das war Fließbandarbeit. Fleisch klein machen, in so Plastikschalen rein, Folie drüber, zum Wiegen und Stickern, und fertig ist das Gourmetsteak. Fleisch war schon immer mein Werkstoff. Kann ja nicht jeder aus der Modebranche kommen wie du.«

»Hairstyling, nicht Mode, Diego.«

»Sagt man nicht auch Haarmode?«

»Ich weiß nicht. Vielleicht. Und beim Styling hab ich nicht nur Haare gemacht.«

»Ich weiß schon, Andi. Augenbrauen zupfen und Nägel lackieren. Ich seh's genau vor mir. Du – allein unter Frauen.«

»Das war nicht immer leicht.«

»Mir kommen die Tränen.«

»Ich sag's dir. Der Scheißnagellack, und was sich die Ladys da an Chemie in die Haare ballern, das geht voll auf die Pupille. Aber alles nix gegen das Gelaber. Wetter, Mode, Promis, Sex. Die kennen da gar nix. Ohne Punkt und Semikolon.«

»Hui, du Grammatist. Ja, da ist unser jetziges Klientel pflegeleichter. Kein unnötiges Gelaber, keine Sonderwünsche. Sag mal, was meinst du, kriegen wir den Rupert gut hin?«

»Der wird eine Herausforderung, Diego. Brandopfer hatten wir noch nicht.«

»Doch, damals der Typ in dem Jaguar, der war ziemlich zamgschnurpselt. *Well done* – wie man im Steakhouse sagt.«

»Ach, das war ein Spaziergang. Die Sitze waren aus Leder. Aber das blöde Kunststofffutter in Ruperts Sarg – ungut.«

»Ja, wenn das schmilzt, dann hat das unschöne Konferenzen. Das müssen wir dem Miller mal sagen. Wo Satin droben steht, muss auch Satin drin sein. Und kein Plastik. Da schwitzt du ja voll, wenn du da drin liegst. Ist ja echt Beschiss.«

»Wie so manches am *Eternity de luxe*. Der Rupert wird jedenfalls ein ziemliches Stück Arbeit.«

»Den kriegen wir schon hin. Das sind wir dem Ruppi schuldig. Mann, das ist alles so was von schade. Das hat sich so gut angelassen mit den Lesungen. Voll blöd.«

»Wir finden schon einen neuen Autor, Diego. Schriftsteller gibt's ja wie Sand am Meer. Und wenn wir einen neuen haben, müssen wir halt im Vorfeld vereinbaren, dass bei uns das Liegen in den Särgen untersagt ist. Also nachts zumindest, wenn keiner da ist. Das mit den Lesungen ziehen wir dann jedenfalls richtig professionell auf.«

»Die Möbelidee aber auch. Das ist doch eine Megageschäftsidee. Särge als Schlafmöbel. Statt Bett. So von wegen ewige Ruhe. Oder: *Tiefer schlafen geht ned!*«

Andi sinnierte ein wenig. Dann grinste er. »Ja, da hast du keine Konkurrenz im Möbel-Business. Weil, das ist Special Interest – nix für den Massengeschmack. Was meinst du, wie die Typen vom Segmüller, IKEA oder Böhmler schauen werden, wenn das durch die Decke geht. Und selbst wenn das dann Mainstream ist, können die es nicht einfach nachmachen.«

»Wieso nicht?«

»Na, viel Spaß mit der Handwerkskammer. Da gibt's ja Regeln. Du musst schon vom Fach sein, um da durchzusteigen. Es kann ja nicht jeder einfach Särge zimmern.«

»Und die Branchenkollegen?«

»Die trauen sich das nicht. Diego, du kennst doch die Langweiler. Aktuell zumindest nicht. Aber den Warnhinweis am Sarg dürfen wir dann nicht vergessen.«

»Was denn für einen Warnhinweis, Andi?«

»So wie auf den Zigarettenschachteln. *Im Sarg liegen kann Ihre Gesundheit gefährden.*«

»Hä, ich denk, wir wollen die Särge auch als Betten verkaufen. Und jetzt kommst du mit irgendeinem Warnhinweis?«

»Der Warnhinweis kommt nur aus versicherungstechnischen Gründen dran. Denk an den Ruppi. Und gleichzeitig macht das die Särge erst so richtig interessant. Glaubst du, dass sich auch nur ein Raucher um den Aufdruck auf den Schachteln schert? Wenn du rauchst, fühlst du dich doch allein schon wegen dem Aufdruck wie ein Outlaw. Genau so muss das sein, wenn du in einem Sarg von uns liegst.«

»Ja, wir sind Outlaws«, sagte Diego und reichte Andi die Zigarettenschachtel.

Andi betrachtete nachdenklich das Schockbild von der frisch entnommenen Teerlunge auf der Schachtel. »So Bilder gehen natürlich gar nicht. Vielleicht ein schönes, filigranes Kreuz, ein hübscher Grabstein …«

Sie qualmten. Eine Nikotinwolke stieg in die Höhen der Halle. Dort stand *Große Namen – Kleine Preise* in Neongelb auf einem türkisen Blechschild, das von der Decke baumelte.

»Können wir glatt dranlassen, wenn das hier der Showroom wird«, meinte Diego. »An großen Namen mangelt es uns nicht. *Eternity de luxe, Barbarossa grande, Timeless Memory.*«

»Nein, der Miller möchte auf keinen Fall ein Discounter-Image. Wir stehen für Handwerk und Tradition. Das Schild kommt weg. Sollen nachher die Studenten machen. Ich kletter da nicht hoch.«

»Wo bleiben die denn überhaupt? Es ist schon nach zehn.«

»CT.«

»Was?«

»Con Tempo. Oder so ähnlich.«

»Also nach Tempo sieht das jetzt nicht aus, Andi.«

»Nein, mit Zeit, das ist Latein.«

»Aha. Und bedeutet?«

»Dass du nicht auf die Minute kommen musst. Sind doch Studenten.«

»Cool. Sag ich dem Miller auch mal, wenn er wieder rumstresst, der Don Tempo. Wo ist denn der Wotan eigentlich?«

Andi zuckte mit den Achseln.

Diego schüttelte den Kopf. »Wenn man den nur eine Minute aus den Augen lässt ... Immer Unfug im Kopf. Komm, wir suchen ihn mal.«

Sie fanden Wotan schließlich. Hilflos. Er war mit den Rädern zwischen zwei Bodenplatten in der Toilette stecken geblieben.

»Wow, des stinkt ja voll pervers hier«, stellte Diego fest.

Andi war geschockt. »Wotan, krass, was hast 'n da für 'n Ei gelegt?«

»Halt's Maul, Andi. Das war nicht ich. Holt mich aus dem verdammten Scheißhaus raus!«

»Weißt schon, hinterher immer spülen, du kleiner Dreckbär.« Diego drückte die Spülung und zog ihn aus der Kabine. »Sachen machst du«, murmelte er und ging dann auf die Toilette nebenan.

»Boh, du kennst auch gar nix«, rief ihm Andi hinterher.

»Ja, Andi, ich liebe die Herausforderung.« Diego spülte und ging in die nächste Kabine und spülte und ging in die nächste Kabine und spülte. Schließlich verließ er die Sanitäranlagen und wischte sich die Hände an der Hose ab.

»Was war denn das für eine Aktion, Diego?«

»Ich hab gespült.«

»Aha?«

»Weißt du, warum das so stinkt?«

»Ja, weil die Leute da reinscheißen. Wie der Wotan.«

»Ja klar. Aber da war schon länger keiner mehr auf der Schüssel. Und weißt du, was das bedeutet?«

»Dass die Klobrillen kalt sind?«

»Das auch. Das stinkt so, weil das Wasser in den Sinfonien verdunstet ist.«

»In den was?«

»So nennt man den Knick im Rohr unter der Schüssel.«

»Sinfonie?«

»Ja klar.«

»Sicher?«

»Logisch. Da kenn ich mich aus. Mir ist mal ein Ohrring ins Klo gefallen, da hab ich gedacht, das Teil ist weg, und hab den Klempner angerufen, was man da machen kann. Der hat gesagt, das bleibt normalerweise in dem Sinfonie hängen. Und so war's dann auch. Astrein.«

»Es heißt doch *die* Sinfonie?«

»Nein, der Klempner hat *der* Sinfonie gesagt.«

»Aha.«

»Jedenfalls ist der Sinfonie dafür zuständig, dass da das Wasser stehen bleibt, also nach dem Spülen, damit von unten aus den Rohren nicht der ganze Gestank hochsteigt. Wenn jetzt das Wasser verdunstet, weil keiner mehr aufs Häusl geht, dann kommt der Gestank von unten hoch. Deswegen stinkt's hier so krass. Und deswegen der Sinfonie.«

»Was du alles weißt, Diego. Respekt!«

»Tja, man kann sich nicht immer nur mit Mode, Make-up und Frisuren beschäftigen.«

»Genau, du Sinfoniker. So – Wotan, du rollst zum Parkplatz raus und schaust, ob die Studenten endlich da sind.«

ZULU ALPHA CHARLIE

Mader war hundemüde, als er am späten Vormittag ins Bett fiel. Er hatte Reinhard noch nach Regensburg gefahren. Seine Augen brannten, der Geruch von verbrannten Haaren und Fleisch hing ihm immer noch in der Nase. Er hatte Dr. Günther wegen der Autonummer angerufen und ihn gebeten, den italienischen Halter herauszukriegen. Jetzt musste er dringend schlafen. Aber er konnte nicht schlafen. Immer wieder sah er die Scheinwerfer durch den Wald zucken, hörte die splitternden Äste und das dröhnende Bersten der Karosserie. Ob das wirklich ihre Verabredung gewesen war? Wenn ja – trugen sie eine Mitschuld? Unsinn, wenn sie es nicht gewesen wären, hätte sich der Informant mit jemand anderes verabredet. Und dann wäre dasselbe passiert. Reinhard hatte keine Verbindung zu seinem Informanten herstellen können – die Mails waren als unzustellbar zurückgekommen.

Was war da am Brenner passiert? Hatten die Bremsen versagt? Waren sie manipuliert worden? Er hatte das bei den österreichischen Beamten nicht einfach ansprechen können. Die hätten Fragen gestellt. Nein – er hätte es tun müssen. Damit die österreichischen Kollegen Ermittlungen aufnahmen. Aber dann wäre es kompliziert geworden. Für sie. Ja, er hätte die Karten auf den Tisch legen sollen. Das war nicht korrekt gewesen. Schwierigkeiten hin oder her. Das war sicher kein Unfall. Bestimmt war das ihre Verabredung gewesen. Sicher waren die Bremsen manipuliert worden.

Sein Handy vibrierte. Er wollte nicht drangehen, trotzdem sah er hin. Nummer unterdrückt. Er ging dran. »Hallo?«

»Zulu zulu alpha charlie.«

»Öh …?«

»Mader, ich bin's, Ihr suspendierter Chef. Also: Der Wagen gehört einem Studenten aus Trient. Stefano Bassani. Macht irgendwas mit Medien und Computer.«

»Und lebt der noch?«

»Das weiß ich noch nicht. Aber bald. Wer in dem Auto saß, das müssen die österreichischen Polizisten rauskriegen. Haben Sie den Kollegen vor Ort gesagt, dass es nicht wie ein Unfall aussah?«

»Nein, hab ich nicht. Ich kann auch nicht ausschließen, dass es ein Unfall war. Vielleicht war der Typ einfach zu schnell dran. War es denn überhaupt ein Mann in dem Auto?«

»Wie gesagt, da weiß ich noch nichts Näheres. Aber gut, dass Sie nichts gesagt haben. Sonst müssten die ermitteln.«

»Das sollten sie auch.«

»Mader, Sie haben das ganz richtig gemacht. Wenn uns jetzt komische Fragen gestellt werden, wäre das nicht gut. Für Sie nicht, für mich nicht.«

»Haben Sie sonst noch was für mich? Über den Wagenhalter?«

»Bassanis Eltern sind aus Segonzano. Er arbeitet dort gelegentlich bei der Spedition Eurotrans als Nachtwächter. Studentenjob.«

»Riccardi hatte sein Büro auf dem Gelände von Eurotrans. Dort ist er auch vom Dach gefallen.«

»Passt doch gut, oder?«

»Ja, und der Pförtner war laut Zankl ein Student, der sich hervorragend mit Computern auskennt. Was wieder zu Bassani passt. Vermutlich hat er sich Riccardis Daten organisiert und wollte sie zu Geld machen.«

»Woher wusste er denn von den Daten?«, fragte Günther.

»Wahrscheinlich waren schon vor Zankl und Roßmeier Leute da, die da rumgewühlt haben. Oder er kannte Riccardi näher und hat ihm bei Computerproblemen geholfen.

Vielleicht sogar dabei, wie man Daten am besten sichert und verschlüsselt.«

»Jetzt lebt er offenbar nicht mehr. O Mann, in dem Fall sterben die Leute wie die Fliegen. Mader, was ist mit dem Journalisten, der gestern Nacht mit Ihnen am Brenner war?«

»Was soll mit dem sein?«

»Hält der dicht?«

»Der sagt nichts.«

»Sind Sie sich da sicher?«

»Für den leg ich meine Hand ins Feuer. Der gehört zur Familie.«

»Wie meinen Sie das?«

»Er ist der Mann meiner Schwester.«

»Sie haben eine Schwester?«

»Ja, warum nicht?«

»Ich verlass mich auf Sie, Mader. Seien Sie diskret. Da laufen Sachen, deren Tragweite wir nicht überblicken. Können wir uns heute Nachmittag treffen? Passt Ihnen das?«

»Wo? Im Präsidium?«

»Sehr witzig. Ich schick Ihnen eine SMS mit dem Treffpunkt. Was Feines. Und jetzt schlafen Sie sich aus.«

Es klickte in der Leitung. Mader sah mit leerem Blick das Telefon an – *was Feines?* – und sank ins Kissen.

WACHKOMA

Mader und Günther trafen sich im Café unter der Glaskuppel im Karstadt am Hauptbahnhof. *Was Feines* war nicht unbedingt die Beschreibung, die Mader hier ambientemäßig in den Sinn kam. Als er die vielen Rolltreppen hochfuhr, fühlte er sich ein bisschen wie auf einer Reise durch einen Vulkankegel. So Jules Verne. Aus dem Inneren der Erde hinauf in den weiß-blauen Himmel hinter Glas. Oben war irgendwie auch nicht oben, eher ein Zwischenreich – hier war es nicht laut, nicht leise. Von unten drangen die Geräusche und Stimmen und Lautsprecherdurchsagen hoch wie durch dichten Wattenebel, das Klirren von Gläsern und Geschirr und das Gemurmel der Cafégäste war ein beständiges Rauschen, gedämpft und doch überpräsent. Ein paar müde Palmwedel aus Kunststoff zitierten exotische Treibhausatmosphäre. Die stickige Luft stieg von unten herauf als träges Gas, das Mader die Energie aus Kopf und Körper zog. Das Prinzip leuchtete Mader ein. Man war verdammt zum Konsum von Kaffee und Torte. Koffein und Zucker als Gegengifte zum Wachkoma. Mader scannte das Seniorenpublikum und entdeckte Günther schließlich an einem der kleinen Bistrotische. Günther winkte fröhlich.

»Hier war ich noch nie«, sagte Mader mit wenig Begeisterung und setzte sich zu ihm.

»Es ist perfekt«, sagte Günther strahlend. »Ganz nah bei der Arbeit, und man trifft sicher keine Kollegen. Ausschließlich Rentner.«

»Da pass ich ganz gut rein, oder?«

»Aber Mader, Sie sind doch im besten Alter. Früher gab's hier sogar einen Pianospieler, der war gar nicht übel. Ein paar der Damen sind nur wegen ihm gekommen. Aber der ist schon lange wegrationalisiert. Eingespart. Gefeuert. Wie ich.«

»Sie sind weder gefeuert noch eingespart. Nur zeitweilig suspendiert.«

»Nur suspendiert. Ja. Und warum? Man spart sich kritische Fragen zu Baroli und dieser Mafiageschichte. Der ganze Fall stinkt so was zum Himmel. Haben Sie was Neues?«

»Offiziell haben wir damit nichts zu tun. Wir sind die Mordkommission.«

»Und inoffiziell?«

Mader erzählte noch einmal im Detail, was am Brenner passiert war.

Günther berichtete im Gegenzug, herausbekommen zu haben, dass es sich bei der Leiche im Auto tatsächlich um den Autohalter gehandelt habe, den Studenten mit dem Nachtwächterjob bei der Spedition. Überreste seiner Ausweispapiere seien bei der verkohlten Leiche gefunden worden.

»Das haben Ihnen die österreichischen Kollegen erzählt?«, fragte Mader.

»Ja, ich kenn da ein paar Leute.«

»Wurde sonst noch was gefunden? Datenstick, CDs oder Laptop?«

»Nichts. Leider. Was denken Sie – was sind das für Daten, wo kommen sie her?«

»Na ja, ich gehe davon aus, dass der Student genau die Informationen verkaufen wollte, auf die sich auch Baroli bezieht. Wie gesagt, ich glaube, dass er die Daten von Riccardis Computer gezogen hat. Oder dass er Zugang zu seinem Account in der Cloud hatte.«

»Wenn wir da drankämen, würden wir sehr viel klarer sehen. Hm, jetzt ist der Student tot. Wie der italienische Journalist. Zufall ist das nicht. Und in beiden Fällen können wir nicht selber ermitteln. Wissen wir inzwischen eigentlich mehr zum Tod von Carabiniere Marcello Durelli?«

»Gesine hat gesagt …«

»Wer?«

»Dr. Fleischer. Im Bericht stehe Motorradunfall. Nichts Außergewöhnliches. Todesursache innere Blutungen, massive Organschäden. Der Fall ist für die Italiener abgeschlossen. Also es ist gar kein Fall. Auch das ist tragisch. Durelli hinterlässt eine Frau und zwei kleine Kinder.«

»Ist seine Rolle in der Sache klar?«

»Keineswegs. Zankl und Roßmeier mutmaßen, dass Durelli sie vielleicht an der Nase rumgeführt hat. Er hat sich jedenfalls konspirativ mit Baroli getroffen, ihm vermutlich vorher auch das Versteck besorgt, eine Berghütte in der Nähe von Segonzano.«

»Und jetzt ist er tot. Sehr sonderbar, das alles. Ich weiß nicht, wer auf welcher Seite steht. Außer bei Ihnen und Ihrem Team natürlich. Und wenn ich an Ihren neuen Vorgesetzten Janowski denke, wird mir übel. Wir waren mal Kollegen. Ein Ungustl. Ein Karrierist. Ich weiß nicht, welche Strategie unser Polizeipräsident aktuell verfolgt. Ja nicht einmischen, keine Nebengeräusche, vermute ich mal. Da störe ich im Moment.«

Mader nickte stumm.

Günther grinste. »Ich weiß, was Sie denken. Dass das sonst mein Job ist. Auf die Außenwirkung der Polizei achten. Mag sein. Aber momentan bin ich nicht im Dienst. Und ich sag Ihnen eins. Mal abgesehen von den ausgebremsten Ermittlungen – es ist nicht das Schlechteste, mal von außen auf die eigene Arbeit zu schauen.«

Mader sagte immer noch nichts.

Günther jedoch war gut in Fahrt. »Wir werden es denen zeigen. Die können die ganzen Vorfälle nicht einfach unter den Teppich kehren. Dafür ist zu viel passiert. Fangen wir mit den letzten Ereignissen an. Ich will, dass das Unglücksauto von der Brennerpassstraße untersucht wird.«

Mader sah ihn erstaunt an. »Offiziell? Mit welcher Begründung könnten wir das in Österreich tun?«

»Zum Teufel mit offiziell! Ich kenn da ein paar Leute bei der österreichischen Verkehrspolizei, die können uns das Wrack organisieren. Und dann nehmen wir es hier in der KTU auseinander.«

»Das wird schwierig. Selbst wenn wir den Wagen ohne großes Tamtam kriegen. Unsere KTU ist komplett überlastet, da braucht's definitiv eine Dienstanweisung. Und die ist von Ihrem Stellvertreter nicht zu erwarten. Im Gegenteil, der wird Fragen stellen.«

»Mader, Sie sind doch sonst nicht so bürokratisch. Sie kennen doch den Bronner von der KTU ganz gut, oder? Dem haben Sie damals doch geholfen, wo seine Frau verschwunden ist.«

»Das wissen Sie?«

»Sie würden sich wundern, was ich alles weiß. Der Heiratsschwindler aus Tölz. Auch kein Fall für die Mordkommission. Und Sie haben ihn geräuschlos gelöst.«

»Ja, gut, ich frag den Bronner. Und Sie organisieren das Auto.«

Günther spießte ein letztes Stück Torte auf seine Gabel und betrachtete es fasziniert. »Suspendiert zu sein ist gar nicht so schlecht. Die Bezüge laufen munter weiter, und ich hab seit Jahren mal wieder Zeit für ein paar eigene Gedanken. Kommen Sie, jetzt suchen Sie sich noch ein schönes Stück Kuchen zum Kaffee aus. Ich lade Sie ein.«

Mader war leicht verwirrt, als er die Käseglocke verließ

und die Rolltreppen durch das brummende Kaufhaus nach unten fuhr. So kannte er Günther gar nicht. Der sprühte ja nur so vor Energie. Puh, Energie – die Sachertorte lag ihm bleischwer im Magen. Ihm war blümerant. Konnte aber auch an der speziellen Kaufhausluft liegen, dem Mix aus verbrauchter Atemluft, Schweiß, Parfüm.

Als er vor das Kaufhaus trat, atmete er tief durch. Er überquerte die Straße zum Alten Botanischen Garten und blieb an der verkehrsumtosten Kreuzung bei der Karlstraße stehen. Sah zum Lenbachpalais hinüber. Da war er mal vor Urzeiten mit Günther beim Essen gewesen. Ganz schlimm, Grenzerfahrung. Gott sei Dank war das Chichi-Lokal dort schon lange Geschichte. Nur Qualität hielt sich. Alte Regel. Er ging an Künstlerhaus und BMW-Pavillon vorbei zum Polizeipräsidium. Schön, dass ihre Büros immer noch hier waren und nicht wie die der anderen Mordermittler im Westend. Irgendwann würde sich auch das ändern. Leider. Das Zentrum war hier. So schrecklich Kaufingerstraße und Neuhauser Straße für sich genommen auch waren.

TRAGISCH

Zur KTU nahm Mader die U-Bahn. Dachte an Bronner – tragische Figur. Er hatte damals nach ein paar Recherchen den Heiratsschwindler überführt und auffliegen lassen, und Bronners Frau war reumütig zu ihrem Mann zurückgekehrt. Alles schien zunächst gut zu sein, doch kurz darauf war bei ihr Krebs diagnostiziert worden. Hoffnungslos. Bronner hatte sich haushoch verschuldet, für modernste, noch nicht zugelassene Therapien im Ausland. Umsonst.

Seine Frau war schneller als erwartet gestorben. Seitdem war Bronner nur noch ein Schatten, der durch die Werkshallen und Labore der KTU huschte. Hervorragende Fachkraft, aber sozial inkompatibel und zudem mit Alkoholproblem.

Mader zeigte seinen Ausweis und betrat das Gelände. Steuerte auf eine der Fahrzeughallen zu. Dort schraubten zwei junge Männer im Blaumann an einem demolierten Laster. Sie öffneten gerade den doppelten Boden der Ladefläche.

»Servus, Jungs«, sagte er. »Was ist da Schönes drin?«

»Servus, Herr Mader. Drogen, Waffen, staubige Luft. Wir werden es gleich wissen.«

»Wo ist der Chef?«

»Hinten im Labor.«

Mader sah Bronners Kopf durch die Glasscheibe des Labors. Bronner schaute konzentriert auf die Arbeitsfläche. Mader trat leise ein, um Bronner nicht zu stören.

»Komm ruhig näher, Mader«, sagte Bronner, ohne aufzusehen. »Du bist es doch gewohnt, dem Bösen ins Auge zu blicken.«

»Dich halt ich gerade noch aus.«

»Schau, was siehst du hier?«

Mader betrachtete die Metallhülse auf der Arbeitsplatte. Ein bisschen größer als ein Füller, ein bisschen dicker. »Eine Gaspatrone?«, riet er.

»Gut geraten. Eine Sodapatrone.«

»So was hat man früher in Bars benutzt.«

»Manchmal heute noch. In altmodischen Edelbars.«

»Aha, und wozu brauchst du das? Für deine Hausbar?«

»Soda im Whisky ist für Warmduscher. Aber ich bin mittlerweile auf Bier runter. Weißt du, dass sich Emmas Todestag diese Woche das fünfte Mal jährt?«

»So lange ist das schon her? Wie die Zeit vergeht.«

»Und irgendwie nicht. Wenn man alles verliert, dann fühlt sich der Schmerz jeden Tag an wie am ersten. Die Zeit steht still. Vergeht gar nicht.«

Mader nickte.

»Verstehst du nicht, oder?«

»Nein, versteh ich nicht. Aber ich stell mir vor, wie du dich fühlst. Emma war so schön.«

»Warum muss man immer verlieren, warum kann man nicht auch mal gewinnen, ein bisschen zumindest?«

Kann man, dachte Mader. Ich hab eine ganze Familie gewonnen. Aber er sagte nichts dergleichen. Stattdessen: »Die Patrone gehört zu einem Verbrechen?«

»Komm mit.«

Bronner führte ihn zu einer Vitrine aus Panzerglas. Er schraubte die Patrone auf eine Aluflasche und platzierte sie in der Vitrine. Schaltete die Videokamera an. »Komm, wir sehen uns das lieber von draußen an.«

Sie gingen in den Nachbarraum, und Bronner holte sich das Kamerabild auf den PC-Bildschirm. Mit einem ferngesteuerten Roboterarm drückte er auf den Ventilknopf der Sodaflasche.

Die Explosion war sogar durch die Stahltür zu hören. Die Sodaflasche samt Patrone war nur noch ein Haufen Metallsplitter. Bronner ließ das Video in Superzeitlupe laufen. Die Aluhaut der Sodaflasche wurde von der Explosion in tausend Teile zerrissen.

»Ist jemand so zu Tode gekommen?«

»Ja, ein Barkeeper.«

»Warum weiß ich das nicht?«

»War nicht in München. Ich bereite das für die Polizeiakademie vor. Die Sache ist in Stuttgart passiert.«

»Und die haben's nicht rausgekriegt?«

»Nicht, wie es technisch läuft. Dabei ist es gar nicht kompliziert. Statt Wasser füllst du Kerosin in die Sodaflasche. Statt einer Gaspatrone verwendest du einen Piezozünder. Den braucht man bei Gasheizungen oder am Boiler. Der Zünder ist gerade klein genug, dass er in eine aufgesägte Gaspatrone passt. Die machst du schön wieder zu, und fertig ist der Zünder für deine Bombe. Wenn du jetzt Wasser sprudeln willst und aufs Ventil drückst oder eben den Piezoknopf, dann erzeugst du einen elektromagnetischen Funken, und es macht bum! Die Explosion war so stark, dass die Spurensicherung keine Anhaltpunkte hatte, wie die Explosion ausgelöst wurde.«

»Und wie bist du draufgekommen?«

»Eher durch Zufall. Ich hab mir die Kleinteile angeschaut. Und da waren welche dabei, die speziell waren. Die Reste eines Piezozünders. Handelsübliches Bauteil. Kriegst du in jedem Elektromarkt zwischen sechs und zehn Euro.«

Mader nickte stumm.

»Der Barkeeper ist tot. Und ein Gast. Die Metallsplitter haben den beiden das ganze Gesicht weggeschossen.«

Mader schluckte. »Hat man den Täter gefasst?«

»Nein. Ich schick die Ergebnisse heute weiter. Das hilft bestimmt. Man braucht ein paar handwerkliche Fähigkeiten, um so eine Minibombe zu basteln. Ich weiß ja nicht, wie viel Piezozünder in den einschlägigen Stuttgarter Elektroläden verkauft werden, aber endlos viele werden es nicht sein. Und wenn er in einem größeren Laden gekauft wurde, dann haben die ein Warenwirtschaftssystem, und man kann rauskriegen, wann der Artikel verkauft wurde. Vielleicht gibt es dann ein Video oder Leute an der Kasse, die sich an den Käufer oder die Käuferin erinnern. Wie man das eben macht. Aber das ist Aufgabe der Ermittler. – So, was kann ich für dich tun?«

Mader erzählte ihm, was Günther vorhabe. Und was Bronner untersuchen solle, wenn sie das Wrack tatsächlich bekamen. Vor allem, ob die Bremsen des Unglücksfahrzeugs manipuliert worden seien.

Bronner zuckte mit den Achseln. »Das klingt nicht besonders anspruchsvoll. Warum machen das nicht die österreichischen oder italienischen Kollegen?«

»Weil die gar nicht ermitteln. Und vielleicht auch kein Interesse daran haben. Wir müssen es diskret machen. Günther wurde wegen der Geschichte bereits suspendiert. Da wollen irgendwelche Leute ganz oben nicht, dass ihnen wer in die Karten schaut oder in laufende Ermittlungen hineinpfuscht. Ich war als Zeuge bei dem Unfall dabei. Der Wagen ist ungebremst eine Bergstraße runtergedonnert.«

»Lasst das Auto auf meinen Hof in Oberschleißheim bringen. Hier können wir das nicht machen. Das fliegt sofort auf.«

»Danke, ich geb's Günther weiter.«

Nachdenklich ging Mader zur U-Bahn. Fünf Jahre war Emma bereits tot. Wirklich? Seither hatte er nicht viel mit Bronner zu tun gehabt. Den Kontakt mit der KTU hielten meistens seine Leute. Warum hatte er sich nicht wenigstens mal mit Bronner zum Mittagessen getroffen? Man lebte aneinander vorbei. Jeder war auf seiner eigenen Umlaufbahn unterwegs.

Als Mader zurück im Büro war, traf er dort niemand an. Auch keinen Bajazzo. Der Anflug von Panik legte sich gleich wieder, als er das Post-it mit Dosis Nachricht auf dem Schreibtisch entdeckte. *Bin mit Bajazzo Gassi, Doris.*

SCHNEEWITTCHEN

»Gut gemacht«, lobte Miller seine Angestellten, als er am späten Nachmittag die neuen Örtlichkeiten inspizierte. Die Studenten hatten für eine besenreine Halle gesorgt.

»Das Schild da oben muss noch weg.« Er deutete auf *Große Namen – Kleine Preise*.

Andi schüttelte den Kopf. »Geht nicht. Da kommst du mit der Leiter nicht dran. Da brauchst du eine Hebebühne.«

»Ja, genau, die werden wir jetzt extra mieten. Kommt nicht infrage. Lasst euch was einfallen. Eine kostengünstige Lösung. Also ohne Kosten. Wo sind die Studenten?«

»Vor der Halle. Rauchen. Ist denn der Lkw schon da?«

»Steht hinten. Andi, du sagst denen, was wohin soll. Schön staffeln. Die günstigen ganz vorne, die Lockangebote, dann immer ein bisschen teurer werden und ganz hinten dann die Edelkisten. Den Abschluss machen der *Eternity* rechts und der *Barbarossa* links. Alles klar?«

»Aye, aye.«

»Diego, du gehst raus auf die Laderampe. Andi, du bist in der Halle.«

»Und ich?«, fragte Wotan.

»Du machst nix kaputt.«

»Haha, sehr witzig.«

»Wotan, du schaust, dass die Studenten die Ware nicht

beschädigen. Ich kenn die Typen doch. Husch, husch einen Hunni verdienen.«

Kurz darauf herrschte hektische Betriebsamkeit. Diego wies die Studenten hinten an der Rampe ein, Andi bellte wie ein Feldwebel Kommandos durch die Halle, sekundiert von Wotan. Die Studis ächzten beim hohen Gewicht der Särge. Ihre Körper dampften in der kühlen Halle, es roch schweißsauer.

Nach einer guten Stunde waren alle Särge an der richtigen Stelle. Von *Peter Pan, in Fichte naturbelassen* über *Evita, in Kirschbaum geölt* bis hin zu *Barbarossa, altdeutsch* und dem Spitzenmodell *Eternity de luxe* war alles da, exakt gestaffelt nach steigenden Ansprüchen an die letzte Reise.

Diego und Andi betrachteten ihr Werk.

»Ich weiß nicht«, murmelte Diego.

»Was weißt du nicht? Das sieht doch echt geil aus. So festlich.«

»Andi, überleg mal. Irgendwie schaut das doch aus wie nach einem Flugzeugabsturz, wenn man die Särge in irgendeiner Halle aufstellt, damit die Verwandten von den sterblichen Überresten ihrer Liebsten Abschied nehmen können.«

»Nein, woher denn. Eher so Walhalla. Das findet der Wotan doch bestimmt auch. Wo steckt der eigentlich schon wieder?«

»Keine Ahnung. Hoffentlich hängt er nicht wieder im Scheißhaus fest, der Racker.«

»Ach, Mist. Jetzt sind die Studenten schon weg, und das blöde Schild hängt immer noch da oben.«

Vom Halleneingang kam auf einmal ein Gabelstapler angerumpelt. Hintendran Wotan, der sich mit einer Hand festhielt und ziehen ließ. Der Haltepunkt etwas ungünstig gewählt. Der Auspuff blies ihm rußige Dieselreste ins Antlitz.

Der Stapler stoppte, und Wotan wischte sich grinsend über den Ölfilm auf dem Gesicht. Deutete auf die Gabel und nach oben.

Andi schüttelte den Kopf. »Wenn du glaubst, ich steig da drauf und lass mich hochfahren, dann hast du dich geschnitten.«

Wotan lachte. »Andimausi, mach dir bloß nicht deine marinierten Finger schmutzig.«

Wotan parkte rückwärts vor dem Stapler. Der dicke Fahrer fuhr die Gabelträger zusammen und schob sie unter Wotans Rollstuhl. Alles klar. Wotan grinste breit und zeigte mit dem Daumen nach oben.

Schon schwebte der Rollstuhl himmelwärts. Der Staplerfahrer ging auf maximale Höhe, und Wotan kam gerade so an die Kette mit dem Schild heran. Er holte eine Kneifzange aus der Jackentasche und wedelte stolz mit ihr. Die Kollegen am Boden präsentierten die gestreckten Daumen. Top! Wotan kappte eine der Ketten. Das Schild schoss einseitig nach unten und schepperte gegen den Hubmast. Traf einen Hydraulikschlauch. Ein scharfer Ölstrahl spritzte in weitem Bogen aus dem versehrten Kunststoffschlauch. Andi und Diego konnten gerade noch zur Seite springen, aber nicht verhindern, dass *Schneewittchen mondän* eine Breitseite abbekam. Da hatten sie den Salat: Schwarz auf Weiß.

Der Staplerfahrer stieg aus und schimpfte nach oben. »O mei, Wotan, du bist so ein Depp!«

Natürlich kam Miller genau jetzt in die Halle.

»Wer zahlt mir das?«, fuhr ihn der Staplerpilot an und

deutete auf den Schlauch, der inzwischen nur noch einen feinen Strahl absonderte.

Miller hatte nur Augen für *Schneewittchen mondän.* »Und wer zahlt *mir* das?«

Andi und Diego hoben die Hände. Unschuldig. Mit der Aktion hatten sie nicht das Geringste zu tun. Allein Wotans Werk.

Jetzt schepperte es wieder. Das Blechschild war auf den Boden geknallt. Blicke nach oben. Wotan grinste unsicher und hielt beide Hände hoch. In einer die Kneifzange.

Miller sackte zusammen. Hielt eine Hand an den Hals. Um das sprudelnde Blut zu stoppen. Das scharfkantige Blechschild hatte ihn getroffen.

Andi schüttelte den Kopf. »O mei, der schöne Boden.«

DETAILS

Mader stand mit seinem Auto wie verabredet auf der Donnersberger Brücke an der S-Bahn-Haltestelle. Als ein junger Typ mit Jeans und Lederjacke und Pilotenbrille im Dreitagebartgesicht breitbeinig auf ihn zukam, griff er instinktiv an sein Schulterhalfter. Kurz vor dem Auto nahm der Typ die Sonnenbrille ab. Mader staunte. Dr. Günther! Was Kleidung doch ausmachte.

»Das Nichtstun bekommt Ihnen«, begrüßte er seinen Chef.

»Ich bin gut beschäftigt.«

»Aha?«

»Ich habe gestern Abend meine Aktivitäten im Lyrikzirkel wieder aufgenommen. Die lagen in letzter Zeit leider komplett auf Eis. Aber Karriere ist nicht alles. Muße ist auch wichtig. Haben Sie Ihrer Frau schon mal ein Liebesgedicht geschrieben?«

»Ich hab nur eine Exfrau.«

»Aber früher war sie Ihre Frau.«

»Durchaus.«

»Und? Haben Sie?«

»Nein, hab ich nicht.«

»Sehen Sie.«

»Was sehe ich?«

»Dann wäre es vielleicht anders gelaufen. Ich sag's Ihnen, meine Frau war gestern völlig aus dem Häuschen, als ich sie spätabends mit einem Liebesgedicht überrascht habe. Es überkam mich in dem Café unter der Glaskuppel. Sie wissen schon – dem Himmel so nah. Ich habe es hastig hingeworfen. *First draft.* Mit dem Kuli auf eine Papierserviette. Ein kleines Meisterwerk. Fanden meine Freunde im Lyrikzirkel auch. Und meine Frau war ganz aus dem Häuschen, als ich es ihr dann nach der Rückkehr von meinen Dichterfreunden vorgetragen hab. Sie ist über mich hergefallen. Ich erspare Ihnen die Details.«

Mader fädelte sich in den dichten Verkehr ein.

»Und was sagt Bronner?«, fragte Günther.

»Die Bremsleitungen waren manipuliert. Bronner meint, dass wir das den Kollegen sagen müssen.«

»Sehr gut. Also nicht gut. Welchen Kollegen? Ich sehe schon die Gesichter der österreichischen Polizisten, wenn ihnen ein Piefke Bescheid stößt, was sie versemmelt haben. Außerdem können wir ja schlecht sagen, dass wir uns das Wrack selbst organisiert haben. Aber egal. Manipuliert … Das will ich selbst sehen. Und dann überlegen wir die nächsten Schritte. Mader, Sie lagen richtig. Das Ganze ist eine Riesenverschwörung. Sind die Daten eigentlich noch interessant? Die der Student verkaufen wollte? Der Prozess beginnt doch jetzt, oder?«

»Ich weiß es nicht. Das übersteigt ein bisschen unsere Fachkenntnisse. Ja, wenn Baroli vor Gericht auspackt, ist der Junge umsonst gestorben. Dann kommt in der Verhandlung eh alles ans Tageslicht.«

»Bleibt Baroli denn dabei, dass er aussagt? Obwohl seine Familie immer noch in Geiselhaft ist?«

»Offenbar. Und der Staatsanwalt gibt mächtig Gas. Zankl hat Nachrichten, dass es im Vorfeld zum Prozess erste Verhaftungen gegeben hat. Da ist ziemlich dicke Luft in der Mailänder Geschäftswelt.«

»Woher weiß er das? In der Zeitung steht davon noch nichts.«

»Auch wir haben unsere Quellen.«

Günther lächelte gnädig.

Das Navi hatte sie in die nördliche Peripherie Münchens geführt.

Eintönig, die Landschaft hier, dachte Mader mit Blick auf die monotonen Ansammlungen von tristen Eigenheimen, die gelegentlich von Feldern unterbrochen wurden. Oder war es umgekehrt? Jedenfalls nichts, was das Auge reizte.

Günther schien die Gegend durchaus zu inspirieren, jedenfalls begann er mit den Fingern zu schnippen und rappte los. »Tristesse im Norden, wir checken das Morden, in der Stadt und auf dem Land, greifen wir mit harter Hand, bei der Wurzel die Verbrecher, wir sind es – der Gesetze Rächer.«

»Sehr schön«, sagte Mader.

»Ja, meine Freunde vom Lyrikzirkel haben gestern Abend gesagt, ich soll es einfach mal fließen lassen. Die waren ganz erstaunt, dass ich momentan so gechillt bin.« Er schnippte unverdrossen weiter. »Es geht darum, den richtigen Beat zu finden, den Reim, darum, Impressionen zum Klingen zu bringen, die Umwelt und ihr Chi zu besingen, den Weg zur Seele freizugeben, um sich selbst und die eigene Rolle im Leben einmal nackt und klar zu sehen und nicht blind und taub immer weiterzugehen.«

Bajazzo gähnte.

Schließlich ein paar Weiler, ein Hof. Mader fuhr rechts ran. »Wir sind da.«

»Was passiert da?«, fragte Günther und deutete auf das Gelände.

Dort waren mehrere desolate Autos zu sehen, Oldtimer und Unfallwagen, und vor allem ein Laster, auf den gerade ein Autowrack geladen wurde. Bronner stand teilnahmslos daneben und hörte dem Mann, der auf ihn einredete, offenbar nicht richtig zu. Ein zweiter Mann wartete in einem schwarzen Mercedes.

»Irgendwer hat gesungen«, sagte Günther. »Die haben ihre Leute überall. Bronner wird Ärger bekommen. Wir auch.«

»Ach, vielleicht passiert auch nichts. Wenn das jemand an die große Glocke hängt, dann müssen sie ja erklären, warum sie das Autowrack einkassieren, warum sie Beweismittel wegschaffen.«

»Mader, ist Ihnen schon mal der Gedanke gekommen, dass wir ebenfalls in Gefahr sein könnten?«

Mader kratzte sich am Kopf. Merkwürdig, der Gedanke

war ihm tatsächlich noch nicht gekommen. So fernliegend war das nicht. Nein, er hatte keine Angst.

Sie rutschten in den Sitzen hinunter, als der Laster, gefolgt von dem Mercedes, den Hof verließ.

Kurz darauf fuhren Mader und Günther auf das Gelände. Von Bronner war nichts zu sehen. Dafür schoss ein Schäferhund bellend auf sie zu.

»Aus, Urs!«, rief Bronner aus einer der Garagen.

Der Hund stoppte sofort. Mader und Günther stiegen aus. Bajazzo zog es vor, es sich hinten im Fußraum von Maders Wagen bequem zu machen.

»Kann ich Bajazzo rauslassen?«, fragte Mader.

»Nur zu, Urs tut ihm nix.«

Zögerlich hüpfte Bajazzo aus der Hintertür, die ihm Mader geöffnet hatte. Urs trabte auf Bajazzo zu. Sie beschnupperten ihre Hinterteile und beschlossen, nett zueinander zu sein.

»Wer waren die Leute?«, fragte Günther.

»Irgendwelche Typen von der Zollfahndung. Haben gesagt, dass sie das Auto mitnehmen müssen. Beweismittel in einem Prozess.«

»Zollfahndung – wer's glaubt.«

»Haben sie gedroht?«, fragte Mader.

»Nein. Sie haben nur gesagt, dass das Auto konfisziert ist. Beweismittel. Sie haben auch nicht groß gefragt, warum ich das Autowrack auf dem Hof habe.«

»Tja, unser Beweismittel wäre damit futsch«, sagte Günther enttäuscht.

»Wie das Leben so spielt«, meinte Bronner. »Kommt rein.«

Sie folgten ihm über den Hof. Bronner ging nicht etwa zum Wohnhaus, sondern zu dem Anbau. Als er das Licht in der Halle anschaltete, sahen sie weitere Oldtimer: einen DKW, einen verrosteten Mercedes SL, eine Zündapp Krokodil, einen gepflegten Borgward. Hinten, vor einer Wand aus Glasbausteinen, stand auf der Hebebühne ein Autowrack – ausgebrannt.

Mader sah Bronner erstaunt an. »Sag bloß?«

»Ich sag gar nichts.«

»Die haben das falsche Auto?«

»Könnte sein. Ich hab draußen ja ein paar so Kisten rumstehen. Auch ausgebrannte. Jetzt eine weniger.«

Günther schüttelte den Kopf. »Bravo, Bronner, das nenn ich Einsatz. Fan-tas-tisch! Aber wenn die das merken?«

»Die merken nix«, sagte Mader. »Die entsorgen das Teil garantiert in der nächsten Schrottpresse.«

Bronner zeigte ihnen mit einer Stablampe, wo am Autowrack die Bremsleitungen verliefen. Die feinen Schlitze waren mit bloßem Auge kaum zu erkennen, sehr wohl aber die ausgetretene ölige Flüssigkeit.

»Eine Zeit lang hält der Druck, da merkt man nicht viel. Aber auf einer steilen Bergstraße beim starken Bremsen tritt die Bremsflüssigkeit dort aus …«

»Was sagt uns das jetzt?«, fragte Günther.

»Dass es kein Unfall war. Dass das Bremsversagen herbeigeführt wurde.«

Mader nickte. »Die Leute, die das gemacht haben, schrecken vor Mord nicht zurück. Die Daten sind extrem heiße Ware. Aber das wissen wir ja bereits.«

BACK IN BLACK

Der Backstage-Raum der neuen Trauerhilfe Miller war nicht ganz so komfortabel wie der alte. Nackter Beton und ein sehr kleines Fenster in zwei Meter Höhe, das in offenem Zustand kaum Entlastung von den dichten Zigarettenschwaden der drei Mitarbeiter brachte. Auch der alte Küchentisch und die harten Stühle verbreiteten nicht allzu viel Gemütlichkeit. Der Raum wurde von dem neuen Kühlschrank dominiert, mannshoch und zum Einstand von Miller vollständig mit Augustiner-Bier gefüllt. Was bei den Mitarbeitern sehr gut ankam. »Erst nach Einbruch der Dunkelheit«, hatte Millers Anweisung vom Krankenbett aus gelautet. Bei dem kleinen Unfall hatte er eine Menge Blut verloren, war aber schon wieder ganz guter Dinge. Und das blöde Schild sei weg. Solche Discount-Schilder könnten das ganze Ambiente kaputt machen, wenn es um Qualität und Anspruch gehe. Die Halsverletzung war jedenfalls nicht so schlimm, wie sie auf den ersten Blick ausgesehen hatte. Und der blutbefleckte Boden war auch schon wieder in Bestzustand.

So gern sie schon ein Bier zu sich genommen hätten, sie hielten sich an Millers Ansage und labten sich jetzt an bitterem Filterkaffee, zubereitet von Wotan höchstpersönlich. Der Kaffee war pechschwarz. Für Milch war im Kühlschrank kein Platz mehr gewesen. Hätte dem Kaffee aber auch die unerbittliche Härte genommen. Andi und Diego waren von Wotans Kreation beeindruckt – *fortissimo!* Die Stimmung war jedoch nur mittelmäßig, was vor allem an Wotans Gefühlshaushalt lag.

»He, Wotan, jetzt mach nicht so 'n Gesicht«, meinte Andi.

»Es war doch eine sehr schöne Beerdigung. Rupert wäre stolz auf so viele Leute gewesen.«

Diego nickte. »Richtig viele Leute. Ja, das ist echt ein Ding. Zu Lebzeiten will keiner dein Zeug lesen, und kaum nippelst du ab, wirst du bekannt. Und dann kommen Hinz und Kunz zu deiner Beerdigung.«

»Und die Leute jammern, dass du nichts mehr schreiben kannst«, ergänzte Andi.

»He, Wotan, was sagst du denn dazu?«, fragte Diego. »War doch vor allem dein Freund.«

»Nix«, sagte Wotan traurig.

»Wotan, jetzt nimm es halt nicht so schwer. Das war ein Unfall.«

»Warum passiert immer mir so was?«

»He, komm, der Ruppi wollte das ja unbedingt. Du hast ihn ja nicht dazu gedrängt, sich da reinzulegen.«

»Und dann die Sache mit dem Miller. Stellt euch vor, der wäre verblutet, und ich bin schuld.«

»Mach dir keine Sorgen, der Miller ist hart im Nehmen. Der hält das aus. Außerdem wollte er ja unbedingt, dass das Schild wegkommt. Jetzt ist es weg, und in zwei Tagen ist der Miller auch wieder an Bord. Alles gut. Du hast doch gehört, dass er nicht nachtragend ist.«

»Und dann noch der blöde Sarg. Scheiß *Schneewittchen*.«

Andi nippte vorsichtig an seinem Kaffee. »Ja klar, der Miller findet das nicht so groovy. Aber das mit den sechstausend Euro meint der nicht so.«

»Sagst du.«

»Sag ich.«

»Das glaub ich nicht.«

»Schau, Wotan, wir kaufen eine große Dose Klavierlack,

und aus *Schneewittchen mondän* wird *Beethoven Back in Black*. Das kostet maximal hundert Euro. Und ein bisschen Arbeit. Nicht die Welt.«

»Meinst du echt?«

»Aber klar doch. Und jetzt trinken wir endlich auf den Rupert.«

Sie stießen mit ihren Kaffeebechern an.

Diego holte seinen Flachmann aus der Brusttasche und verfeinerte den Kaffee. »Kann ja sonst keiner saufen.«

Wotan sah ihn beleidigt an.

»Nur Spaß, Wotan. Super Kaffee. Das nächste Mal ruhig a bisserl stärker.«

»Meinst du echt, Diego?«

»Ja logisch. Sonst kommt mein Kreislauf gar nicht in Schwung.«

»Wotan, sag mal – hat der Ruppi eigentlich Verwandte?«, fragte Andi.

»Nein, er hat gesagt, dass er ein Einzelkind ist und seine Eltern tot sind.«

»Kein Wunder, dass er dann so düsteres Zeug schreibt. Wer kriegt denn jetzt seine Sachen? Also, was in seiner Wohnung ist. Oder sein Geld. Weil jetzt läuft das Buch ja.«

Diego nickte. »Ja, das läuft jetzt richtig gut. Da kommen jetzt voll die Tannine rein.«

Andi stöhnte. »Diego! Tannine? So heißt das beim Bier. Wenn du das in einem Holzfass lagerst. Du Banause.«

»Jaja, du Schlaukopf, Andi. Du weißt doch genau, was ich meine.«

»Prozente.«

»Eben. Wie beim Bier. Wer kriegt denn jetzt die Kohle aus den Buchverkäufen?«

»Irgendwelche Verwandten gibt es bestimmt.«

»Und wenn nicht?«, sagte Wotan.

»Wotan, es gibt immer wen. Entfernte Verwandte. Warum fragst du das?«

»Ruperts Laptop lag in der Teeküche.«

»Hier?«

»Nein, in der alten Teeküche. In der Brandnacht. Also danach.«

»Und?«, hakte Diego nach.

»Das Ding ist unversehrt. Nur die Tasche ist ein bisschen angekokelt. Was, wenn da Sachen auf dem Rechner sind?«

»Natürlich sind da Sachen auf dem Rechner«, meinte Diego. »Daten.«

Andi grinste. »Wotan, hast du nachgeschaut – sind da noch Geschichten vom Rupert droben. So Manuskripte?«

»Anusgrippe«, kicherte Diego. »Du Nuschler!«

»Ich hau dir gleich eine rein, dann wirst du grippig, Diego. Jetzt mal Ende Scherzparade! Also, Wotan?«

»Ich komm nicht rein, das Ding hat ein Passwort. Ich hab schon alles Mögliche probiert. Seinen Namen, seinen Nachnamen, seinen Geburtstag. Nichts.«

»Wir könnten Fränki fragen«, schlug Diego vor. »Der kennt sich doch super mit Computern aus.«

»Ja genau, Diego. Und was sagen wir, wem das Ding gehört?«

»Na, uns. Also dem Wotan. Er sagt, dass er das Passwort im Suff vergessen hat. Der Fränki kann uns bestimmt helfen. Da gibt's doch so ein Programm, einen Passwortfinder. Hab ich mal gehört.«

»Ach komm.«

»Doch, ehrlich. Du hängst das Teil an den Computer, und das testet dann in Windeseile Unmengen von möglichen Passwörtern.«

»Und wie kommen wir an so ein Ding?«

»Das fragen wir den Fränki.«

»Echt nicht, Diego. Seine Freundin arbeitet bei der Kripo.«

»Mordkommission, Andi. Ganz andere Baustelle.«

»Bist du dir sicher, dass die uns nicht auf dem Sonar haben? Vielleicht ermitteln die immer noch wegen Brandstiftung mit Todesfolge. Der eine Polizist hat doch was von Versicherungsbetrug gefaselt. Der Depp.«

»Quatsch, Andi. So Befragungen sind reine Routine. Der Miller hat gesagt, dass das der Italiener war, aus Rache, weil er mit dem nicht komponieren will. Und der Italiener kann ja nicht gewusst haben, dass der Ruppi da in 'nem Sarg pennt. Und wir haben sowieso das Topalibi mit dem Sixty Lions. Also wegen dem Computer können wir problemlos den Fränki fragen. Der hat ja mit der ganzen Sache nix zu tun. Und der wird seiner Freundin ja nicht jeden Schmarrn erzählen.«

Andi schüttelte den Kopf. »Das ist mir jetzt eine Nummer zu lässig. Sag mal, Wotan, du kennst den Ruppi doch am besten. Hat er dir wirklich nix erzählt – über irgendwelche Bekannten, Freunde, jemand, der ihm sehr nahesteht? Weißt du, oft nimmt man ja als Kennwort den Namen von der Ehefrau und so was.«

»Der war nicht verheiratet. Das hätte der mir erzählt. Freunde hatte der Ruppi eigentlich auch nicht viele, vielleicht sogar gar keine, also außer uns.«

»Ihr habt euch gut verstanden?«

»Ja, super. Also für die kurze Zeit.«

»Hol mal den Laptop, Wotan.«

»Jetzt gleich?«

»Jetzt gleich. Oder hast du den Rechner schon zu Hause?«

»Nein, der ist im Spind.«

Als Wotan von dannen gerollt war, sagte Diego: »Was hast du denn vor, Andi?«

»Ach, Versuch macht klug.«

Kurz darauf stand der Laptop aufgeklappt vor ihm. Er konzentrierte sich und sah angestrengt auf das kleine Eingabefenster, das ihn aufforderte, das Kennwort einzugeben. Er starrte das Fenster an, als wollte er es hypnotisieren. Endlos viele Möglichkeiten. Aber *Andi Superhacker* ist das digitale Grauen des Pentagons, des Bundestags, der Stadtteilbibliothek. Keine Datenbank ist vor ihm sicher. Es gibt Millionen von Möglichkeiten. Wird *Andi Superhacker* die Kiste knacken?

Er tippte. *Klick – klick – klick – klick – klick.*

BING!

Er war drin.

Die anderen sahen ihn fassungslos an.

»Nennt mich Superhirn«, sagte Andi.

»Superhirn, wie hast du das gemacht?«, fragte Diego.

»Ganz einfach: W-O-T-A-N.«

Wotan strahlte über beide Ohren. »Ja, der gute alte Rupert.«

Andi klickte schon durch die Dateien. »He, das nenn ich mal geil, richtig geil. *Die Zombies vom Ostfriedhof schlagen zurück. Zombie-Krieg in Milbertshofen. Zombie-Rache im Olympiastadion. Die letzte Zombie-Wiesn. Endspiel in der Zombie-Arena.* Und so weiter und so fort. Jede Menge

Textdateien mit Zombiestorys. Perfekt! Der Markt schreit nach Ruperts Zombiegeschichten. Sein erstes Buch ist ja dank seinem aufregenden Ableben jetzt der totale Knaller. Aber das war nur der erste Streich. Das Zeug hier ist eine verdammte Goldgrube.«

»Ein Goldschatz, Andi«, verbesserte ihn Diego. »Weil, eine Grube kann es ja nicht sein.«

»Hä?«

»Na, wer andern eine Grube gräbt, du weißt schon. Da ist ja nicht zwingend was drin.«

»Klar, Diego, du Korinthenknacker. Eins ist aber schon mal klar. Wenn wir das Zeug rausbringen, dann sind wir reich.«

»Geil. Wir haun alles auf einen Schlag raus. Und dann sind wir Millionäre. Und zischen ab in die Südsee. Und alle können uns mal am Arsch lecken. Also, natürlich geht das alles durch drei, gell, Wotan?«

»Klar. Alles für alle, eins für einen.«

»Leute, jetzt mal ganz langsam«, sagte Andi. »Das Zeug müssen wir dosiert rausbringen. So von wegen der neue Bestseller. Und dann erst im Jahr drauf der Nachfolger von dem Bestseller, und so weiter. Den Markt nicht überhitzen.«

»Wir haben da allerdings ein kleines Problem«, meinte Wotan. »Der Autor ist tot.«

»Ja und? Das sind Texte, die er hinterlassen hat.«

»Und dann melden sich plötzlich doch irgendwelche Verwandten. Ihr wisst doch, wie das ist. Da kriegt irgendeiner mit, dass doch was zu holen ist, und plötzlich stehen sie alle auf der Matte und wollen ihr Stück vom Kuchen. Bisher war der Ruppi ja nur ein ganz kleines Licht, aber jetzt, wo er abgenippelt ist, ist er plötzlich der große Bestsellerautor …«

»Wir müssen halt ein Testament verfassen.«

»Wie, Andi – Testament? Verfassen?« Diego sah Andi verwirrt an. »Das wär ja Urkundenfälschung. Wir können doch nicht einfach ein Testament fälschen!«

»Dann eben eine Nummer kleiner. Wir machen eine schriftliche Vereinbarung.«

Diego schüttelte den Kopf. »Ich hab irgendwo gelesen, dass es ziemlich oft vorkommt, dass Testamente gefälscht werden, also hinterher, wenn der über den Jordan ist, also der, der was zu vererben hat.«

»Aha, stand das wieder in *Schöner Essen?*«, sagte Wotan.

»Jetzt fang du auch noch an. Der Andi packt es schon immer nicht, wenn ich was weiß, was er nicht weiß.«

Andi winkte ab. »Ganz ruhig, Diego. Für die Vereinbarung brauchen wir eine Unterschrift vom Rupert. Also eine, wo wir originalgetreu nachmachen können.«

»Andi, du weißt schon, bei Zweifeln geben die Verwandten ein seismologisches Gutachten in Auftrag. Und wenn dann auffliegt, dass wir die Unterschrift gefälscht haben, sind wir am Arsch.«

»Blödsinn. Der Rupert ist doch hinüber, wie soll man das noch verlässlich checken? Außerdem hat der alles mit dem Computer geschrieben. Ich hab ihn doch tippen gesehen. Von Ruppi gibt es bestimmt nicht viele Schriftproben. Hm, wir brauchen unbedingt eine Unterschrift von ihm …«

Wotan rauschte aus der Teeküche.

»Was hat der denn jetzt schon wieder?«, sagte Diego.

»Vielleicht ist er beleidigt, dass wir hier schon die Beute verteilen? Wo er noch in tiefer Trauer ist? Vielleicht treibt ihn auch nur sein krasser Kaffee aufs Klo. Der ist wirklich eine Zumutung.«

Kurz darauf war Wotan zurück. Mit einem Buch. *Die kalten Zombiehände vom Ostfriedhof.* Auf dem Innentitel stand: *Meinem lieben Wotan! Dein Freund Rupert Eigner.*

Andi rieb sich die Hände. »Cool, sehr cool, Wotan. Das wird gehen. Die Unterschrift sieht nicht kompliziert aus. Wie von einem Zweitklässler. Die üb ich ein paarmal, dann kann ich die perfekt. Was meint ihr, was ich schon alles gefälscht hab. Aber erst die Vereinbarung.« Er öffnete auf dem Laptop ein neues Worddokument und begann zu tippen.

> ***Vereinbarung für den Fall meines frühzeitigen Ablebens***
> Da ich in letzter Zeit Herbert »Wotan« Koch und seine Freunde Andreas »Andi« Wohlmeier und Dieter »Diego« Wallner als die einzigen warmherzigen Personen auf diesem kalten Planeten kennengelernt habe, so sollen sie – falls mein Leben unerwartet früh ein Ende findet – die Veröffentlichungsrechte an meinen noch unveröffentlichten Manuskripten und sämtliche damit verbundene Einnahmen erhalten.

»Warum dann nicht gleich auch die von den *Kalten Zombiehänden?*«, sagte Diego. »Das ist doch schon draußen und läuft super.«

Andi tippte weiter.

> Die Honorare aus *Die kalten Zombiehände vom Ostfriedhof* gehen im Fall meines Todes an das Tierheim in Riem für die Errichtung eines Tierfriedhofs. Bei Planung und Durchführung der Anlage des Tierfriedhofs ist

die *Trauerhilfe Miller* der Exklusivpartner. Sämtliche Einnahmen aus Verpachtung und Pflege der Grabstellen gehen an die *Trauerhilfe Miller.*

»Wahnsinn, Andi, du bist so ein Fuchs! Voll die soziale Ader und trotzdem Kohle einstreichen.«

»Ja, Diego, so geht das. Du musst immer ans Portfolio denken. Breit aufstellen, dann stehst du stabil.«

»Vielleicht wird das mit den Tierbestattungen der Zukunftsmarkt Nummer eins. Hinz und Kunz haben doch heute Haustiere. Und die leben ja nicht ewig.«

»Genauso ist es. Immer Nachschub. Aber eins nach dem andern. Erst die Bücher. Wenn die Vereinbarung unterschrieben ist, steht der Bestsellerproduktion nichts mehr im Weg.«

»Müssen wir das eigentlich irgendwo von wem anerkennen lassen?«, sagte Diego. »Von einem Rechtsanwalt oder einem Notar oder so?«

»Das fragen wir die von Ruperts Verlag, wenn es in die konkreten Verhandlungen geht.«

»Wow, du bist so cool, Andi. Als hättest du dein Leben lang nix anderes gemacht.«

Andi strahlte. »Jetzt üb ich noch ein bisschen die Unterschrift, dann drucken wir den ganzen Schmarrn aus und hauen unser Servus drunter. Und dann geh ma ins Sixty Lions und trinken ein paar Gedächtnishalbe auf den edlen Spender.«

> Die Verhaftungswelle in Mailand legt beträchtliche Teile der lokalen Wirtschaft lahm. Selbst in den Vorstandsetagen börsenorientierter Unternehmen macht sich Unruhe breit. Besonders heftig sind die Auswirkungen auf die Aktien des Kaffeeherstellers Carelli. Sie sind um fast 30 Prozent eingebrochen. Und das nach dem kometenhaften Aufstieg seiner neuen Kaffeelinie *Caffè Nero*. Noch sind keine Details über die Gründe für die Verhaftungen bekannt, aber es geht um Preisabsprachen großen Stils. Aus dem Einzelhandel sind schon seit Längerem Stimmen zu vernehmen, dass kleinere Kaffeeproduzenten aus dem Geschäft gedrängt würden. Der Handel mit Kaffeeprodukten ist in Italien ein Milliardengeschäft mit enormen Gewinnspannen. Neben wirtschaftskriminellen Aspekten ist der Kaffeehandel für die Justiz auch wegen der eventuell damit in Verbindung stehenden Todesfälle der Kaffeefabrikbesitzer von *Batta Caffè* und des Wirtschaftsjournalisten Emanuele Riccardi, der in diesem Kontext recherchierte, von Interesse. Ist der Kaffeeskandal nur die Spitze des Eisbergs?

Reinhard legte den *Corriere* beiseite und nahm einen Schluck von seinem inzwischen kalten Kaffee.

Mader sah ihn aufmunternd an. »Dein Italienisch ist echt gut.«

»Romanistikstudium anno dazumal.«

»Was hältst du von dem Artikel? Also inhaltlich.«

»Ich weiß nicht. Baroli hat offenbar ausgepackt. Noch vor Prozessbeginn. Der Staatsanwalt ist von der Stichhaltigkeit von Barolis Dokumenten überzeugt und schickt schon mal die Exekutive los. Damit sich die Leute nicht noch schnell vom Acker machen oder Beweismittel vernichten, bevor die Verhandlungen beginnen. Die Polizei macht tatsächlich kurzen Prozess. Das ist sonst nicht gerade die italienische Art.«

»Ich hab mich erkundigt«, sagte Mader. »Der Staatsanwalt war vorher in Catania. Da hat er ziemlich aufgeräumt. Jede Menge Mafiosi sind in den Knast gewandert. Jetzt hat er es vor allem mit Wirtschaftskriminellen in Oberitalien zu tun. Zahlreiche Drohungen in den letzten Jahren. Aber der Typ ist unerschrocken. Hat keine Familie, Eltern beide bereits verstorben. Nichts, womit die ihn unter Druck setzen können. Und er ist populär. Gilt als aussichtsreicher Bürgermeisterkandidat für Mailand bei den nächsten Kommunalwahlen. Seine harte Linie kommt bei den Wählern gut an.«

»Dann muss er aber seinen Staatsanwaltsposten abgeben.«

»Ich vermute mal, dass er als Bürgermeister erheblich mehr Einfluss auf die Zustände im Wirtschaftsraum Mailand hat. Dann kann er die ganze Stadtverwaltung neu aufstellen. Das schmeckt bestimmt nicht allen.«

Reinhard nickte. »Er und Baroli riskieren viel. Der Prozess hat noch nicht mal angefangen, und die gehen schon in die Vollen. Das passt doch hinten und vorn nicht zusammen. Allein schon vom Timing. Und was ist momentan mit Barolis Familie?«

»Immer noch weg.«

»Hm. Und jetzt riskiert er den Zorn der Mafia?«

»Ist halt ein äußerst tougher Typ«, meinte Mader achselzuckend.

Reinhard wiegte den Kopf. »Barolis Rolle ist mir nicht klar. Hast du eine gute Erklärung?«

»Was er will? Was sein Ziel ist? Nein, hab ich nicht.« Mader hatte nicht einmal eine schlechte Erklärung für die Dinge, die da rund um Baroli passierten. Schon gar nicht dafür, dass er vor Gericht aussagte, während seine Familie noch in den Händen der Entführer war. Vielleicht war er einfach ein kaltschnäuziger Egomane, ein verbissener Prinzipienreiter, bei dem Wahrheit über alles galt.

Mader sah aus dem Fenster des Cafés auf den Haidplatz hinaus. Ein Anflug von Nostalgie überkam ihn. So sehr hatte sich die Regensburger Innenstadt nicht verändert. Aber das gehörte jetzt nicht hierher. Wie sollten sie nach all den Ereignissen weitermachen, die sie in den letzten Wochen beschäftigt hatten? Mafia, Korruption – alles hochkomplex. Ein klassischer Mordfall war da eine einfache und ehrliche Sache. Na ja, oft auch nicht.

Als Mader eine Stunde später im Zug nach München saß, wanderte die Sache in seinem Kopf von einer Gehirnhälfte zur anderen und zurück. Reinhard hatte recht, bei Baroli passte gar nichts zusammen. Das hohe Risiko. Würde er an Barolis Stelle seine Familie gefährden? Niemals. Familie – das war ihm bis vor Kurzem noch total fremd gewesen. Jetzt nicht mehr. Nein, er würde Helene, Reinhard oder die Mädchen niemals gefährden. Warum tat Baroli das? Warum brachte er die Wirtschaftsbosse und die Mafia gegen sich auf? Wollte er wie dieser Staatsanwalt in die Politik gehen? Und wenn er sein Pulver jetzt schon vor Prozessbeginn verschossen hatte? Oder kamen die richtig großen Enthüllungen erst noch? Reinhard hatte versprochen, ihn über seine Journalistenkontakte in Italien in Sachen Prozessverlauf auf dem Laufenden zu halten. Jetzt hatte er ein schlechtes Gewissen, seinen neuen Verwandten so in die Ermittlungen mit reinzuziehen. Nein, so war es ja gar nicht. Das Angebot für den Datenankauf hatte ja quasi Reinhard bekommen. Als Journalist konnte er so eine Geschichte kaum an sich vorbeiziehen lassen. Mader dachte an den jungen Mann in dem Auto im Bergwald. Kein Unfall, wie Bronner einwandfrei nachgewiesen hatte. Das hatte er Reinhard natürlich nicht gesagt.

Mader bekam vom vielen Denken Kopfschmerzen. Durchs Zugfenster sah er die Neonschilder von Meiler-Kipper, bald das Steinway-Haus und den Mercedes-Turm an der Donnersberger Brücke. München. Er freute sich jetzt auf Bajazzo, ein Bier und einen ruhigen Abend mit ein paar Chansons. Er würde der Nachbarin fürs Hundesitting noch ein paar Blumen vom Hauptbahnhof mitbringen. Hoffentlich verstand sie die Blumen nicht falsch. Nein, die alte Frau Schultheiß doch nicht. Na ja, so alt war sie auch wieder nicht. Vielleicht sechzig. Das war er in fünf Jahren auch. Eine Packung *After Eight*?

100 000

Von draußen sah der Verlagssitz in der Bahnhofsgegend aus wie ein gewaltiges gestrandetes Raumschiff, sehr respekteinflößend mit all dem Glas und Stahl und Sichtbeton. Andi zögerte kurz, dann betrat er das Gebäude und artikulierte am Empfangstresen sein Begehr. Die Dame führte ein Telefonat und parkte ihn dann in einem der riesigen, roten Filzsessel in Eierschalenform. Andi fühlte sich prächtig, als er jetzt in seinem maßgeschneiderten Anzug in der Begrüßungslounge in dem Sessel versank. Ja, er war ein Businessman, der einen großen Deal einfädeln würde.

Er beobachtete die Leute, die hier rege ein und aus gingen. Der Dresscode war recht leger. Immer wieder junge Leute in Jeans, auch Sweatshirts und Chucks sah er. Klar, auch ein paar Anzugherren und Kostümdamen, aber eher die Ausnahme. Jetzt trat ein Student an den Empfangstresen, sprach mit der Dame und lachte dröhnend. Andi musterte seine Klamotten. Wäre bei ihnen im Institut undenkbar. Löchrige Jeans, grobe Stiefel, Holzfällerhemd. Die Frisur ein schwarzgrauer Wischmopp und dazu ein verfilzter Vollbart. Na ja, Werkstudent, vermutlich fortgeschrittenes Semester.

Jetzt deutete die Empfangsdame auf ihn, und der Typ kam auf ihn zu.

Soll mich wohl abholen und zu meiner Verabredung bringen, dachte Andi. Gleich gibt's voll den Style-Clash. Aus dem ich als glanzvoller Sieger hervorgehe.

»Ach, da sind Sie ja«, nuschelte der Student. »Ich dachte, Sie sind jemand aus der Konzernzentrale.«

»Äh?«

»Na, der Anzug – so businesslike.«

»Ja, ich bin geschäftlich hier«, sagte Andi.

»There is no business like show business«, sagte der Student und reichte Andi die Hand. »Mark Hammer, Programmleitung Fantasy und Hard-boiled.«

Andi verdaute den Schock schnell und sagte cool: »Andreas Wohlmeier, Programmleitung Trauerhilfe Miller.«

Der Vollbärtige lachte lauthals. »Der war gut.«
»Wer?«
»Na, der Witz.«
»Das war kein Witz.«
Wieder lachte Mark Hammer dröhnend. »Kommen Sie, wir gehen in mein Büro.«
Andi folgte dem schlurfenden Programmleiter zum Lift. Sie fuhren in den fünften Stock. Die Glasfront in Hammers Büro erlaubte einen weiten Blick über die Dächer der Nachbarhäuser, auf die Paulskirche und vor allem auf die Alpenkette am fernen Horizont.
»Geil!«, rutschte es Andi raus.
»Wir können auf die Terrasse und eine rauchen.«
»Sehr gerne.«
Gleich darauf lehnten sie am Geländer der Dachterrasse und ließen den Blick schweifen.
»Schon geil, oder?«, meinte Hammer.
»Ja, sehr geil.«
»Ich bin der Mark.«
»Andi.«
»So, Andi, und was machst du, wenn du keine Manuskripte verkaufst?«
»Ich bin Bestatter.«
»Jetzt im Ernst?«
»Todernst.«
»Und? Wie ist das?«
»Sehr geil.«
Mark lachte wieder dröhnend, dann verschwand er nach drinnen. Kam kurz darauf zurück. Mit zwei Flaschen *Giesinger Erhellung*.
»Oh, süße Heimat Giesing«, freute sich Andi.

»Sind von der Party gestern über. Alk gibt's bei uns nur zu besonderen Anlässen. Gestern haben wir die Hunderttausend gefeiert.«

»Hunderttausend was?«

»*Die kalten Zombiehände vom Ostfriedhof.* Hunderttausend verkaufte Exemplare.«

»Ist das viel?«

»In vier Monaten – das ist der Hammer! *No pun intended.* Vor allem weil drei Monate lang fast gar nix ging. Aber jetzt stirbt der Typ, dann auch noch so bizarr, und die Leute plündern die Buchläden. Wir kommen kaum mit dem Nachdrucken hinterher. Stimmt es, dass Eigner in einem Sarg gestorben ist?«

»Ja, bei uns im Institut. Hat geschlafen wie ein Engel. Im *Eternity de luxe.* Das ist der beste Sarg, den wir im Programm haben. Der Ruppi hatte ja Schlafstörungen. Zufällig war er mal bei uns beim Probeliegen und hat gemerkt, dass er da drin super pennen kann. Aber nur bei uns im Institut. Für zu Hause hat ihn der Sarg nicht interessiert. Na ja, er hat halt auch ein bisschen Anschluss gesucht, der Gute. Wir waren voll die dicken Freunde. Dass dann unser Laden eines Nachts abbrennt, konnte ja keiner wissen.«

»Ist das dein Laden?«

»Nein, der gehört dem Miller. Aber ich bin der Kreativchef. Und mein Spezl Diego ist für die Technik zuständig. Also Special Effects, Licht, Pyrotechnik und das ganze Drumherum.«

»Pyrotechnik?«

»Na ja, so ganz nach Anlass und Klientel. Fußballfans mögen Pyrotechnik. Zum Beispiel.«

»Cool, sehr cool.«

»Und dann arbeitet bei uns noch der Wotan. Der war mal Rockerchef beim Wotan Clan. Jetzt sitzt er im Rollstuhl – Betriebsunfall. Aber er ist immer noch ein echter Rock 'n' Roller – hart und herzlich.«

Mark sah ihn mit aufgelösten Gesichtszügen an und wischte sich die Lachtränen aus den Augen. »Ich hol mal noch schnell zwei Giesinger, und dann sprechen wir über das Geschäftliche.«

CREMA

Vor der ersten Wirtschaftsstrafkammer des Mailänder Amtsgerichts beginnt heute der Prozess gegen den Kaffeeproduzenten Carelli. Mit Spannung wird die Aussage des investigativen Journalisten Sergio Baroli erwartet, der seit Jahren den Einfluss der Mafia auf die italienische Wirtschaft untersucht. Nach dem plötzlichen Tod seines Kollegen Emanuele Riccardi und der dramatischen Entführung seiner Familie sah es lange so aus, als würde Baroli nicht vor Gericht aussagen. In den letzten Tagen hat sich jedoch angekündigt, dass er sich nicht einschüchtern lässt. Der leitende Staatsanwalt Rivelli bekam von Baroli detaillierte Hinweise auf Straftaten, sodass er ohne Verzögerung aktiv wurde. Zahlreiche Unternehmen in Mailand erhielten bereits Besuch von den Steuerbehörden und der Polizei.

Beunruhigt sehen Mailänder Geschäftsführer und Unternehmensvorstände auf den heute beginnenden Prozess. Staatsanwalt Rivelli sprach in der morgend-

> lichen Pressekonferenz von »erdrückenden Indizien«. Sollten sich diese erhärten, sei mit empfindlichen Strafen zu rechnen. Staatsanwalt Rivelli erhofft sich im Rahmen des Prozesses auch Erkenntnisse über die Hintergründe der Todesfälle des Journalisten Emanuele Riccardi und sowohl des Vaters als auch des Sohns Batta von *Batta Caffè*, die wegen der aggressiven Expansionspolitik von *Carelli Caffè* massiv unter Druck standen. Rivelli drückte es so aus: »Viele Italiener fragen sich heute: Wie kann das wichtigste italienische Genussmittel so viel Schmutz und Kriminalität anziehen? Vielleicht ist es mit dem Caffè wie generell mit Italien. Unter der seidigen Crema verbirgt sich eine bittere schwarze Brühe voll dunkler Geheimnisse.«
>
> Rivellis scharfsinniger Analyse zur oberitalienischen Wirtschaft ist wenig hinzuzufügen. Ob die Ermittlungen allerdings in seinem Sinne verlaufen, wird sich erst zeigen. Zu oft schon hat die italienische Öffentlichkeit erlebt, dass nach einem langen, zermürbenden Prozess nur bescheidene Ergebnisse übrig blieben. Vielleicht gibt es diesmal aber auch ein Erdbeben, das die italienische Wirtschaft auf den Boden von Recht und Gesetz zurückholt.

Reinhard klickte den Kommentar in der Onlineausgabe des *Corriere* weg und überlegte. Mann, die hauen bei der Geschichte wirklich auf den Putz. Aber klar, das ist ein heißes Thema für die italienische Presse. Was für eine Figur wird Baroli in dem Prozess abgeben? Wahnsinn, der macht das, obwohl seine Familie entführt wurde und immer noch in den Händen der Entführer ist. Vielleicht spekuliert er, dass die Entführer mit ihren Verbindungen zur Wirtschaft sich gerade jetzt nicht trauen, den Geiseln Schaden zuzufügen. Sonst wäre der kriminelle Zusammenhang ja zu offensichtlich. Trotzdem riskant, sehr riskant. Leider ist die Verhandlung nicht öffentlich. Dafür würde sich sogar der Weg nach Italien lohnen.

Jetzt war er doch ein wenig verunsichert. Hatte er sich in Baroli getäuscht? Der schien tatsächlich sein Ding durchzuziehen. Reinhard griff zum Telefon, um Mader anzurufen. Er hatte ja versprochen, ihn auf dem Laufenden zu halten.

TNT

Andi war ziemlich angeschossen, als er in der U-Bahn nach Hause saß. So ein lustiger Nachmittag. Er lachte. Und versuchte sich zu erinnern, was sie gerade im Verlag besprochen hatten. Er selbst hatte jedenfalls ziemlich Amok geredet. Mark Hammer allerdings auch. Aber cooler Typ. Entsprach nicht ganz seinen Vorstellungen von einem Lektor. Doch was wusste er schon. Ein Angebot würde er per Mail bekommen. Jetzt nur nicht über den Tisch ziehen lassen. Mark wollte das Ganze auch noch vom Verlagsanwalt prüfen lassen – nicht dass plötzlich doch noch irgendwelche weit entfernten Verwandten aus den Löchern krochen und Forderungen stellten. Er sollte Mark eine Kopie von der Vereinbarung schicken. Kein Problem.

Andi lachte. Mark Hammer glaubte vielleicht, dass er

keine Ahnung vom Verlagsgeschäft hatte. Hatte er auch nicht. Aber er wusste generell, was ein gutes Geschäft war. Also hatte er Mark erst mal nur drei Geschichten angeboten. Dass sich auf der Festplatte von Ruppis Laptop insgesamt 42 neue Geschichten befanden, hatte er ihm natürlich nicht auf die Nase gebunden. Kein Überangebot, sonst rauscht der Kurs in den Keller – alte Börsenweisheit.

Boh, jetzt freute er sich aufs Sixty Lions. Die Jungs brannten sicher vor Neugier und wollten wissen, wie's gelaufen war. Super – weil er ist ja nicht nur der *Superhacker,* sondern auch der *Superchecker!*

Als er an der Silberhornstraße aus der U-Bahn stieg, schickte der glutrote Feuerball der Abendsonne seine letzten Strahlen auf Obergiesing und tauchte die Hausfassaden in brennendes Licht. Giesing leuchtete: die Tegernseer Landstraße, die rumpelnde Tram, die spiegelnden Schaufenster der Imbissläden, Schnellbäcker und anderen Kleinunternehmer – alles in Kirschgold. Seine Hood, seine Heimat. Noch war Giesing nicht in Händen allgegenwärtiger Filialisten. Und die paar blöden Hipster würden sie vertreiben, falls die es wagen sollten, ihre Stammkneipe Sixty Lions zu entweihen.

Dort empfing ihn dröhnender Lärm – *TNT, I'm dynamite …* – und eine Nebelbank aus Nikotin. Das mit dem Rauchverbot wurde hier nicht allzu ernst genommen. Wurden ja auch keine Speisen serviert. Außer Fleischpflanzerln. Und die bekamen so erst ihr besonderes Aroma. Sagte Wirtin Herta immer. Andi schnappte sich ein Pflanzerl von dem Tablett auf dem Tresen und machte sich mampfend auf die Suche nach Diego und Wotan. Er fand sie im Gang zum Klo vor dem blinkenden Spielautomaten.

»He, Burschen, ned glei ois verzockn!«

»He, Andi, wie ist es gelaufen?«, begrüßte ihn Diego.

»Spitze, ich bin jetzt noch blau. Echt der Wahnsinn. Die sitzen da in ihren Designerbüros im fünften Stock, schauen in die Alpen und pfeifen sich ein Giesinger nach dem andern rein. Das war echt cool. Wir machen mit denen einen Dreibuchvertrag.«

»Drei, ich denk, wir haben über vierzig?«

»Immer schön langsam, Diego. Du weißt doch: den Markt nicht überhitzen.«

»Und?«, sagte Wotan. »Wie viel legen die auf den Tisch?«

»Der Mark, also der Lektor, der macht ein Angebot, sobald er die Texte gelesen hat und der Verlagsanwalt Ruppis Vereinbarung mit uns geprüft hat. Die muss ich ihm noch faxen. Nicht dass da doch noch wer ankommt und was abhaben will.«

»Das Ding ist doch wasserfest, oder?«

»Logisch, Wotan. Bombenfest. Vier Unterschriften, drei davon echt. Drei Männer, die bezeugen, dass der Deal okay ist. Und ein vierter, der sich dazu nicht mehr äußern kann. Solange wir alle dichthalten, kann nix passieren.«

»Und wie wir dichthalten.« Diego drehte sich zum Tresen. »Herta, Obstler! Lokalrunde!«

WURM

Es war spät am Abend, als sich Reinhard noch einmal bei Mader meldete und ihn über den Prozessfortgang informierte. Es sehe nicht gut aus – aus Sicht der Staatsanwaltschaft. Offenbar war die Beweisaufnahme schleppend verlaufen, zahllose Anträge der Verteidigung verzögerten den eigentlichen Prozessbeginn. Es sei völlig unklar, wie es weitergehe, weil die Verteidigung gleich einen großen Trumpf aus dem Ärmel gezogen habe. Die Dokumente, auf deren Basis die Staatsanwaltschaft die Hausdurchsuchungen und Verhaftungen hatte durchführen lassen, waren offenbar nicht im Detail geprüft worden. Die Verteidigung dränge nun auf eine Untersuchung der Rechtsgrundlage für das Vorgehen der Staatsanwaltschaft und der Exekutive in den letzten Tagen. »Da ist der Wurm drin«, lautete Reinhards abschließendes Urteil.

NICHT GUT

Der Prozess in Mailand verlief tatsächlich nicht gut. Schon am zweiten Prozesstag wurde die Beweisaufnahme unterbrochen, weil die Zweifel an der Echtheit der belastenden Dokumente jetzt erdrückend waren. Es ging um mehr als Zweifel. Einige Dokumente waren offenkundige Fälschungen. Die Verteidiger und Anwälte der verhafteten Personen sorgten für deren umgehende Freilassung. Weitere Haftbefehle, die schon vorlagen, wurden ausgesetzt. Der Verteidiger grillte den Hauptzeugen Baroli, der jenseits der angezweifelten Dokumente nicht viel Handfestes zu bieten hatte. Im Netz war die Presse für Baroli und den übereifrigen Staatsanwalt eher hämisch. Die von den Ermittlungen betroffenen Unternehmen kündigten an, Rechtsmittel einzulegen und wegen des entstandenen wirtschaftlichen Schadens zu klagen.

Das alles entnahm Mader dem Artikel der Onlineausgabe der *Süddeutschen Zeitung*. Sogar dort wurde inzwischen über den Fall berichtet. Mader kratzte sich am Kopf. Das in Mailand lief ja gehörig schief. Waren die Unterlagen, derentwegen mehrere Menschen hatten sterben müssen, am Ende nichts wert? Jetzt war es eh schon ein so kompliziertes Unterfangen gewesen, dass Baroli entgegen aller Wahrscheinlichkeit vor Gericht aussagte, und dann passierte so was. Ein Schlag ins Wasser. Warum hatte Baroli die Unterlagen nicht besser geprüft? Er war doch kein Anfänger. Ebenso der Staatsanwalt. Wenn der nicht von der Echtheit der Dokumente überzeugt gewesen wäre, hätte er seine Truppen doch gar nicht erst losgeschickt. Oder hatte es doch an der nötigen Sorgfalt gefehlt? Weil man in monatelanger Kleinarbeit alles vorbereitet und nur noch auf diesen einen Tropfen gewartet hatte, der das Fass zum Überlaufen brächte? Und dann war ausgerechnet dieser eine Tropfen vergiftet. Mader überlegte, ob das ein zutreffendes Bild war. Schief war es auf alle Fälle. Jetzt lief jedenfalls alles gegen Baroli und Rivelli. Der Verteidiger würde die Anklage zerpflücken. Waren Staatsanwalt und Baroli geleimt worden? Hatte man Baroli falsche Informationen untergejubelt? Oder hatte Baroli am Ende genau darauf hingearbeitet? Nein, das konnte einfach nicht sein. All die Action, die Verfolgungsjagd, die Entführung seiner Familie.

Bajazzo bellte und scharrte mit den Pfoten.

»Ich komm ja schon«, sagte Mader und zog die Jacke an, um mit Bajazzo eine Runde rauszugehen.

Draußen strahlte die Sonne am türkisfarbenen Himmel. Die Stadt brummte. Er ging über die tosende Straße am Stachus zum Neptunbrunnen und ließ Bajazzo dort von der Leine. Sah hinüber zum Justizpalast. Das massive Gebäude mit der reich verzierten Fassade. Früher musste er gelegentlich dorthin, wenn in einem der kleinen Sitzungssäle der Fall eines von ihm überführten Delinquenten verhandelt wurde. Er selbst hatte sich in dem Gebäude immer winzig gefühlt, vor allem bei der Verhandlung, wenn der Staatsanwalt seine Robe wie Batman aufgespannt hatte. Komisch, im Fernsehen und in Büchern ist immer der Verteidiger der Gute, dachte Mader jetzt. Der für seinen Mandanten kämpft wie David gegen Goliath. Auf der anderen Seite der große anonyme Staat, vertreten durch einen mürrisch dreinblickenden Staatsanwalt, der seine Opfer piesackt. Ist das Klischee gerecht? Natürlich nicht. Alles nur ein großes Spiel. Muss ich Mitleid mit Baroli und Rivelli haben? Nein. Offenbar haben sie im Vorfeld jegliche Sorgfalt fahren lassen.

»Würden Sie bitte die Hinterlassenschaften Ihres Hundes entsorgen?«

Mader blickte erstaunt auf. Eine junge Frau. Sie hielt zwei Roller fest. Mader sah auf die Wiese, wo ein Mädchen und ein Junge mit Bajazzo spielten und Stöckchen für ihn warfen.

»Äh, ja, natürlich. Wo denn?«

Die Frau deutete neben den Mülleimer, wo Bajazzo einen eindrucksvollen Haufen gesetzt hatte.

Mader riss einen Beutel von der Rolle, die er stets in der Jackentasche dabeihatte, und beseitigte den Haufen.

Die Frau sah ihren Kindern zu, wie sie mit Bajazzo spielten.

»Ein Hund ist was Schönes«, sagte sie.

»Ja, ein Gefährte, der keine Fragen stellt.«

Sie lachte, und er grinste unbeholfen.

»Hat er auch einen Namen?«

»Karl-Maria Mader.«

»Ich meinte den Hund.«

»Äh, ja. Bajazzo.«

»Bajazzo. Ein schöner Name. Ich hatte früher auch einen Hund. Kleiner Mischling. Strawinsky.«

»Im Ernst?«

»Ja. Wie der Komponist.«

»Und jetzt haben Sie keinen Hund mehr?«

»Nein. Kleine Wohnung, zwei Kinder. Das wäre zu viel.«

»Wo wohnen Sie denn?«

Sie sah ihn erstaunt an.

»Entschuldigung, ich wollte Sie nicht ausfragen. Ich wohne in Neuperlach. Falls Ihre Kinder mal im Ostpark mit Bajazzo spielen wollen.«

Jetzt sah sie ihn misstrauisch an. Er war verwirrt. Hatte er ein unmoralisches Angebot gemacht? Hielt sie ihn für einen Päderasten? Schon allein das Wort machte ihm Gänsehaut. Er fummelte seine Visitenkarte aus dem Geldbeutel und gab sie ihr. »Ich bin nicht, was Sie denken. Ich bin von der anderen Seite, also … Wenn Ihre Kinder …«

»Max, Kati! Wir gehen! Lasst den Hund in Ruhe!«

Mader stand eine Minute lang perplex da. Was war das gewesen? Was hatte er gemacht? Ja, ein bisschen hatte er sich wie ein Geisteskranker benommen. Hatte er das? Oder waren die Leute einfach neurotisch und witterten sofort einen Angriff auf ihre Privatsphäre, wenn man spontan Kontakt aufnahm? Er hatte die Kinder nicht einmal angesprochen. Er war Polizist! Stand auf seiner Visitenkarte.

Na ja, dort stand *Mordkommission*. Mochte vielleicht nicht jeder.

Egal, dann bin ich eben sonderbar, dachte er und pfiff nach Bajazzo.

Er wollte zurück ins Büro, in Sicherheit. Nein, er ging noch zu Karstadt hinüber. Plötzliche Eingebung. Er fuhr mit der Rolltreppe bis ganz nach oben unter die Glaskuppel. Wieder muffige Luft, Säuselmusik aus den unsichtbaren Boxen, verwaschenes Stimmengewirr und leises Klirren von Besteck und Porzellan. Tatsächlich – da saß Dr. Günther. Vertieft in seinen I-Pad und ein monströses Stück Schwarzwälder Kirsch.

Günther sah auf. »Mader, Sie hier? Sind Sie auf den Geschmack gekommen?«

Mader blickte auf das I-Pad-Display. Ein Foto von Baroli vor dem Mailänder Gerichtsgebäude und eine Schlagzeile. *ARIA FRITTA*.

»Tja, heiße Luft«, sagte Günther. »Sieht nicht gut aus.«

»Das können Sie laut sagen. Das ist ein verdammtes Fiasko.«

»Wenn Sie mich fragen, da hat jemand unseren Baroli und den Staatsanwalt verarscht. Aber so was von. Das darf eigentlich nicht passieren. Die Beweisaufnahme ist gestoppt, der Kronzeuge diskreditiert. Das ist für Staatsanwalt Rivelli der Super-GAU. So ein guter Mann, nach allem, was ich gelesen hab. Sein tadelloser Ruf hat jetzt Kratzer. Nein, das ist ein Totalschaden. Mader, setzen Sie sich doch, Sie machen mich ganz nervös. Warten Sie, ich hole Ihnen ein Stück Sachertorte. Das ist Ihr Gift, oder?«

Günther war schneller weg, als Mader Einspruch erheben konnte. Er stöhnte eingedenk der Verdauungsbelastung beim letzten Mal. Aber nach der merkwürdigen Begegnung im Park konnte er ein bisschen Freundlichkeit vertragen.

»So, mein Guter, stärken Sie sich.« Günther platzierte das große Tortenstück mit Sahnerosette und eine Tasse Kaffee vor Mader.

»Danke, sehr freundlich. Was ist los? Sie sind so gut gelaunt.«

»Ich bin wieder im Dienst. Ab nächsten Montag.«

»Was ist denn der Grund für den Sinneswandel im Innenministerium?«

»Den Grund weiß ich genauso wenig wie den für meine Suspendierung. Wissen Sie, ich hab mich über diese Willkür schon sehr geärgert, hab mir die ganze Zeit den Kopf zermartert, was da wohl gelaufen ist. Und dann hab ich es verstanden.«

»Was haben Sie verstanden?«

»Dass es Dinge gibt, Strukturen, die keiner Logik folgen, die sich unserer Kenntnis und Einflussnahme entziehen. Und schließlich habe ich einfach aufgehört, darüber nachzudenken. Das ist sehr lehrreich. Und befreiend. Ansagen von oben müssen keinen nachvollziehbaren Grund haben.«

Mader nickte zwischen zwei Bissen Sachertorte.

»Kann mir vorstellen, Mader, dass Ihnen diese Erkenntnis gefällt.«

Mader zuckte mit den Achseln, konnte sich ein Lächeln aber nicht verkneifen.

»Grinsen Sie nur, Sie haben ja recht. Wie schon gesagt, es ist nicht schlecht, den eigenen Job mal aus der Außenperspektive zu betrachten. Was glauben Sie? Schließen wir den Fall noch ab?«

Mader schüttelte den Kopf. »Wir schließen gar nichts ab, es ist eigentlich auch nicht unser Fall. Das bleibt Sache der italienischen Behörden. Und der Österreicher, wenn wir den mit dem Auto verunglückten jungen Mann dazuzählen. Die Ergebnisse von Bronner sind an die österreichischen Behörden gegangen. Ich konnte das nicht so stehen lassen.«

»Mader, Mader …« Günther lächelte. »Hat sich jemand von oben eingemischt?«

»Noch nicht. Mal sehen, was passiert. Sie wissen es ja. Hat man einmal Anzeige erstattet, gibt es eine Verpflichtung zu ermitteln. Automatismus. Wenn die Maschinerie anläuft, dann läuft sie. Die werden den Ball flach halten, damit keine Diskussion entsteht, warum wir das Autowrack überhaupt organisiert haben. Und wer denn die beiden angeblichen Zollbeamten waren, die es vermeintlich wieder abgeholt haben. Aber selbst wenn das mit den Bremsleitungen jetzt klar ist, bei dem ausgebrannten Wrack lassen sich wohl keine Spuren mehr sichern, die Auskunft über den oder die Urheber der Manipulationen geben.«

Günther nickte. »Tja. Und auf die Sachen, die da im Hintergrund von dem Prozess laufen, haben wir keinen Einfluss.«

»Trotzdem. Ich glaube, wir sind nah dran zu verstehen, was da wirklich gelaufen ist. Also bei Baroli.«

»Und wie lautet Ihre These, Mader? Hängt Baroli da auch mit drin? Ist er vielleicht sogar schuld an dem Prozessdesaster?«

»Ich bin noch unentschieden. Mein Bauch sagt ja, mein Kopf sagt nein.«

»Ich vertrau auf Ihren Bauch.«

»Ich auch«, sagte Mader und klopfte sich auf selbigen. »Danke für Kaffee und Kuchen, ich muss jetzt los. Ins Büro. Und Sie?«

»Ich sitz noch ein bisschen. Genieße die freie Zeit. Ist ja bald vorbei.«

IV

Buona domenica
Quando misuri la tua stanza
Finestra, letto e la tua radio che
Continua a dirti che è domenica

ANTONELLO VENDITTI

ROCKY

Das Frühjahr mit all seinen Aufregungen war vorbei. Hummel saß im Zug und sah die frühsommerliche Berglandschaft vorbeiziehen. Er schaute zur Gepäckablage hoch. Dort lag seine kleine Reisetasche. Er fuhr Baroli besuchen. Warum machte er das? Die Sache war doch durch, fast zwei Monate her. Warum hatte er die Einladung angenommen? Na ja, er hatte dem Angebot, ein paar Tage auf Sergios altem Weingut in Südtirol zu verbringen, nicht widerstehen können. Baroli wollte sich noch einmal bedanken und sich bei ihm für die ganzen Irrungen und Wirrungen und natürlich für die Freiheitsberaubung entschuldigen. Baroli war schwer beschädigt aus dem Prozess hervorgegangen, aber seine Familie war unmittelbar nach Abbruch des Prozesses freigekommen. Offenbar stellte Baroli keine Bedrohung mehr dar.

Ob ihm seine Frau wohl Vorwürfe gemacht hatte, überlegte Hummel. Sicher. Wäre ein Wunder, wenn sie sich hinterher einfach in die Arme gefallen sind. Nein, so ein Risiko geht man nicht ein, egal worum es geht. Und am Ende ging es in dem Fall ja um gar nichts. Keine Beweise für gar nichts. Ein ziemlicher Kollateralschaden für Baroli und den Staatsanwalt. Die Toten jetzt mal außen vor. Die gab es schon vor Prozessbeginn. Warum auch immer. Das alles bleibt ein Rätsel. Sergio auch. Ein Rätsel, das Hummel aber nach wie vor gerne lösen wollte. Das war auch der wirkliche Grund für seine Reise. »Es ist erst vorbei, wenn es vorbei ist«, murmelte er und überlegte, woher der Spruch war. Aus *Rocky*? Vielleicht. Würde passen.

In Bozen stieg er in die Regionalbahn nach Meran und weiter nach Rifiano um, einem kleinen Wallfahrtsort am Fuße der Texelgruppe. Hummel atmete die frische Luft auf dem Bahnhofsvorplatz ein. Wieder in Italien. Diesmal als freier Mann. Er genoss den Anblick der verwitterten Fassaden und die Aussicht auf Weinberge und mächtige Berggipfel. Gegenüber dem Bahnhof war ein kleines Café. Er setzte sich an einen der Tische auf dem Gehsteig und bestellte einen Caffè und ein Cornetto. Er hatte Baroli einen Zug später angegeben, weil er erst noch ein bisschen für sich sein wollte. Um anzukommen, nachzudenken. Was hatte er aus der ganzen Geschichte gelernt? Dass die Wahrheit weit komplexer war, als man manchmal dachte. Dass Dinge vielleicht ganz anders waren, als sie erschienen. Wobei das nichts Neues war. Als Kriminalbeamter hatte er es oft mit komplizierten Fällen zu tun. Aber in der Regel waren es Einzelschicksale, Eifersuchtsdramen oder einfach die pure Gier, die dazu führte, dass Menschen anderen das Leben nahmen. Meistens gab es ein Motiv – so krude es auch sein mochte –, das nachvollziehbar war. Aber in diesem Fall konnte er kein Motiv erkennen. Alles lag in einem unentschiedenen Zwischenbereich – im Zwielicht. Fein verästelte kriminelle Strukturen, eine Halbwelt zwischen Mafia, Wirtschaft, Journalismus. Die Strippen wurden von irgendwelchen Personen tief im Schatten gezogen. Keiner kannte sie, und sie hatten sehr viel Macht. So viel, dass sie einfach so die Suspendierung von Dr. Günther veranlassen konnten. Und vielleicht sogar für einen tödlichen Unfall sorgen wie bei dem italienischen Carabiniere. Oder dem jungen Mann, der in seinem Auto verbrannt war. Oder dem Journalisten, der von der Dachterrasse gefallen war. Oder die Kaffeefabrikbesitzer …

Hummel rührte nachdenklich in seinem Kaffee. Die Abteilung Organisiertes Verbrechen wäre nichts für ihn. Sisyphusarbeit, und man sah nie das Licht am Ende des Tunnels. Und was den Mailänder Kaffeekrieg betraf – das war jetzt schon kalter Kaffee. Manche Dinge erledigte die Globalisierung effektiver als jede Verbrecherorganisation. Hummel hatte in der Zeitung gelesen, dass der amerikanische Kaffeeriese Starcoffee in großem Stil nach Italien kommen wolle, um den letzten weißen Fleck auf der weltweiten Filiallandkarte endlich zu besetzen. Das Testlabor für diese Expansion nach Italien würde Mailand sein. Da zog vermutlich sogar der aggressiv expandierende Kaffeeproduzent Carelli den Kürzeren. Obwohl – wer weiß, vielleicht entstand da eine neue fruchtbare internationale Kooperation? *Furchtbar* wäre natürlich das richtige Wort. Hummel sah in das Innere der Bar – der spröde Charme von Plastik und Spiegeln, der Lottoschalter, die Vitrine mit den Cornetti, die rosa Sportzeitung auf dem Tresen und der Barista, der gerade damit beschäftigt war, die riesige, chromblitzende Faema mit einem Geschirrtuch zu streicheln. Nein, dieses italienische Kulturgut durften die Pappbecherketten nicht kaputt machen!

Als er seinen inzwischen nur noch lauwarmen Kaffee ausgetrunken hatte, bestellte er sich noch einen Amaro. War ja nicht im Dienst. Aus der Bar tönte ein alter italienischer Schlager. Hummel summte mit und schloss die Augen, weil die Sonne gerade in eines der Hausfenster auf der anderen Straßenseite fiel und ihn blendete.

»He, Klaus!«, erklang plötzlich Barolis Stimme.

Hummel öffnete die Augen. »Sergio! Hallo, wie geht's?«

»Bestens. Und selbst? Machst du Dolce Vita?«

»Ich bemüh mich. Schön hast du's hier.«

Baroli setzte sich und bestellte Campari Soda. Sie stießen an.

»Wie hast du es verkraftet, dass der Prozess geplatzt ist?«, fragte Hummel.

»Ach, die haben uns alle verarscht. Ich sag dir eins. Das mit den gefälschten Unterlagen war von langer Hand so eingefädelt. Riccardi ist drauf reingefallen. Staatsanwalt Rivelli auch. Und ich sowieso.«

Hummel schüttelte den Kopf. »Dann hätte Riccardi nicht vom Dach stürzen müssen. Er hatte die richtigen Informationen. Jemand ist davon ausgegangen, dass die Dokumente eine ernsthafte Bedrohung sind. Sonst wäre sein Tod sinnlos gewesen. Oder? Was meinst du?«

Baroli meinte gar nichts. Er sah Hummel nachdenklich an.

»Wann hast du die Daten bekommen?«, fragte Hummel. »Wirklich erst, als du ihn gefunden hast?«

»Ich hab's dir doch erzählt. Als ich ankam, lag er unten im Hof. Ich hab die ganze Wohnung durchsucht. Jeden Zentimeter, aber die Scheißdaten waren nicht da. Dann hab ich es kapiert – ich hatte sie die ganze Zeit in der Hand, weil sie an seinem Schlüsselbund hingen.«

»Jaja, ein USB-Stick als Mini-Schweizer-Messer getarnt. Und da bist du nicht misstrauisch geworden? Dass das sein Mörder übersehen hat? Bist du nicht auf die Idee gekommen, dass jemand den Stick absichtlich dort deponiert haben könnte, um dich auf eine falsche Spur zu locken?«

»Nein. Vor allem nicht, nachdem ich die Daten zu Hause gesichtet hatte. Das waren genau die Sachen, zu denen wir lange recherchiert hatten, die Belege für die Vorgänge, von denen Riccardi mir erzählt hatte. Quittungen, Geldtransaktionen, ganze Listen mit Bestellungen, Zuwendungen für Lieferanten.«

»Und du hast die Echtheit der Dokumente nicht infrage gestellt?«

»Das war genau das, was ich erwartet hatte.«

»Und der Staatsanwalt, warum ist der schon vor Prozessbeginn aktiv geworden?«

»Der Mailänder Kaffeekrieg, da war sehr viel Druck dahinter. Und vergiss nicht, was alles passiert ist. Das Attentat, die Sache im Zirkus, die Entführung von meiner Familie, die Vorverlegung des Prozessauftakts. Rivelli hat schnell gehandelt, Fakten geschaffen.«

Hummel ließ sich die Ereignisse noch einmal durch den Kopf gehen. Circus Krone, die Flucht, die Berghütte in Italien. Ja, es war viel passiert. Es kam ihm vor, als wäre das alles schon Jahre her. Ganz weit weg. Aber nein, das Ganze war gerade mal vor acht Wochen passiert. Das Gefühl der Bedrohung war bei ihm immer noch präsent – die Verfolgungsjagd, der nächtliche Sturm im Wald und dann die Zeit in der Berghütte. Wie ein schlechter Traum. Und dann war da noch was …

»Was ist eigentlich mit der Geschichte, dass ich auf einem Autobahnparkplatz zwei Typen abgeknallt haben soll?«

»Was hast du?«

»Das hast du mir doch die ganze Zeit eingetrichtert. Wir haben recherchiert. Da ist nix, da war nix.«

»Klaus, du hast auf der Berghütte jede Menge Unfug gefaselt. Du hast Fieberträume gehabt, du warst ein Nervenbündel. Ja, vielleicht hab ich das Beruhigungsmittel zu stark dosiert, ich kenn mich nicht so aus mit dem Zeug. Und wie du so abgedreht bist, dachte ich, es hilft dir. Du warst komplett durch den Wind.«

»Da war also nichts auf dem Parkplatz?«

»Nein, da war nichts.«

»Wahnsinn, du bist so ein Arschloch. Kannst du dir vorstellen, was für Vorwürfe ich mir wegen der angeblichen Schießerei gemacht habe?«

»Es tut mir leid.«

»Wo sind meine Sachen? Handy, Papiere, Hausschlüssel?«

»Ich geb sie dir nachher.«

Hummel schüttelte den Kopf. »Du wolltest mich an dich binden, so *partners in crime*. Du hast sie echt nicht alle.«

»Klaus, mach einen Haken drunter. Das war eine chaotische Geschichte. Es tut mir leid, dass ich dich da mit reingezogen habe. Wirklich. Ich war selbst nicht ganz bei mir. Die Angst um meine Familie hat mich aufgefressen.«

»Ja, genau das versteh ich nicht. Deine Familie war die ganze Zeit in Geiselhaft. Und du bleibst fest dabei, aussagen zu wollen?«

»Klaus, als Polizist musst du das doch verstehen. Mit Entführern verhandelt man nicht. Außerdem war der Fall doch schon publik. Wie hätte es da ausgesehen, wenn die meiner Familie wirklich was antun? Das hätte Rivelli doch noch mehr Belege für die kriminelle Energie der Hintermänner geliefert. Klaus, hör mit dem Grübeln auf. Es ist vorbei. Komm, wir fahren zu mir. Du kriegst deine Sachen zurück. Und dann lass uns das Ganze vergessen. Es ist vorbei.«

Hummel sah ihn nachdenklich an, dann nickte er. Sie zahlten und gingen ein paar Meter die Straße hinunter.

»Wow, schönes Auto!«, sagte Hummel, als sie vor Barolis Wagen standen. Er fuhr mit den Fingern zärtlich über den geschwungenen Kotflügel des alten Alfa-Cabrios.

Baroli warf ihm den Schlüssel zu. Hummel überlegte kurz, dann stieg er ein. Steckte den Schlüssel ins Zündschloss, drehte ihn. Der Motor röhrte heiser.

Baroli lachte. »Straße runter, am Ortsende links bis zum ersten Dorf, dort rechts abbiegen.«

Auf der Landstraße jagte Hummel die Nadel des Drehzahlmessers in den roten Bereich.

HOHE KUNST

Das Anwesen beeindruckte Hummel. Ein bisschen verwittert und doch prächtig. Der dezent verwilderte Garten, fast schon ein Park, die Obstbäume, die Weinreben an den Hängen.

»Ist deine Familie nicht da?«, fragte er Baroli, als sie das stille Haus betraten.

»Die sind für ein paar Tage in Turin bei der Nonna. Willst du dein Zimmer gleich sehen?«

»Das eilt nicht.« Hummel stellte seine Tasche in der Garderobe ab.

Baroli deutete durch das riesige Wohnzimmer zur Terrassentür. »Geh schon mal raus. Ich bin gleich bei dir.«

Hummel bestaunte die gediegene Wohnzimmereinrichtung mit den Antiquitäten und den alten Bildern an der Wand. Sehr geschmackvoll und bestimmt sehr wertvoll. Er setzte sich auf der Terrasse an den großen Tisch mit Natursteinplatte und sah über die Felder und Weinberge. Was für ein schöner Flecken Erde. Der Swimmingpool im Garten traf nicht ganz seinen Geschmack, wirkte ein bisschen prollig. Na ja, er würde das Haus notfalls auch mit Swimmingpool nehmen. Er checkte sein neues Handy.

Baroli brachte Wein. Die Gläser waren beschlagen, der Inhalt leuchtete goldgelb.

»Von hier?«, fragte Hummel.

»Natürlich.«

»Auf dich, Sergio.«

»Auf dich, Klaus.«

Hummel trank einen großen Schluck. Der Wein schmeckte wunderbar. Spritzig, fruchtig, ein bisschen nach Haselnüssen. Er seufzte. »So lässt es sich aushalten.«

»Ja, nicht wahr? Deine Sachen liegen drinnen auf dem Esstisch.«

»Okay. Und du? Was hast du jetzt so vor? Also arbeitstechnisch?«

»Als Journalist hab ich ausgedient. Das ist meine zweite Bauchlandung. Mehr sieht man mir nicht nach. Aber ich bleib beim Schreiben.«

»So? Und was schreibst du jetzt?«

»Krimis. Ich hab gerade den Vertrag für meinen ersten

Roman unterschrieben. War einfacher, als ich dachte. Ich hab ein Exposé verfasst, meinem Agenten geschickt, und der hat alles eingetütet. Klar, es hilft, dass ich bereits erfolgreiche Sachbücher über die Mafia geschrieben hab. Und wegen dem spektakulären Prozess kennt jetzt jeder meinen Namen. Jedenfalls hab ich einen guten Vorschuss für den Roman bekommen, also für das Exposé.«

»Wie viel?«

»Eine Seite.«

»Nein, Geld meine ich.«

»Hunderttausend.«

Hummel schluckte. »Äh, ja, Kompliment. Und über was schreibst du?«

»Dasselbe wie vorher. Mafia, ihre Geschäfte, ihre Strukturen. Nur dass ich jetzt nichts mehr belegen muss und was hinzuerfinden kann. Es muss nur halbwegs plausibel sein. Ein bisschen zuspitzen, ein bisschen Spannung und Sex. Das ist es schon. Krimis sind ja keine hohe Kunst.«

Hummel nickte stumm.

»Weißt du, Klaus, ich hab nachgedacht. Ich bin nicht derjenige, der die Welt verbessert. Ich will, dass es meiner Familie gut geht, dass es mir gut geht, dass ich erfolgreiche Bücher herausbringe. Mehr nicht.«

»Du hast gewusst, dass die Unterlagen ein Fake sind.«

»Wie meinst du das?«

»Du hast nur eine Show abgezogen, um den Staatsanwalt in Misskredit zu bringen. Ist dir auch gelungen. Der ist jetzt weg vom Fenster. Wirklich raffiniert. Und kaltblütig. Die Hintermänner haben dann noch den Studenten an der Pforte ausgeschaltet, weil sie befürchtet haben, dass er sich die echten Daten gezogen hat. Stell dir vor, der Student hat die

Daten ausgerechnet einem Bekannten von meinem Chef Mader angeboten. Und Mader war Zeuge bei der geplatzten Übergabe. Er hat gesehen, wie der junge Mann verunglückt ist. Das Auto wurde bereits untersucht. Die Bremsen waren manipuliert. Der Junge ist verbrannt. An der ganzen Geschichte klebt viel Blut. Auch Riccardis Blut.«

»Willst du damit sagen, dass ich was mit seinem Tod zu tun hab?«

»Ich weiß es nicht. Ja, vielleicht. Jedenfalls kauf ich dir das alles nicht ab. Du hättest doch nie vor Gericht etwas wirklich Belastendes ausgesagt, wenn deine Familie tatsächlich in Gefahr gewesen wäre. Das Ganze war eine Rieseninttrige, um den unliebsamen Staatsanwalt zu Fall zu bringen. Der wollte Bürgermeister von Mailand werden. Eine Horrorvorstellung für bestimmte Geschäftsleute. Das ist das Einzige, was in der Geschichte Sinn ergibt.«

»Wunderbar, Hummel. Darf ich mir das alles notieren? Das ist ein toller Krimistoff – eine echt gute Story.«

»Ja, für eine gute Story verkaufst du deine Seele. Nein, nicht mal für eine gute Story, sondern für einen Batzen Geld. Meinst du, dein Haus hier kann mich beeindrucken? Nein, kann es nicht. Und ich will auch gar nicht wissen, woher die Kohle dafür kommt. Dafür reichen ein, zwei Bestseller nicht. Du bist einer, der sich laufen lässt, der das Leben anderer aufs Spiel setzt.«

»So? Was jetzt? Ich denk, das war alles Fake, das Leben meiner Familie war nicht wirklich in Gefahr?«

»Lass doch deine Familie aus dem Spiel. Was ist mit Riccardi und dem Studenten? Dafür bist du zumindest mitverantwortlich. Vielleicht auch für den plötzlichen Tod von Marcello Durelli, dem Carabiniere. Du hast dich von der

Mafia missbrauchen lassen. Oder du arbeitest direkt für die Mafia.«

Baroli nickte langsam. »Und wenn du mit all deinen Vermutungen recht hast? Was würdest du tun? Mich festnehmen?«

»Nein, das ist nicht mein Job. Das kannst du mit dir allein ausmachen.«

»Klaus, hast du schon mal überlegt, wie es wäre, wenn du genug Geld hättest und nur noch die Sachen machen könntest, die du auch wirklich machen möchtest? Schreiben, Musik hören, Zeit für dich haben.«

»Ich bin nicht käuflich.«

»So meine ich das nicht.«

»Doch, genauso meinst du das. Das ist deine Art. Weißt du, ich seh mich hier um, und auf den ersten Blick ist alles ganz toll. Aber sobald ich anfange darüber nachzudenken, finde ich es nicht mehr toll. Sondern hässlich.«

»Bleibst du?«

»Wo?«

»Hier. Als mein Gast.«

»Nein, ganz sicher nicht. Ich fahre wieder nach München. Für mich ist die Sache durch. Ich wollte dir nur noch einmal in die Augen schauen.«

»Und? Was siehst du da?«

»Deine Seele jedenfalls nicht. Du hast nämlich keine.«

»Uh, werden wir jetzt philosophisch?«

»Ich sehe nichts, was Bestand hat, keinen Kern. Welche Rolle du auch immer in der Geschichte hast, es ist keine ruhmreiche Rolle. Die hättest du so gerne in der Öffentlichkeit. Als Held, Aufklärer, Bestsellerautor. Die Rolle wirst du nie bekommen. Du hast dich mit Betrügern und Mördern zusammengetan, dich kaufen lassen. Ich verachte dich. Du bist das Letzte.«

Baroli sah Hummel ernst an. »Weißt du was? Du bist ein verdammt guter Polizist. Du spürst es, wenn etwas nicht stimmt, du hast ein hohes Berufsethos. Aber was so gar nicht passt: Dir fehlt die Härte, du ziehst es nicht durch, wenn du merkst, dass etwas nicht stimmt. Du bist nicht konsequent. Was machst du jetzt mit deinen ganzen Vermutungen? Weißt du, ich sag dir jetzt einfach, wie es gelaufen ist. Das Ganze hat eine tragische Dimension, aber auch eine komische. Wenn ich das in einem Krimi schreiben würde, würde der Lektor sagen, dass das reichlich unwahrscheinlich klingt. Obwohl – Krimiautoren haben ja oft eine blühende Fantasie. Deswegen kann ich es dir auch sagen. Denn niemand wird dir glauben. Die Geschichte hat einen ganz langen Vorlauf. Das mit dem Journalisten Riccardi war ein Unfall. Er war nicht einsichtig, als ihn einflussreiche Leute gebeten haben, die Nachforschungen einzustellen. Und dann gab es den dummen Unfall auf der Dachterrasse.«

»Das warst du?«

»Nein, das waren irgendwelche kleinen Lichter ohne Umgangsformen.«

»Aha. Und deine Rolle?«

»Man hat mich zu seiner Wohnung geschickt, damit ich die Daten sicherstelle. Im Hintergrund war nämlich schon der Mailänder Staatsanwalt aktiv. Er hatte bereits erste Informationen von Riccardi erhalten und wartete auf das restliche Material. Also mussten wir dafür sorgen, dass die Geschichte irgendwie weiterging, in die richtige Spur kam. Die Unterlagen wurden ein bisschen frisiert, bevor ich sie als zukünftiger Kronzeuge weitergereicht habe.«

»Ein wahnsinnig glaubwürdiger Kronzeuge.«

»Ja, da waren wir uns auch nicht so sicher, ob das reicht. Also haben wir noch ein bisschen an meinem Image gebastelt, an einer guten Story, die mich zum unbeugsamen Kämpfer gegen die Mafia hochstilisiert. Klar, meine zwei Sachbücher waren da hilfreich, aber da war auch die Geschichte mit dem Meineid. Also haben wir ein bisschen Theater gespielt, um meine Glaubwürdigkeit zu erhöhen. Das erste Attentat in München war inszeniert. Ein bisschen gewagt, aber sehr effektiv. Und ausgerechnet du sitzt in dieser verdammten Kirche und spielst den Lebensretter. Und begleitest mich dann auch noch als Bodyguard und als Buchautor in den Circus Krone. Das ist so gut, dass kann man gar nicht erfinden. Ein Kriminalbeamter, der hautnah dabei ist, wenn das Attentat auf den Mafiagegner passiert – so was von genial! Und es hatte auch seine komischen Momente. Ich muss jetzt noch lachen, wenn ich daran denke, wie du im Zirkus über die Dekofahne fällst. Die Explosion im Zirkus war ein bisschen übertrieben, muss ich zugeben. Aber auch sehr eindrucksvoll. Und dann die Verfolgungsjagd. Wie in einem Actionstreifen. Weißt du, warum die uns immer wieder gefunden haben? Ganz einfach: Ich hatte ein zweites Handy dabei und mich peilen lassen. Wenn du auf den Stau geknallt wärst, wäre das allerdings blöd gewesen. Aber du bist ja ein guter Fahrer. Und auch die Sache im Wald mit dem Baum, der auf das Auto gekracht ist – das hätte böse ausgehen können. Stell dir vor, die zwei Protagonisten sterben durch einen umstürzenden Baum oder in einem Autounfall. Lange bevor die so perfekt eingefädelte Story fertig erzählt ist. Das wäre peinlich gewesen. Eine schlechte Pointe.«

»Und die Geschichte in dem Hotel, mit dem Datenstick? War das nötig?«

»Ach, es musste irgendwie weitergehen. Ich brauchte einen Grund zum Abhauen, um die Zeit bis zum Prozess zu überbrücken. Der Held taucht unter.«

»Der ganze Aufwand – war es das wert?«

»O ja, das war es wert. Es hat ja geklappt.«

»Du spinnst. Was war mit Durelli?«

»Ein Motorradunfall, sonst nichts.«

»Wer's glaubt, wird selig. Und deine Familie? Die wurde nie entführt?«

»Nun ja, entführt ist ein hartes Wort. In Gewahrsam gebracht.«

»Haben sie es gewusst? Also wusste deine Frau davon?«

»Nein, meine Frau hätte das nie mitgemacht.«

Hummel lächelte. »Und jetzt hast du ein Problem. Entweder denkt sie, du hast ihr Leben und das deines Sohnes riskiert, oder sie weiß, dass du ein Verbrecher bist. Das eine ist kaum besser als das andere. Sie ist nicht nur kurz in Turin bei der Oma, sie wird überhaupt nicht mehr zu dir zurückkehren. Und dein Sohn ebenfalls nicht. Ich sag dir eins. Da hilft dir auch das viele Geld nicht. Familie kann man nämlich nicht kaufen.«

»Sie werden zurückkommen.«

»Das glaube ich nicht.«

»Sie haben keine Ahnung, was wirklich gelaufen ist.«

Hummel zuckte mit den Achseln. Und ließ sich noch einmal durch den Kopf gehen, was wirklich gelaufen war. Was für eine abgefeimte Strategie! Der Staatsanwalt, der war das eigentliche Ziel. Was wie ein gescheiterter Prozess mit Formfehlern aussieht, war von Anfang an so geplant, um den missliebigen Staatsanwalt aus dem Amt zu drängen, was über Jahre in Catania nicht gelungen war, und um ihn als zukünftigen Bürgermeister zu verhindern.

Er schüttelte den Kopf. »Sergio, du bist so eine Enttäuschung. Menschlich ein Totalausfall.«

»Nimm's locker, Klaus. Du hast deine Rolle erfüllt. Als Zuschauer und Mitwirkender in meiner kleinen Komödie. Aber jetzt ist der Spaß vorbei. Ich kann dir nur einen Rat geben. Bleib weg, wenn die großen Jungs spielen. Das mach ich auch.«

»Sergio, du bist ein kleiner mieser Handlanger von Mördern. Es sind Menschen zu Tode gekommen. Das interessiert dich nicht?«

»Nein, das interessiert mich nicht.«

»Die Polizei kriegt dich.«

»Nein, tut sie nicht, ich habe einflussreiche Freunde. Und jetzt gib mir dein Handy. Meinst du, dass ich nicht gesehen hab, wie du es angeschaltet hast?« Er deutete nach oben. Hummel blickte hoch. Unter der Markise war eine Kamera befestigt. Missmutig legte Hummel sein I-Phone auf den Tisch.

Baroli grinste und wollte die Aufnahme stoppen und löschen. Er stutzte. »Du miese Ratte!«

Er drückte den roten Button. Es war nicht der Aufnahmeknopf, sondern der zum Beenden des Telefonats. Zankls Name verschwand vom Display.

Hummel lächelte. »Sergio, so der ganz große Trick war das nicht. Sehr nett, dass du nicht nur mir gesagt hast, was passiert ist. Weißt du was? Wir hatten rein gar nichts gegen dich in der Hand. Aber du wolltest es ja offenbar unbedingt loswerden. Sonst hättest du mich nicht eingeladen. Na ja, du wolltest wohl auch wissen, ob wir immer noch komplett im Dunkeln tappen. Tun wir nicht. Jetzt sehen wir endlich klar. Was hast du dir denn für mich ausgedacht – jetzt?«

Baroli starrte ihn an.

Hummel plapperte munter weiter. »Zankl und die Kollegen werden gleich mit den örtlichen Einsatzkräften hier sein. Pack schon mal deine Sachen. Ich vermute, du wirst länger weg sein.«

»Ich bring dich um.«

»Das wirst du nicht. Gib auf, du hast Frau und Kind.«

»Die sind schon lange weg.«

Hummel wurde jetzt doch ein bisschen nervös. Das mit seiner Frau und dem Sohn stimmte also. Was wiederum bedeutete, dass Sergio nichts mehr zu verlieren hatte. Das machte ihn unberechenbar. »Sergio, mach den Kronzeugen, den echten. Sag aus, und geh ins Zeugenschutzprogramm.«

»Vergiss es, ich kann nicht gegen die aussagen. Nicht nach allem, was passiert ist. Und was wird dann aus meiner Familie? Klaus, lass uns einen Deal machen. Du und dein Kollege. Ihr kriegt richtig viel Geld. Die Geschichte ist doch durch.«

Hummel schüttelte den Kopf. »Kein Deal. Ich kann dich nicht laufen lassen. Ich bin Polizist.«

Baroli lachte auf. »Du kannst mich nicht laufen lassen? Du Witzbold. Bist du Superman, oder was?«

»Meine Kollegen werden gleich hier sein.«

»Nein, werden sie nicht.«

»Zankl hat alles mit angehört.«

»Ja und? In München.«

»Nein, sie sind hier am Bahnhof. Sie waren im selben Zug.«

»Erzähl keinen Scheiß. Das wäre nicht dein Stil. Du planst nichts. Du hast deinen Kollegen spontan angerufen.

Weil du gerade eben erst auf den Trichter gekommen bist, wie die Story geht. Man kann dir nämlich beim Denken zusehen. Das ist dein Problem. Du bist ein cleveres Kerlchen. Und auch nicht. Ein bisschen unbedarft. Du handelst intuitiv. Klar, jetzt sind die in München in Aufruhr, aber was sollen sie machen? Die deutsch-italienische Zusammenarbeit funktioniert nicht auf Zuruf – so ohne konkrete Belege. Ich hab also noch ein bisschen Zeit.«

»Was hast du vor?«

»Ich hau ab.«

»Das tust du nicht.«

»O doch. Und du wirst mich nicht daran hindern.«

KERNGESCHÄFT

Andi war gerade in eine Leiche vertieft, als Diego am späten Nachmittag eintrudelte.

»Na, lässt du dich auch mal blicken, Diego?«

»Samstagsarbeit ist nicht so meins. Außerdem, du brauchst gar nicht reden, ich war gestern bis spät in der Nacht hier.«

»Aha, warum?«

»Zeig ich dir gleich. Was ist eigentlich mit dem Miller? Der zieht ja schon wieder so eine Lätschn.«

»Mei, der Italo hat sich wieder gemeldet und ihm gedroht.«

»Nach so langer Zeit?«

»Was lange währt, wird niemals gut.«

»Diego, deine Sprüche. Und?«

»Der Miller bleibt hart.«

»Echt? Cool. Ist ein harter Brocken.«

»Ich weiß nicht, ob das so cool ist. Du hast doch gesehen, dass die vor nichts zurückschrecken.«

»Meinst du echt, dass der das war mit dem Brand?«

»Na, wer denn sonst. Der Ruppi selbst bestimmt nicht.«

»Komm, das ist doch schon halb verjährt. Außerdem läuft der Laden doch viel besser, seit wir hier draußen sind. Du hast recht gehabt. Die Leute mögen das Unperforierte.«

»Das Improvisierte.«

»Meinetwegen auch das. Jedenfalls hat es auch was Gutes, dass der Italo uns die Bude abgefackelt hat. Hoffentlich war's das auch mit den Mafiajungs.« Diego sah sich irritiert um. »Sag mal, stand hier nicht was rum? Eine Kiste?«

»Mit was drin?«

»Überraschung. Hast du die weggeräumt, Andi?«

»Ich hab nichts angefasst. Außer den Guten hier. Ist ganz frisch rein.« Andi deutete auf die Arbeitsplatte, wo der Dreizentnermann auf sein Make-up wartete.

»Der ist echt ein Kaliber«, staunte Diego.

»Uhrmacher«, sagte Andi.

»Echt?«

»Na ja, so einer, der dir bei Karstadt neue Batterien reinmacht.«

»Na dann.« Diego durchforstete die Werkstatt. Schließlich fand er, was er suchte. »Hab die Kiste offenbar noch weggestellt, damit du nicht vorher reinschaust.«

»Jetzt bin ich aber gespannt.«

»Schau, ich hab noch mal scharf nachgedacht. Das mit den Zombiegeschichten ist eine gute Sache. Aber du siehst ja, dass das alles ziemlich lange dauert. Und eigentlich ist es nicht unser Kerngeschäft. Da ist mir deine Idee mit dem Tierfriedhof wieder eingefallen. Dafür war ja bisher keine

Zeit. Andi, weißt du, wie viele Hunde und Katzen es allein in Deutschland gibt?«

»Viele.«

»Wie viele?«

»Sehr viele. Eine Million?«

»Woher denn! Zwanzig Millionen! Das ist doch krass, oder? Und die Leute geben für Tierartikel vier Milliarden Euro aus. Vier Milliarden. Kein Witz, das hab ich gegoogelt. Da muss doch auch was für den letzten Weg und die Ruhestätte dabei sein. Und wie gesagt, die Viecher leben ja nicht ewig.« Diego öffnete den Karton. »Und du hast echt noch nicht geschaut?«

»Zur Hölle, nein!«

»Komisch, dass der Karton dann da drüben … Egal.«

Er holte einen Sarg aus der Kiste. In der Größe eines Schuhkartons – Mahagoni, ein goldenes Kreuz auf dem Deckel. »Schau, das ist jetzt das Modell für Hamster und Zwergkaninchen. Ist alles drin. Die Version hier ist mit grünem Samt. Ganz kuschelig.«

»Geil! Zeig mal.« Andi beugte sich zu Diego, als der den Sargdeckel abhob.

BUMM!

GROSSER BRAUNER

Hummel saß mit schmerzenden Handgelenken auf der Rückbank von Zankls Wagen. Zankl fuhr, Dosi fläzte auf dem Beifahrersitz.

»Mann, Hummel, deine Alleingänge kosten uns echt Nerven.«

»Sorry, Zankl, das war so nicht geplant. Ich wollte mir nur ein abschließendes Bild von ihm machen.«

»Und? Hast du es im Kasten?«

»Genauer, als mir lieb ist. Ist die Fahndung raus? Oder machen das die Italiener nicht?«

»Was haben wir in der Hand? Ein von mir mitgehörtes Gespräch. Nicht mal einen Mitschnitt.«

»Immerhin zwei Zeugen. Die beide bei der Polizei arbeiten.«

»Mader hat sich bei den italienischen Kollegen erkundigt«, sagte Dosi. »Baroli ist nach Mailand und sitzt in einer Maschine nach Belize.«

»Wo ist das?«

»Irgendwo in Zentralamerika.«

»Na toll. Er kriegt in Mailand sofort den richtigen Flieger in ein Land, das vermutlich nicht ausliefert?«

»Ach, das kann schnell und unbürokratisch gehen«, meinte Dosi. »Wenn du genug Kohle hast. Und die richtigen Freunde … Zumindest haben wir jetzt eine Ahnung, was da alles gelaufen ist.«

»Mit einer schrägen Pointe«, sagte Hummel. »Baroli hat sogar noch einen Riesenvorschuss für sein nächstes Buch bekommen, einen Krimi. Na ja, zum Schreiben hat er ja jetzt genug Zeit.«

Zankl winkte ab. »Wer weiß, ob der Verlag schon gezahlt hat … Und ich sag euch eins. Der kommt wieder. Was will er denn da am Ende der Welt? Er hat Frau und Kind. Der wird ein bisschen abwarten, sich einen guten Anwalt nehmen und die Bedingungen für seine Rückkehr aushandeln. Vielleicht packt er dann ja wirklich aus.«

»Da kann ich gern drauf verzichten. Der Arsch braucht

nicht über andere zu urteilen. Der ist so ein falscher Fuffziger, wie es schlimmer nicht geht. Bestsellerautor? Enthüllungsjournalist? Ein windiger Papiertiger. Mehr nicht. Was für ein blöder Heini, so ein Ar…«

»Stopp, komm runter, Hummel!«, bremste ihn Dosi ein. »Das brauchst du nicht persönlich nehmen.«

»Wie denn sonst? Der hat mich die ganze Zeit doch nur beschissen.«

»Ruhig, großer Brauner!«

Hummel schnaubte. Eine Zeit lang blieb er stumm. Sah mit leerem Blick auf die vorbeirauschende Bergwelt. Schließlich sagte er: »Habt ihr eigentlich Beate Bescheid gegeben?«

»Nein«, sagte Zankl. »Hätten wir sollen? Sorry. Haben wir nicht dran gedacht. Ging alles so schnell.«

»Nein. Alles gut. Zum Glück nicht. Sonst bekomm ich wieder einen langen Vortrag, dass ich verantwortungslos handle und niemand informier, wenn ich wegfahr.«

»Womit sie ja recht hat. Wenn du Zankl nicht angerufen hättest, hätten wir keinen Schimmer gehabt, wo du schon wieder bist. Das hätte böse ausgehen können.«

»Ist es aber nicht. Wie spät ist es?«

»Sieben durch«, sagte Dosi.

»Wann sind wir in München?«

»Vier Stunden, wenn alles gut geht.«

»Ich lad euch noch auf ein Bier in die Blackbox ein.«

»So spät noch?«

»He, morgen ist Sonntag. Ausschlafen. Du bestellst Fränki noch hin, und wir trinken was, haben ein bisschen Spaß.«

Buona domenica. Auch in München. Hummel war allein, wollte auch allein sein. Gestern war es spät geworden. Sie hatten viel getrunken, viel gelacht und viel geredet. Beate war nach der Sperrstunde nicht mit zu ihm gekommen und er nicht mit zu ihr. Sie hatte gespürt, dass er ihr etwas verheimlichte. Seinen letzten gefährlichen Alleingang. Aber sie hatte nicht gefragt. Und er hatte es ihr nicht erzählen wollen. Mit Baroli und der ganzen Geschichte war er durch. Sein Leben war in letzter Zeit mehrfach bedroht, er war nicht Herr der Lage gewesen, hatte jede Menge Angst gehabt und zu viel Zeit zum Nachdenken. Und er hatte sich bei den ganzen Ereignissen in diesem Fall nie sicher gefühlt – sogar in der eigenen Wohnung nicht. Er dachte an den Abend seiner Rückkehr von der Berghütte in Italien, an die kalte Angst, die ihn erfasst hatte, als er Geräusche in der eigenen Wohnung gehört und den Lichtschein unter seiner Wohnungstür gesehen hatte. Auch deswegen hatte er gestern nicht gleich nach Hause wollen. Später hatte er dann so viel Bier intus gehabt, dass er sich nur Gedanken machte, ob er es vom Taxi noch heil bis in seine Wohnung schaffte.

Heute Mittag war das Kopfweh zum Glück weniger schlimm als erwartet. Den Nachmittag hatte er mit einem langen Spaziergang an der Isar verbracht, mit einer Riesenportion Spareribs im Flaucher-Biergarten. Nebst einer Radlermass. Dabei ein paar Zeilen geschrieben. Mal was anderes, ein bisschen Lyrik. Hummel grinste, als er sein Werk jetzt las. Gar nicht so übel. München – Blaupause südlichen Lebensstils in Deutschland.

Ich lenke meine Schritte
durch Münchens betonierte Mitte
30 Grad im Schatten
Turnschuhgummi klebt an Gehsteigplatten

Touri-Massen, viel zu viel
Japaner vor dem Glockenspiel
Ochsensemmel, Viktualienmarkt!
Schnell a Bier! Sonst Herzinfarkt!

Schau: Asamkirche, Alter Peter! Spatzerl,
magst a Schuhbeck-Magentratzerl?
Hofbräuhaus und Blasmusik
in meinen Ohren klingt's wie Krieg

München, Munich, Monaco
Ekstase, Action, ho-ho-ho!
München, Munich, Monaco
manchmal wär ich gerne anderswo

Schnell suche ich das Weite
wechsle sie, die Isarseite
Wasser grün und Himmel blau
fast ausgestorben ist die Au

Karl Valentin verlebte seine Kindheit hier
einst braute dort Paulaner Bier
Der Mühlbach duftet nach Fäkalien
ach, ich denke an Italien

Ich träum von Gondeln auf der Isar
groß und schwarz und auch nicht mieser
singen Isarbayern Schnulzenlieder
und ewig hallt das Echo wider:

München, Munich, Monaco
o sole mio, sowieso!
München, Munich, Monaco
wenn nicht hier, dann sag mir, wo?

Ich betret den Kiosk ›Isarquelle‹
hol mir Treibstoff auf die Schnelle
setz mich an den Isarstrand
Zeit wird Wachs in meiner Hand

Burschen schleppen Kisten mit dem Hellen
Mädels surfen durch die Wellen
Die einen grillen was im Isarkies
andre brutzeln selber fies

Leberkäs – das ist der Isar-Teint
wenn so krass die Sonne scheint
Und ich sitz da und trink mein Bier
erst eins, dann zwei, dann drei, dann vier

München, Munich, Monaco –
wünsch mich nicht nach anderswo
München, Munich, Monaco –
o sole mio, sowieso!

Eine urbane Hymne, eine Ode an die Stadt, ein kleines poetisches Denkmal. Klein war natürlich relativ. Insgesamt stellte er sich schon was Größeres vor. Also, wenn es fertig war, so mit Feinschliff. Jede Strophe mit vierzehn Zeilen, wie ein englisches Sonett mit drei Vierzeilern und einem Zweizeiler. Aber ohne Kreuzreim, sondern mit schlichtem Paarreim – als individuelle Note. Ja, manchmal ist es tatsächlich von Vorteil, wenn formale Vorgaben die dichterische Inspiration ein bisschen zügeln, dachte Hummel. Sonst würde ich mich wahrscheinlich zu einem endlosen Epos hinreißen lassen, in freiem Versmaß. So ein Tsunami an Bonmots ist dann auch nicht gut.

Aber Form hin oder her – das Wichtigste für Hummel war, dass es sich reimte und gute Laune machte. Und das tat es. Ihm zumindest. Vom Feeling her Sommermärchen.

Ja, das Schreiben gefiel ihm, beruhigte ihn. Da konnte er sich entfalten. Vielleicht probierte er es ja doch noch mal mit einem Krimi. Material hatte er ja in letzter Zeit genug gesammelt. Er hatte sich im Biergarten sogar ein paar Notizen zu der denkwürdigen Lesung im Circus Krone gemacht. Zumal der Auftritt ein Nachspiel gehabt hatte. War doch über seinen Verlag per Mail eine Anfrage gekommen, ob er eine Lesung in einem Beerdigungsinstitut machen wolle. Das sei zurzeit superhip. Die Anfrage war schon ein paar Tage alt, er hatte sie jetzt erst gelesen. Die Leute, die den Laden betrieben, hätten ihn im Circus Krone gesehen und seien von seiner Performance schwer beeindruckt gewesen. Der Absender erheiterte ihn. Ausgerechnet die Trauerhilfe Miller. Die jetzt aus bekanntem Grund umgezogen war. In die Stadelheimer Straße 16. Sehr schön, die Justizvollzugsanstalt in Rufweite.

Mann, ausgerechnet diese verrückten Typen! Vielleicht könnte er denen dann gleich mal ein bisschen auf den Zahn fühlen? Die Sache mit dem verbrannten Dichter war ja weiterhin ungeklärt. Inzwischen lag zwar ein Brandgutachten vor, aber da stand nichts von einer eindeutigen Brandursache drin oder von Brandbeschleuniger. Ob tatsächlich dieser italienische Konkurrent dahintersteckte, wie Miller gesagt hatte? Rausgekommen war bei den Ermittlungen zu diesem Fabricio Cuore nichts, wenngleich Zankl persönlich den Mann mit Miller in der Osteria Centrale gesehen hatte.

In der Trauerhilfe Miller eine Lesung machen und nebenbei ein bisschen ermitteln? Hummel schüttelte den Kopf. Nein, das war nicht gut, wenn Privates und Berufliches durcheinandergerieten. Oder? Er hätte nicht seine Agentin Gerlinde von Kaltern anrufen und um Rat fragen sollen. Die hatte ihn nachdrücklich darauf hingewiesen, dass das doch die geilen Typen seien, die die Buchrechte von Rupert Eigner verträten, dem megaerfolgreichen Zombie-Autor. Ob er denn nicht auch mal so eine Zombiegeschichte schreiben könne, möglichst mit lokalem Touch? Ja klar, *Zombiewahn in Haidhausen* würde er nächste Woche schnell in den PC klopfen und dann die Riesenkohle damit verdienen. Wer weiß? Konnte man ja mal drüber nachdenken. Ja, eventuell machte er die Lesung in dem Laden. Vielleicht bekäme er von den Jungs statt Gage ja Rabatt auf einen ihrer Särge? Wäre doch eine gute Vorsorgemaßnahme für lebensgefährliche Berufe wie den seinen. Er würde sich nachher mal die Homepage von dem Laden genauer ansehen. Hummel lachte. Und zog die Schuhe an. Eine Runde durch sein Viertel.

Die Blumenbeete am Weißenburger Platz quollen über.

Bunt wie Knallbonbons. Er hörte das Klickern der Bierflaschen, die sich Studenten und ein paar Penner hierher mitgenommen hatten. Er sah ein älteres Pärchen in weißer Leinenkleidung, das den diskreten Charme des Chichi spielte und kein Bier dabeihatte, sondern Rotwein und Baguette. Haidhausen war ja schließlich das »Franzosenviertel«. Zwei große Hunde tappten durchs flache Brunnenwasser, schüttelten sich, Wasserperlen blitzten in der orangefarbenen Abendluft. Von der Ecke Metzstraße her erklang eine Gitarre und eine Stimme. Oasis. Hörte sich fantastisch an – der Sound des Sommers. Alles offen, alles möglich.

I said maybe
You're gonna be the one that saves me
And after all
You're my wonderwall …

Hummel ging die Weißenburger Straße hoch in Richtung Ostbahnhof. Kaufte sich ein Eis in der kleinen Eisdiele gegenüber dem hässlichen Kaufring-Hochbunker. Auf dem Orleansplatz mal wieder der schäbige Rummel: *Hamburger Fischmarkt – das Original.* Wahnsinn! Hummel drehte bei zum Bordeauxplatz, setzte sich beim Brunnen auf eine Bank, schleckte sein Eis. Schoko und Pistazie. Eine Tram rumpelte vorbei. Er sah die nächsten Stationen vor sich. Wo die Stadt am schönsten war: Wörthstraße, Max-Weber-Platz, Maximilianeum, Max-II-Denkmal, Schauspielhaus, Theatinerstraße. Am Brunnenrand saß ein Junge und ließ seinen ferngesteuerten Geländewagen über die Wege flitzen, wich elegant den Hundehaufen aus.

»Levin!«, rief eine Frau scharf von weither.

Der Pilot sah nach oben, und der Wagen knallte an die Brunnenumrandung. »Mann, Mama!«, fluchte der Junge und schaute wieder nach oben. Hummel auch. Da war niemand.

So viele Fenster, so viele Menschen dahinter, so viele Geschichten. Und die gingen nie aus, wurden immer neu erzählt. Hummel wusste genau: Wenn er jetzt noch ins Johannis-Café auf ein Bier ginge, würde er jemand kennenlernen, der ihm seine Lebensgeschichte erzählte – ob er wollte oder nicht. Wollte er das? O ja, natürlich wollte er das. Er stand auf und ging los.

HEYNE <

HARRY KÄMMERER

KALTER KAFFEE

KRIMINALROMAN

WILHELM HEYNE VERLAG
MÜNCHEN

MIX
Papier aus verantwortungsvollen Quellen
FSC® C083411

Verlagsgruppe Random House FSC® N001967

2. Auflage

Neumarkter Straße 28, 81673 München
Umschlaggestaltung: bürosüd, München,
unter Verwendung von Motiven von GettyImages/
Eleonora Festari/EyeEm
Satz: Leingärtner, Nabburg
Druck und Bindung: CPI books GmbH, Leck
Printed in Germany

ISBN 978-3-453-27146-3

www.heyne.de